なっ!?
【ミカ】
【ムールト】

"風刃《エアカッター》"!
次々と茂みが刈られ、
突然の状況変化に魔獣が
堪らず飛び出す。

左手をゆっくりと横に伸ばし、
手のひらを上に向ける。
こんなのが、
いつ飛んでくるか
分からない
学院生活を送りたい？

リウト銑士

Illustration 桜河ゆう

2

神様なんか信じてないけど、【神の奇跡】はぶん回す

~自分勝手に魔法を増やして、異世界で無双する~

I don't believe in God, but I throw away [Miracles] ~Increase your magic on your own and become unrivaled in another world~

目次

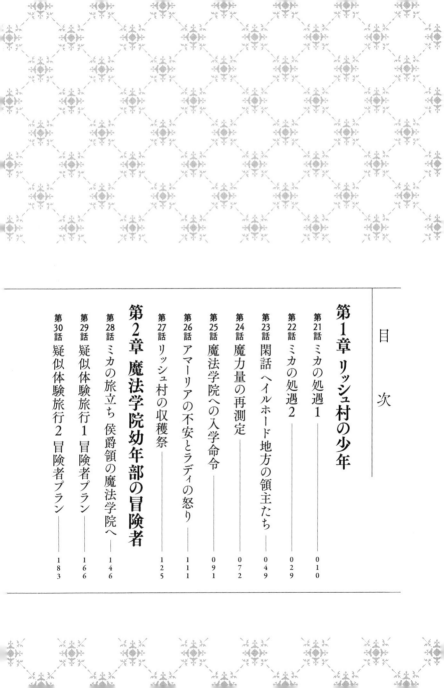

I don't believe in God, but I throw away [Miracles] ~Increase your magic on your own and become unrivaled in another world~

そんな少年に、
なぜか現代のおっさんが
転生してしまう。

せっかく異世界に転生したのだから、
面白おかしく生きることに——

【神の奇跡】と呼ばれる魔法を鍛えまくる!!
そんなある日、
リッシュ村で
火災が起きてしまう。
猛火の中に飛び込み、
取り残された
村人を救うミカだったが

第21話　ミカの処遇1

織物工場の火災から一週間が過ぎた。

火災のあった建物は、実際には紡績工場にあたるらしい。

ロレッタからそのことを教えられたのは火事から数日経ってからだが、まあミカにとってはどうでもいい情報だ。

実のところ、あの後もかなりいろいろと大変だった。

アマーリアが気を失った後もロレッタはなかなかミカに気づかず、落ち着くまで時間がかかった。

建物も燃えたままだったので、放っておけば隣の棟に燃え移ってしまう可能性が高い。

なので、みんなが見ている前で消火を試みることになった。


燃焼という化学反応に『可燃物』『酸素』『熱』の三つが必要なのは、誰でも学校で習うだろう。

つまり、消火とはこれらのうちの一つでもいいから取り除けばいい。

方法としては――――。
・可燃物を『除去』
・酸素を無くす『窒息』

・熱を奪う『冷却』

のどれかだ。これを消火の三要素という。

すべて満たすのがベストだが、一つでも成立すれば消火は可能。

ただし一時的に消火できても、完全に鎮火するまで継続させないと再び息を吹き返すことがある。

火とは、本当に恐ろしいものなのだ。

燃え盛る建物を前に、ミカは消火の方法を考える。

大気中の魔力を集められるようになったおかげで、魔力の心配はほぼ無くなった。

なぜほぼかというと、大気中の魔力量を測定することができないからだ。

油田のようにほぼ無尽蔵に湧いてくると思っていいのか、それとも大きめのタンクを手に入れた程度のものなのか。

今のところは判断がつかない。

放水車での消火のように、大量の水を撒こうか？

建物を包み込むくらいに大量の二酸化炭素を作って、酸素を無くすか？

可燃物を除去するのは、建物自体が可燃物だから無理か。

などなど、いろいろ考える。

大量の水を撒けば、その衝撃や重さで建物が崩壊しかねない。

しかし、ここまで燃えてしまえば、いつ崩れてもおかしくない。

いっそ崩してしまった方が後々安全ではあるが、火がついたままで崩すのは危険だ。

ということで、水は却下。

では、二酸化炭素を充満させて酸素を無くす？

これは良さそうな気がしたが、周りに人が多すぎる。もしもコントロールしきれずに大量の二酸化炭素が漏れれば、人的被害が出かねない。

いきなり大量の魔力を得たが、慣れなければ扱いきれない。

魔力量の問題ではなく、ミカの習熟度の問題でこれも却下。

（よし、冷やそう）

これらを踏まえた上で、冷気により熱を奪うことにした。

おそらく、この方法は効率でいえばすごく悪い。

それでも、なるべく建物に衝撃を与えず、周りへの影響も抑えるならば、これがベターだろう。

冷気で熱を奪うと言っても、〝氷結息《アイスブレス》〟を噴きつけて建物全体を凍らせるなんてことをすれば、大変なことになる。

なにせ、工場はとても大きいのだ。

その時その時で最適な場所に移動しながらとはいえ、勢いよく噴きつければやはり崩壊を招きかねない。

そこで応用したのは〝颪千刃《サウザンドエッジ》〟と〝氷槍《アイスジャベリン》〟だ。

まず、建物全体を十個ほどの区域《ブロック》に分ける。

そして、区域《ブロック》毎に建物の内部も含めて、魔力を纏わりつかせる。

壁に穴を空けた時のように。

ただし、これは〝風千刃〟のように風の刃を起こすのではなく、氷を作り出すのだ。

一カ所につき一回でＯＫというわけにはいかないが、数回繰り返して次の区域《ブロック》へ移動。

こうして大まかに建物全体を凍りつかせる。

もしも多少の熱源が木材の内部に残っていても、周りの氷が溶けだして消火してくれる。

多少の時間と手間はかかるが、これが確実で安全な消火方法だと思えた。

あと問題なのは、そこまで広範囲に魔力を伸ばせるのか。

〝風千刃〟の練習では、半径数メートルに伸ばすのがやっとだった。

今は魔力量の問題はほぼクリア。あとは制御の問題だ。

だが、これも思ったよりは簡単にできた。

魔力量が豊富になったおかげもあるだろうが、目で見える範囲に伸ばしていく分には、それほど苦労なくできた。

まずは大まかに区域《ブロック》単位で冷やし、視界に入らない部分などの難しいところは個別対応。

こうして、工場の火災を鎮火することに成功した。

もっといい方法もあっただろうか？

まあ、目的は達しているのでＯＫとしよう。


そんなこんなで消火も終わって家に帰ってきたのだが、それからも大変だった。

まず、アマーリアが二日寝込んだ。

寝ていても度々うなされ、飛び起きてはミカを捜すのだ。

一切の反論の余地なく、悪いのは自分だと分かっているので、なるべくアマーリアに寄り添うようにした。

アマーリアが少しでも安心できるように手を握り、目を覚ました時に不安にならないよう、常に傍にいるようにした。

その甲斐あってか、アマーリアは少しずつ元気を取り戻し、今では普通に家事を行っている。

ただ、仕事にはまだ復帰していなかった。


ロレッタは、家に帰る頃には大分落ち着きを取り戻していた。

ただ、アマーリアと同様にロレッタもミカが傍にいないと不安になるようで、いつも傍にいるようになった。

つまり、ノイスハイム家の三人はほぼずっと一緒にいるような状態だった。

それでも責任感の強いロレッタは、アマーリアが寝込んでいる時に自分まで家事をしなければ家庭が破綻することを理解していた。

そのため、渋々ながらミカから離れて家事をこなしていた。

それが終わると、またすぐに戻って来てミカにべったり張り付くのだが。

そして、ロレッタもまだ仕事には復帰していない。

(……このままじゃ、確実にノイスハイム家は破綻だろ)

ロレッタの膝の上で、ミカは「むぅ……」と頭を悩ませる。

最近、ミカは自分の席にあまり座れていない。

食事の時だけだ。

それ以外はアマーリアかロレッタの膝の上に座らされた。

今はアマーリアが食器などを洗いに行っているため、ロレッタの番だった。

(これは、もしかしたら依存状態なのでは……？　心理学には詳しくないけど、間違いなく破滅に進んで行ってる気がする)

自分に原因があることを自覚しているので、あまり強いことは言えない。

だが、確実にこのままではまずいことになりそうだ。

そんなことを考えていると、アマーリアが食器洗いから帰ってきた。

その表情はずいぶんと暗い。

「お母さん、どうかしたの？」

アマーリアの様子に気づいたロレッタが声をかける。

ロレッタの声に明らかに動揺するが「うん……」と答えるだけだった。

ロレッタはミカを下ろして食器を受け取ると、すぐに棚に仕舞う。

二人が席に着くと、今度はアマーリアの膝の上がミカの席になった。

「…………村長に、明日話をするって……」

アマーリアが重い口を開く。

〝何の話か〟は言わないが、十中八九ミカのことだろう。

それだけではないかもしれないが、ミカの話が出ないわけがない。

いきなり〝魔法〟を使ってみせた村の子供。

今回は村の人を救うために使ったが、大きすぎる力はそれだけで恐怖の対象だ。

排斥されても不思議はない。

ただ、ミカはまだこの世界での〝魔法〟の位置づけを計りかねていた。

いちおう国を挙げて育成しているくらいなので、いきなり化け物扱いにはならないだろうが、消火作業中のミカを見る村人たちの様子からすると、手放しに喜ぶようなことでもなさそうだ。

(アマーリアやロレッタの表情を見るだけでも、明日は明るい話になりそうにないな)

アマーリアの膝の上で、そんなことを思うミカだった。

◇　◇　◇

翌朝、言われた時間に村長の家に行くと、集会場に連れて行かれた。

村長の話は集会場で行うらしい。

やや不機嫌そうな村長が前を歩き、アマーリアとロレッタがミカと手を繋いでいる。

二人とも押し黙り、暗い顔をして歩いていた。

それだけで、これから行われる話し合いが、決して楽しいものにはならないだろうと想像がつく。

（ＦＢＩに連行されるグレイって、こんな気分だったのかね？）

二人の男に挟まれ、連行される小型宇宙人の画像が頭に浮かぶ。

もっとも、あの画像はフェイクということで確定しているらしいが。

ミカがそんな下らないことを考えていると、集会場にはすぐに着いた。

中に入ると十人ほどの人がいて、キフロド、ラディ、ディーゴ、ニネティアナ、ホレイシオ、ナンザーロ、メヒトルテ、その他ミカの知らない人も数人いた。

ミカの知り合い大集合だが、どの顔もこれまで見たことがないくらいに真剣だ。

並べられたテーブルには三人分の席が空けられており、村長からそこに座るように言われた。

ミカを真ん中に、アマーリアとロレッタが両側に座る。

アマーリアは、テーブルの下でミカの手を握った。

（さて、どんな話になるのやら）

集会場にいる人たちと比べるとミカには真剣さが足りないが、それも仕方がないことだろう。

ミカにはそもそも、「なぜ魔法を使えることがそんなに問題なのか？」という思いがある。

何が問題なのか分からないのだから、真剣になりようがない。

「さて、それでは始めよう。みんな、朝早くから集まってもらってすまなかった。あれから一週間も経ってしまったのでね。できれば今日中に話をまとめたい」

そう言って、村長は集まった面々を見る。

もしかしたら、村長はもっと早くにこういう場を開くつもりだったのかもしれない。

それが何らかの理由で延期されていたのだろう。

「いくつか確認すべきことがあるが、まずはこれを確認しなくてはそもそも話し合いにならないだろう。……ミカ君」

村長がミカを呼ぶと、集まった人たちがミカの方に顔を向ける。

握られたアマーリアの手に力が入る。

「……君は【神の奇跡】が使えるね？」

村長の問いに集まった人たちが固唾を呑むが、ミカはきょとんとしていた。

(……かみのきせき？)

思いもしなかった村長の問いに、ミカは一瞬何のことか分からなかった。

(……そういえば、この世界で魔法は【神の奇跡】なんだっけ。すっかり忘れてたわ)

ラディの使う【癒し】が【神の奇跡】だという認識はミカにもある。

だが、自分の使っている魔法が【神の奇跡】だとは思ったことがなかった。

(だって、神様関係ないし)

ミカが初めて魔法を使ったのは偶然だった。それどころか使う気すらなかったのだ。

使いたいとは思っていたが、水の塊を想像したら出てきてしまった。

それを【神の奇跡】と思え、というのは少々無理があるのではないだろうか。

確かに言われてみれば【神の奇跡】なのかもしれないが、もしかしたら違うかもしれない。

どう説明したものかと考えあぐねていると、村長は「隠そうとしている」と受け取ったらしい。

「もう、みんな見ているのだよ。君が【神の奇跡】を使うところを。私もこの目で見た。正直に話してくれないかね？」

正直にと言われても、この場合は質問の仕方が悪い。

なぜ【神の奇跡】に限定するのか。

下手に肯定して、ミカの魔法が【神の奇跡】とは別物だった場合、また面倒なことになるかもしれない。それは絶対に避けたい。

ならば、ここは誤解のないようにしっかり主張した方がいいだろうか？

（いや……、それはそれで危険だろう）

ミカの魔法が【神の奇跡】でないならば、じゃあそれはいったい何なのか？

相手がどう受け取るか分からない以上、下手なことは主張できない。

もう後がないという状況なら一か八かで何らかの主張をすべきだろうが、まだ話し合いは始まったばかりだ。

今は下手な主張をせず、少しでも情報を集めたい。

ミカが答えないでいると、苛立ったように村長が声を荒らげる。

「ミカ君！　なぜ何も答えようとしな――――」

「まあ、待つのじゃ。子供をそんな風に問い詰めても何もならんわい。まずはしっかりと事実確認をせんとの」

村長の言葉を遮り、割って入ったのはキフロドだった。

「ですから、私がこうして――」

「村長、お主の立場も分かるがの。もう少し落ち着くがええぞ。そう悪いようにはせんわい。教会としても、できる限りの協力を約束しよう」

キフロドが「ええの？」とラディに問いかけると、ラディは神妙な表情で頷いた。

（ん？　なんか、村長の立場に関係する話なのか？　俺の魔法が？　なんで？）

何やら、ミカのよく分からない事態になっている。

理由は分からないが、どうやら村長にも飛び火しているらしかった。

朝、村長宅で顔を合わせてからの不機嫌さには、それなりに理由があるようだ。

キフロドは、いつもの好々爺然とした雰囲気で、ミカを真っ直ぐに見る。

「なあミカよ、今ここにいる人たちはの。みんな、お前さんのために集まったんじゃよ。少々困ったことにはなったがの。それをどうにかしようと、こうして集まったんじゃ」

そう言ってキフロドが集まった人たちを見ると、一人ひとりがしっかりと頷く。

アマーリアは「司祭様……」と呟き、ロレッタは涙を拭っていた。

どうやら、本当にまずい事態になっているようだ。

ミカが事態を飲み込めずにいると、キフロドが一つひとつを確かめるように聞いてくる。

「まずはミカよ。お前さん、水の塊を作ってみせたの。火事に飛び込む前じゃ。そして、中では大量の水を撒いて火を消していた。これは中に取り残された人たちが見ておる。……間違いないかの？」

キフロドの問いに、ミカは素直に頷いた。

これはもう、誤魔化しようがないほどに見られている。

否定したところで、信用を失う以外の意味はない。

ナンザーロとメヒトルテが、沈痛な面持ちでミカを見ていた。

「そして、火事の起きていた建物を凍らせて、火事を止めてもいるの？」

これもミカは素直に頷く。

村人の全員に見られたと言ってもいいほどに見られている。否定するだけ無駄だ。

ミカが頷くのを見て、キフロドははっきりと笑顔を見せる。

「うむ。おかげで幾人もの命が救われたわい。ありがとう、ミカよ。お前さんの行いは、誰にでもできることではない、立派な行いじゃ。……ちと、無茶が過ぎるがのぉ」

キフロドの言葉に、ディーゴとニネティアナがうんうんと頷く。

ラディは略式の祈りの仕草をしている。

（……そういえば、今回のことでお礼を言われたのって、何気にこれが初めてか？）

そんなことが、ふと思い浮かんだ。

この一週間ミカは家から一歩も出ていない。アマーリアから離れるわけにはいかなかったし、その後も二人が離してくれなかったからだ。

そして来客はロレッタが対応していた。アマーリアが起き上がれるようになった後も、二人のうちのどちらかが対応していて、ミカは会っていなかった。

そんなことを思っていると、キフロドが話を続ける。

「じゃがのぉ、ここでいくつか疑問があるんじゃ。お前さん、いつからあんなことができるようになったんじゃ？」

どうやら、ここからが本番のようだ。

キフロドは相変わらず好々爺然としているが、周りの空気が張り詰めたのがミカにも分かった。

アマーリアの手も、ビクッと震える。

（さて、ここはどう答えるか？　……事実としては一カ月半くらい前だけど、この答えで良いのか悪いのか。結局、何が問題なのかを把握してないから、判断がつかないんだよな）

ただ、嘘をついてミカのために集まったという人たちの信用を失うのは、得策ではないだろう。

そのため、正直に話すことにした。

「……一カ月くらい前です」

悪あがきだが、少し大雑把に答える。

これで、時期を微妙にズラす必要ができた時に強弁することが可能だ。

そんなミカの返事を聞き、集まった人たちが一気に騒つき始めた。

「一カ月？　それなら――――」

「そんなの、どうやって……」

「いや、しかし証拠がなければ――――」

どうやら、今問題になっていることに、『時期』というのが非常に重要だということが分かる。

アマーリアとロレッタは、不安そうにキフロドを見つめている。

キフロドは、隣に座るラディと何やら話し込んでいた。

他の人たちも口々に何かを言っている。断片的に、『証拠』や『証明』という単語が聞き取れるが、ミカには魔法を使えるようになった時期を証明する方法など思いつかなかった。

(隠れて練習してたしなあ。これなら、素直にラディに魔法の相談をしていた方が大事にならずに済んだか？　失敗だったな)

魔法を使えることがバレれば禁止されると思い、あえてラディを避けていた部分もある。

今更ではあるが、その時にラディに話していれば……、と少しばかり後悔をした。

「あー……、みんな静かにしてくれんかの。まずみんなに聞きたいのじゃが、一カ月前からミカが【神の奇跡】を使えるようになったことを、誰か証明できる者はおるかの？　証言でもええぞ」

キフロドの言葉に、全員が口を閉ざす。

どうやら、キフロドの中でもミカの魔法は【神の奇跡】で確定らしい。

(……俺は、そんなこと一言も言ってないぞ)

ミカは心の中で悪あがきをする。

もしもミカの魔法が【神の奇跡】と別物だったとしても、自分は【神の奇跡】だとは一言も言っていないと主張できる。

まあ、そんな理屈が通ってくれるなら、ではあるが。

「ふむ……。では、間接的に状況を裏付けるしかないのぉ。村長」

キフロドが村長に声をかける。

「春に行った魔力測定の記録。残してあるの？」

「ええ、もちろんです。もしこちらになくても、コトンテッセにもあるはずです。問題ありません」

村長の返答に、キフロドはしっかりと頷く。

「教会でも、すでに儀式を行っておる。二カ月ほど前じゃな。この時のことは詳細に日誌に残しておる。そうじゃな、ラディ」

「はい」

ラディもしっかり頷いた。

「また、この時のミカの結果が少々特殊だったこともあっての。教区の司教にも通常の報告とは別に、手紙でもお伝えしておいたのじゃ。ラディの判断での」

おぉ～……と、少しだけ集まった人たちが騒めく。

ミカは、キフロドの言う「特殊な結果」というのが気になったが、それはスルーされてしまう。

「これらにより、楽観はできんがおそらくミカの〝学院逃れ〟の嫌疑は晴らせるじゃろう。儂からも司教に助力をお願いしてみるわい。……まったく、手紙を書くなんぞ何年振りになるかの」

キフロドは「さすがにこればかりは代筆させられんわい」と愚痴めいたことをぶつぶつ呟く。

だが、放心しているようなアマーリアとロレッタの様子に気づくと、微笑んで声をかける。

「アマーリアよ、それとロレッタ。そんなに心配せんでええぞ。これなら何とかなりそうじゃ。いや、必ず儂らで何とかするわい。大丈夫じゃ」

「司祭様！　……ありがとうございます…………ありがとうございます」

「ミカッ！」

ロレッタは弾かれたように立ち上がると、ミカに抱きついた。

アマーリアはキフロドに何度もお礼を言い、ミカとロレッタを抱きしめる。

二人とも、涙を流して喜んでいる。

集まった人たちも先程までの緊張した様子から一変して、安堵の息が漏れる。

口々に、よかったよかったと言い合っているが、ミカは一人だけこの状況に置いて行かれていた。

（いやいや、分かんねえって。なにこの、万事解決って空気。俺一人置いてきぼりなんですけど!?）

心の中で「誰か教えてくれよぉ～……っ！」と吠える。

とてもそんなことを言える雰囲気ではなかったが。


しばしみんなが喜び合っていたが、話はそれだけではなかったようだ。

「あー……では、次の問題じゃがの。どうするかの、村長。このまま儂が進めても構わんかの？」

「ええ、お願いします」

村長は話し合いが始まった頃の不機嫌さが無くなり、快く進行をキフロドに譲る。

どうやら、村長の立場は安泰になったようだ。

「では……、ミカよ。お前さんにのぉ、もう一つ尋ねたいことがあるんじゃ」

キフロドがそう言うと、先程の緩みまくった空気が一変し、再び緊張したものになった。

「お前さん、誰に【神の奇跡】を教えてもらったんじゃ？」

「え？　教わってませんけど？」

キフロドの問いに、ミカは何も考えずにポロッと答える。

もっとも、これについてはよく考えたところで誤魔化しようがない。

適当に誰かのせいにしようものなら、下手をすると魔女狩りのようなことになりかねない。

適当な証言一つで、本人が自白するまで拷問する。

そんなことになっては大変なので、本当のことを言うしかない。

「また君は、そうやって適当なこと――――」

「まあ、ちょっと待つのじゃ」

村長が口を出そうとするが、キフロドがそれを遮る。

どうやら、ミカは村長にすっかり嫌われてしまったようだ。

「…………【神の奇跡】を扱うにはの、大事なものがいくつかあるんじゃよ」

キフロドは、【神の奇跡】を使うためには『信仰心』と『魔力』、そして『詠唱』が必要不可欠だと言う。

「まあ、細かく挙げれば他にもあるがのぉ。大まかに言えば資質が必要ということになるんじゃが。逆を言えば、資質があるなら信仰心や魔力は本人の努力次第で何とかなるわい」

それはミカにも理解できる。

腕力などの単純な身体《フィジカル》の問題なら、子供と大人ではどう足掻いても越えることのできない壁があるだろう。

だが、信仰心に年齢は関係ない。

将棋や囲碁など、深い思考や閃きが勝負を決する場合、子供が大人を凌駕することはしばしば起こる。

円熟した思考には経験なども大事だが、子供だからその域にまで至れないということはない。

信仰心も、子供だから大人ほどには持つことができない、ということはないだろう。

もっとも、『魔法＝【神の奇跡】』説や、『【神の奇跡】には信仰心が必要』説などには、大いに疑問があるが。

キフロドが詠唱についてなど、いろいろ説明を続けているが、ミカは自分の考えに没頭した。

（ここで魔法の一つも使ってみせれば、俺に詠唱が必要ないことは証明できるな。……だけど、それが最善手か？）

水芸のように、みんなの前で魔法を披露する場面が頭に思い浮かぶが、それで事態が好転するかは微妙だろう。

むしろ【神の奇跡】以外の何か、と思われるのはまずいのではないだろうか。

だが、詠唱を必要としないことも事実なので、誰に教えられたのかと聞かれても困ってしまう。

というか、建物の消火の時に詠唱していないことに気づかなかったのだろうか？

ミカがキフロドを見ると、キフロドもミカの方を見ている。

キフロドだけではない。そこにいる全員が、ミカの答えを待っていた。

次にラディを見る。

ラディは胸の前で手を組み、心配そうにミカを見つめていた。

（キフロド、ラディ……。この二人は信用できるか？）
ミカは自問する。
これまで、二人との関わりはそれほど多くない。
ラディは命の恩人だし、キフロドもこの場では積極的にミカを救おうとしている。
だが、全面的に信頼してもいいのだろうか。
正直に言えば、自信が持てない。
アマーリアとロレッタは、不安そうにミカを見つめていた。
この場に集まった全員が、固唾を呑んでミカを見ている。
（………もう、これしかないか）
誰一人言葉を発しない静寂の中、ミカの椅子から下りる音だけがやけに大きく響いた。

第22話　ミカの処遇2

（キフロド、ラディ……。この二人は信用できるか？）

ミカは目を閉じて葛藤していた。

信じるべきか、あくまで自分だけで乗り切るべきか。

たとえ事実であろうと「魔法は独力で習得し、詠唱なんて知らない」という主張を、相手が受け入れなければどうしようもない。

しかも困ったことに、その主張が事態を好転させるものなのかどうかすら、ミカには分からないのだ。

もしも主張が通った時、そこに残る事実は「ミカは詠唱を使わずに【神の奇跡】を使える」ということだ。

それが事態の解決に辿り着く道なのか、より深刻な茨の道なのかが分からない。

ミカはゆっくりと目を開く。

アマーリアを見ると、悲しげな目でミカを見ている。

さっきはあんなにも喜んでいたのに、ここで打つ〝一手〟を間違うと悲しい結果になる。

そのことを、その目が雄弁に語っていた。

ロレッタは目を真っ赤にして、懸命に泣くのを堪えているようだった。

（……無理だな）

みんなの注目を集める中、ミカはひっそりと溜息をつく。

ミカは諦めた。――――自力での解決を。

（………もう、これしかないか）

ミカが勢いよく椅子から下りると、ガタンッと大きな音が立った。

その音は、誰もが固唾を呑んで見守っていた広い集会場に、大きく響き渡った。

急にミカが席を立ったので、何事かと微かな騒めきが起こる。

「ミカ……」

「ミカ！」

ミカを呼ぶアマーリアとロレッタの声が耳に届くが、振り返らず真っ直ぐ進む。

そして、キフロドとラディのところへやって来た。

「……どうしたのじゃ？」

「ミカ君……」

二人は突然のミカの行動に驚きながらも、真っ直ぐにミカを見る。

「お二人を信じ、委ねようと思います。こちらへ」

そう言うと、返事を待たずにミカは集会場の奥に向かう。

ミカが何をしようとしているのか分からず、騒ぎ出す村長をホレイシオが宥《なだ》める。

「ふぅ～む………ちと、待ってててくれるかの。まずは儂とラディで話を聞いてみるわい。話を聞かんことには何も進まんじゃろ」

　そう言ってキフロドが席を立つ。

　ラディもキフロドに続いてミカの方に歩いてくる。

（……この二人を信じないと、もはやどうにもならない）

　自分だけではもう、解決は無理だろう。

　それならば、解決できそうな人に頼むしかない。

　ラディは、分け隔てなく村の人たちに尽くしている。そのおかげでミカも命を救われた。

　そして、それは別にミカが特別だったわけではない。

　他にも多くの人がラディに救われているのだ。何の見返りも求めずに。

　キフロドは、何十年も村の人たちの支えであり続けている。

　それは、言葉で言うほど簡単なことではないだろう。

　ただ偉そうに説教するだけの人なら、ここまで村人たちに慕われてはいない。

　村の人たちの心に常に寄り添い、支えてきたからこそだ。

（この二人が信じられないなら、もう万事休すだな）

　ミカは腹をくくるしかなかった。

　このままでは、吉と出るか凶と出るか分からない主張を、ただ行き当たりばったりで展開するしかなくなる。

　それならば、事情をよく分かった上でミカの味方をしてくれる人を頼ろう。

　そう考え、二人に託すことにした。

奥に着くと、みんなに背を向けたままのミカを真ん中に、両側にキフロドとラディが立つ。

「それで、儂らだけに話したいこととは何かの？」

「ミカ君……」

キフロドは声を潜め、みんなには聞こえないように、ミカに尋ねる。

「こちらを」

ミカが左手を胸のあたりまで上げると、二人は覗き込むようにミカの手のひらを見る。

ミカは口を僅かに動かし、音にはならない声で「〝制限解除《リミッターオフ》〟、〝水球《ウォーターボール》〟」と呟く。

その瞬間、ミカの手のひらの上に水の塊が現れる。

「うっ!?　こ、これは……！」

「っ!?」

ビー玉ほどの小さな水の塊だが、二人はいきなり現れたその水の塊を、食い入るように見つめる。

キフロドは驚きながらも、声が大きくならないように気をつけているようだ。

ラディにいたっては声すら出ないようで、目を丸くして絶句していた。

「……僕に、詠唱は必要ないのです。だから、誰かに教わったということもありません」

ミカは作り出した〝水球《ウォーターボール》〟をゆっくりと握りつぶす。

そして、手を開くと水滴がポタポタと床に落ちた。

キフロドを見ると、濡れたミカの手を見つめたまま驚きに目を見開き、その後に「うー……む」

と難しい顔をした。

ラディは、ミカの手を見つめたまま固まっていたが、しばらくするとミカの視線に気づく。

その表情は驚きと、………恐れだろうか。

ミカが〝笑う聖母《ラフィンマリア》〟とあだ名をつけた女性とは思えないほど、深刻な表情をしていた。

ミカはじっとラディの目を見つめた。

するとラディは困ったような表情をし、それから目を閉じて、何やら葛藤をしているような苦悶の表情になる。

そのまましばらく、重苦しい空気が漂う。

（……やっぱり、二人に見せたのは失敗だったか？）

だが、一定の発言力を持った上で、ミカの味方になりそうな人が他に思い浮かばなかった。

先程までの態度を見る限り、村長は論外。

ディーゴも自警団長として一定の発言権はありそうだが、みんなを説得するような役回りに適任かは疑問だった。

勢いで押し切ることはできるだろうが、この場でそれが有効かは未知数だ。

最終手段としては有効だろうけど。

ホレイシオも一定の発言権は期待できるが、役回りとして適任かが分からない。

ミカに好意的なのは間違いないが、この件でホレイシオが上手く立ち回れるだろうか。

争いごとが苦手なホレイシオには、難しい注文のような気がした。

ニネティアナは話し合いに出席してはいるが、どの程度の発言権があるかは不明だ。

それはナンザーロやメヒトルテも同様で、何よりこの二人については火事の時しか顔を合わせたことがない。

よって、信用してもいいのかの判断さえできない。

ミカとしては、ある程度の付き合いがあり、多少なりとも為人《ひととなり》を理解しているこの二人を頼る以外、選択肢がなかった。

「…………………ぃ……」

重苦しい沈黙の中、微かな呟きが聞こえた。

ラディが何か言ったようだが、よく聞き取ることができなかった。

ミカが顔を上げてラディを見ると、その表情は柔らかい優しいものになっていた。

「分かりました、ミカ君。すべて私に任せてください」

そう断言してみせるラディの瞳は、強い決意を感じさせるものだった。

「こ、これ、待たんかラディ。何を勝手に決め――――」

「いいえ、決めました。私は、もう決めたのです」

そう言ってラディはしゃがむと、ミカを抱きしめる。

「よく教えてくれましたね。とても……、とても勇気のいることだったでしょう。でも、もう大丈夫ですよ。ミカ君には私がついていますからね」

ラディは真っ直ぐにミカの目を見る。

その瞳には、強い意思が宿っていた。

（……ラディ）

ラディはいつも通りに微笑むが、その微笑みがミカには非常に頼もしく、心強かった。

そんなラディの様子を見て、キフロドは大きく溜息をつく。

「……まったく。小さい頃からちっとも変わらんのぉ。一度言い出したら聞かんわい」

やれやれ……、とキフロドが諦めたように呟いた。


そこからの話は早かった。

ミカの頭の上で何事かの相談が小声で行われるが、結局何のことなのか僅かに漏れ聞こえる内容だけではさっぱり分からなかった。

ミカにできることといえば「後で絶対に今回の全容を聞かせてもらう」と、決意を固める以外には何もなかった。

そうして打ち合わせが終わると、みんなの待つテーブルに三人で戻った。

ミカが席に着くとアマーリアは椅子をミカに寄せ、肩を抱き寄せる。

ロレッタも椅子を寄せると、ミカの手を握った。

キフロドが話を始める。

「あー……、待たせてすまんかったの。少々込み入った話になってての」

そう言ってキフロドは参加者全員に視線を向ける。

みんなはキフロドが何を言うのか、固唾を呑んで待った。

「結論から先に言うとじゃな。……今日の話し合いはこれで終いじゃ、解散」

みんなはキフロドの言葉の意味が分からないのか、「はぁ？」と呆けた顔をする。

「ちょっ、ちょっと待ってください。いきなり何を――」

「し、司祭様！　いくら司祭様でもそれは――」

突然のキフロドの強権発動に、みんなが納得できずに声を上げる。

まあ、これで納得しろというのは無理があるだろう。

口々に説明を求める声が上がるが、キフロドはそれらを手で制す。

「みんなの言いたいことも分かるがの。理由も含め、ここで話すわけにはいかんわい」

もちろん、そんなことで納得できるわけもなく、再び抗議の声が上がり始める。

「ここで話し合うべき問題ではなくなった。こう言えば、少しは理解してもらえるかの？」

キフロドのその言葉に、みんながハッと顔を強張らせる。

村長だけは青い顔をしながらも、それでもキフロドに質問を投げた。

「司祭様……。司祭様がそのように判断された理由をお聞かせください。私はこの村の村長です。村のためにも知――」

「村長には、知っておいてもらわんといかんことがあるの。領主様への報告は、儂らの領分ではないからのぉ」

キフロドは、村長に向けて「後で教会に来てくれ」と付け加える。

〝領主〟という言葉に、その場にいた全員が顔色を失い絶句する。

アマーリアの身体がブルッと震え、ロレッタの手も震えていた。

ミカは肩に置かれたアマーリアの手に自分の手を重ね、「大丈夫だよ」と伝える。

「………で、でも、領主様なんて、そんな……」

アマーリアとロレッタの動揺は大きく、見かねたラディが慌てて駆け寄って来る。

「二人とも落ち着いてください。決して悪い話ではないのです。ただ、私たちだけで済ませてよいことではなくなったので、領主様にも報告をしなければならない。それだけの話なのです」

「……でも、そんな、領主様に報告なんて」

ラディが懸命に宥めるが、二人の動揺はなかなか治まらない。

「うむ。みんなにも誤解のないようにはっきり言っておくがの、これは決して悪い話ではないのじゃ。ただ、儂らでは判断のつかん部分もあっての。だから領主様に判断して頂くことにしたのじゃ。もちろん儂からも司教にお伝えし、お力添えを頼むつもりじゃわい」

それからキフロドは全員に他言無用を言い含め、改めて解散を宣言した。

納得しようがしまいが関係なく、ここで話し合えることではなくなったということで、みんなも解散を受け入れるしかなかった。


こうして話し合いは解散となったが、アマーリアとロレッタの動揺は大きく、ラディが家まで付き添うこととなった。

帰り際にホレイシオやナンザーロ、メヒトルテがミカのところにやって来て、火事の時のお礼を伝えてきた。

どうやら、ホレイシオたちはこの一週間に何度か、ミカへのお礼やアマーリアの見舞いに来てくれたらしい。

だが、それは叶わなかった。

ロレッタに追い返されたからだ。

アマーリアが動けるようになってからは、アマーリアにも追い返された。

今はそっとしておいてほしい、と。

未だに理由がよく分からないのだが、ミカの立場がかなり危ういものだったのは確かなようだ。

そのため、アマーリアやロレッタはかなりナーバスになっていた。

この一週間ミカにべったりだったのも、それが理由だったのではないかと思う。

もしかしたら、火事の時に放心してしまったり、取り乱していたのも、ミカの立場の危うさが分かったからではないだろうか。

火事に飛び込んだことだけではなく、もし無事だったとしても、その後に危うい立場になる事実を悲観し絶望してしまった。

だから、あんなにもショックを受けていた。

あくまで想像ではあるが、たぶん当たっている気がした。

（〝学院逃れ〟とか言ってたな。学院っていうと、前に聞いたことがあるのは魔法学院だけど）

ミカとしては、魔法学院は第一志望だった。

逃れるどころか、どうすれば入れるようになるか頭を悩ませていたくらいだ。

ただ、自分で魔法を使えるようになった今、そこまで行きたいかと聞かれると疑問符がつく。

（……まあ、今はあくまで独学だしな。教えてもらえるなら教えてもらいたい気持ちはあるか）

ミカでは思いつかないような、すごい魔法もあるかもしれない。

自分に使えるかどうかはともかく、それらを知るというだけでも魔法学院に行く価値はあるだろう。


ミカはホレイシオたちと別れ、ラディを含めた四人で家まで戻って来た。

ラディはしばらくノイスハイム家に滞在し、アマーリアとロレッタを励ましていた。

その甲斐もあり、二人は少しずつ落ち着きを取り戻していく。

「……はっきりしたことは言えませんが、おそらく十歳になる年の春に、ミカ君は王都の魔法学院に行くことになると思います。お二人には、つらいことですが……」

「王都……？」

ラディは近い将来に起こるであろうことを、ミカたちに説明する。

「七歳で魔力が一定量に達していれば、レーヴタイン侯爵領の魔法学院に行きます。ですが、ミカ君はこれにはあたりませんので、次は九歳の測定です。すでに【神の奇跡】を使えるミカ君が、これに漏れるということはあり得ないでしょう。ですから、ミカ君が村にいるのは十歳までです」

「十歳……」

アマーリアは暗い顔をして、ラディの話を聞いていた。

「十歳で王都に行くってことは、本当に今の〝学院逃れ〟というのは大丈夫なんですね？」

ロレッタは数年先のことよりも、やはり目の前のことが気になるようだ。

ラディは根気強く、現在の問題については自分たちが何とかすると説明した。

「実際、話し合いの前に考えていた状況よりも、今の状況の方が遥かにマシなの。でもね、思いもしなかったことも分かって……。その扱いについては、かなり気をつけないといけなくて」

（……詠唱が必要ないことっすね）

ラディの説明に、冷や汗が流れる。

ミカとしては、そんな大事《おおごと》だとは思いもしなかったのだ。

なにせ、きっかけは勝手に魔法が飛び出してきたことなのだから。

（……まあ、そのことを今更言っても仕方ないな）

ミカは大人しく、ラディの話を邪魔しないように黙っていた。

そうしていろいろな話を聞いていくうちに、二人もだいぶ落ち着いてきた。

すると、ラディの指示によりミカだけ寝室に追いやられてしまった。

なにやら、今後のミカの取り扱いについての話があるらしかった。

（おいおい、本人に隠れてこそこそと……。そういうのは、いけないと思います）

心の中で抗議の声を上げるが、大人しく従うしかない。

今回のことでは本当にアマーリアやロレッタに迷惑をかけたし、ラディを信じて託すと決めた以上、その指示に逆らうのは信義にもとる。

仕方なくミカはベッドに飛び乗ると、大の字になった。

（……結局、〝学院逃れ〟とやらの詳細については聞くタイミングがなかったな。今度、教会に乗

り込んで話を聞かせてもらおうか）

今優先すべきは、アマーリアたちを安心させることだ。

気になることもあるが、それを優先してアマーリアたちを後回しにすることはできない。

そうして大人しく待っていると、しばらくしてロレッタが呼びに来た。

ラディが帰るというのでみんなで見送ると、その後に少し遅い昼食となった。

◇　◇　◇

【キフロド視点】

「ああ、戻ったかラディ。どうじゃった、アマーリアたちは？　少しは落ち着いたかの」

集会場での話し合いの後、ノイスハイム家に寄っていたラディが戻り、キフロドは書きかけの手紙から視線を上げる。

教会には先程まで村長が来ていて、領主への報告について二人で話し合っていた。

キフロドとしては、すべての事情を村長に説明することができず、そのことに納得しない村長を宥めるのに一苦労だった。

いちおう必要なことは伝えて、明日にでも村長には領主への報告に行ってもらうことになった。

だが、この件は伝え方を間違うとミカが〝学院逃れ〟として罰されてしまうので、報告の仕方には注意が必要だ。

もしも領主に〝学院逃れ〟と判断されてしまえば、村長も処罰の対象になる。

〝魔法士〟は国としても貴重であり、もしも不当に義務から逃れれば厳しい罰が下される。

しかも、その累は家族のみならず村長にまで及ぶのだ。

村を管理する村長が、村の子供のことを把握するのは当然、というわけだ。

村長が必死になるのも理解できるし、むしろ気の毒だとすら思う。

「遅くなり申し訳ありません。すぐに昼食の準備をしますね。アマーリアさんたちは、とりあえず大丈夫だと思います。何かあれば、いつでも相談に乗るとよく言い聞かせておきましたから」

「そうしてくれ……。彼女たちがあれほどに頑固とはのぉ、思いもしなかったわい」

「あら？　母であり、姉ですもの。愛する家族を守ろうとするのは当然ではありませんか。むしろ私は今回のことで、アマーリアさんたちの愛の深さに本当に心打たれましたわ。とても素晴らしい家族だと思います」

恍惚とした様子のラディを見て、キフロドはやれやれ……と溜息をつく。

キフロドとしては、ミカの〝学院逃れ〟疑惑について、もっと早く話し合うつもりだった。

アマーリアが体調を崩していた間は仕方ないにしても、回復した後は速やかに話し合いを行い、事実関係を領主に報告する。

魔力測定で何か不正を行ったのであればどうにもならないが、そうでないなら正しい事実関係を詳《つまび》らかにし、領主に伝えることがミカたちを守ることになる。

だが、時間が経てば憶測が憶測を呼び、事実とはかけ離れた噂が領主の耳に入るかもしれない。

そうなれば、もはやキフロドたちではどうにもできなくなる。

ところが、無責任な憶測で「最悪の結果」を口にする村人たちに怯え、アマーリアたちは耳を塞いでしまった。

村長やキフロドが度々説得するが聞こうとせず、ようやく昨日ラディと説得して話し合いに参加させたのだ。

儂らもミカを助けてやりたいのだ、と。


キフロドは視線を戻し、司教宛の手紙の続きを書く。

詠唱を必要としない【神の奇跡】という、常識でいえばあり得ない事実をどう書けばいいのか頭を悩ませ、結局は書くのをやめた。

どう受け止められるか予想が難しい。領主にもこのことは伏せようと思い直したので、村長にも伝えなかったのだ。

先日、ラディから報告のあった少年が、【神の奇跡】を独力で得たこと。

そのため村の中で、この少年に〝学院逃れ〟の嫌疑がかかったが、そのような事実はないこと。

もしも領主が少年を罰しようとした場合には、教会として保護をお願いしたいこと。

少年の資質は稀有のものであり、必ず教会のためになるであろうこと。

これらを書き終わり、キフロドはペンを戻すとインクが乾くのを待った。

だが、そこでふと思いつき再びペンを手に取ると、少し考える。

そして、サラサラ……と文章の最後に一行追加すると、満足してペンを戻す。

「老い先短い年寄りの我が儘じゃ。……通させてもらうぞ」

キフロドは静かに立ち上がると、そろそろ昼食の準備が整うダイニングへ向かうことにした。


手紙の最後には、こう書かれていた。

『風の神、第十六章、七節と八節はもう憶えられましたか？』

今から四十年以上も前――――。

壮年のキフロドの前に、若い修道士が青い顔をして立っていた。

それは助祭へ昇格するための大事な試験であり、教典の中でも特に重要とされる部分のいくつかを暗唱しなければならなかった。

だが、極度の緊張からその若い修道士は、普段なら難なく諳《そら》んじる部分を忘れてしまったのだ。

青い顔をした若い修道士に「もう終わりですか？」と問いかける試験担当の司祭。

キフロドは、その試験担当の一人だった。

キフロドはその修道士が非常に真面目で、日頃からとても努力をしていることを知っていた。

そのため、つい手を貸してしまったのだ。

修道士が詰まってしまった部分の冒頭を、声には出さず、微かに唇だけを動かして。

四十年後、その時の若い修道士は努力を重ねて司教になっていた。

リッシュ村のある、リンペール男爵領を教区とする司教に。

昼食後、キフロドが今後のミカの扱いについて考えていると、向かいに座ったラディがコップをコトンと置いて尋ねてくる。

「キフロド様は、ミカ君の力についてどう思われますか？」

「……どう、とは？」

聞き返すまでもない。ミカが詠唱をせずに【神の奇跡】を使ってみせたことだろう。

だが、キフロドはあえて聞き返した。ラディの考えを正すために。

「もちろん、あの【神の奇跡】です！　火事の時の、あの炎を消してみせた力！　それだけでもすごいのに、詠唱すら必要としないなんて！　どれほど神々に愛されれば、あれほどの力を授かるのか！」

キフロドの予想通り、ラディは興奮したように捲し立てる。

ラディは略式の祈りの仕草をしながら、その表情はもはや恍惚と言ってもいいだろう。

「誰にも教わらずに【神の奇跡】を授かるなんて、まるで教典の中の聖人のようではありませんか！　ミカ君はもしかしたら、神々に選ばれた特別な――――！」

心の中で溜息をつきながら、キフロドはラディの言葉を遮り、静かに答えた。

「ミカは、十歳になれば王都の学院に行くじゃろう。そこで正しい【神の奇跡】を憶える。……魔法学院に通う者が【神の奇跡】を使う。当たり前のことじゃの」

何でもないことのように言い、キフロドは水を一口飲む。

キフロドのその答えに、ラディは目を丸くする。

「……キフロド様は、あれほどの力を無視なさるのですか？」

「別に無視などしとらんわい。迷い子を正しき道に導いてやるのも儂らの務めじゃ。あと二年半……、何事もなく過ごせれば、ミカは魔法士として正しく評価されるじゃろう」

「ですが……」

ラディは納得していない様子だ。

「やれやれじゃの……。そんなことでは、このままラディを〝代理司祭〟に推挙するのが不安になってくるわい」

キフロドの言葉に、ラディはハッと表情を引き締める。

「しっかりせんかい。儂の後を継いでこの村でやっていきたいのじゃろう？　代理司祭として認められなければ、他の誰かが司祭として派遣されてくるぞ？　……これまでのようには、好きにはやれんのぅ」

光神教の教会は、すべての村に司祭を置いている。

キフロドの年齢を考えれば、いつ神々の下に召されてもおかしくない。

そうなれば、キフロドの代わりの司祭が派遣されてくることになる。

ラディは助祭の資格しか持っていないからだ。

だが、実際はすべての村に派遣できるほど司祭の数は多くない。

そこで例外的に認められているのが、代理司祭というものだ。

これは助祭の資格を持つ者が、定められた実績や経験などにより、特定の村でのみ司祭の代理として祭儀を執り行うことを認める制度だ。

代理司祭に認められれば、これまでと変わらずにやっていくことができる。

しかし、キフロド以外の者が司祭として派遣されればそうはいかない。

ラディの行動は光神教の教えには従っているが、教会の取り決めからは度々外れているからだ。

寄付を求めずに【癒し】を与えることも、その一つ。

「ラディの信仰は正しい。それは認めよう。だからこそ、儂もそれについては何も言わんかった。

じゃがの、教会はそれを受け入れんわい。それでお前さんは修道院を飛び出してきたんじゃろうが」

キフロドの言葉に、ラディは俯く。

ラディの信仰心は純粋で強すぎた。教会と、相容れないほどに。

そのことが、キフロドには気掛かりだった。

「お前さんは盲目的過ぎるわい。いつも言っておるの？　もう少しだけ、あと一歩だけ下がって、物事を見てみるがええ」

そう言ってキフロドは席を立つ。

ラディも続いて立ち上がり、ダイニングを出ていくキフロドに頭を下げる。

キフロドはそこで一旦立ち止まり、思い出したようにラディへ声をかけた。

「……今回の件、ワグナーレ殿にも伝えておいた方がええかもしれんの」

「ワグナーレ猊下《げいか》に、ですか?」

「儂の司教宛の手紙と一緒に、村長に持って行ってもらおうかの。書いておいてくれ」

「かしこまりました」

キフロドは、ラディの手紙の内容が神々への賛美と、言葉を飾り過ぎた大げさなものにならないか一抹の不安を感じた。

一言注意すべきだろうか?

だが、ワグナーレならばそうした内容に惑わされず、正しく理解してくれるだろう。

そう考え、何も言わず私室に戻ることにした。

第23話　閑話　ヘイルホード地方の領主たち

【ルバルワルス・レーヴタイン視点】

「他に何か、話し合っておきたいことのある者はいるか」

そう言ってレーヴタイン侯爵は、テーブルに着く面々に視線を送る。

彼らはこのヘイルホード地方に領地を持つ領主たちであり、レーヴタイン侯爵が寄親を務める、寄子たちであった。


ルバルワルス・レーヴタイン。

レーヴタイン侯爵家の現当主であり、もうすぐ四十歳になる壮年の男だ。

アッシュブロンドの髪に深い緑の瞳。

よく鍛えられた身体は服装の上からでもよく分かり、鋭い眼光も相まって、彼が武人であることは容易に想像がつく。

彫りの深い顔には、深く刻まれた皺が目立つ。

そのせいで、彼は実際の年齢よりも少々老けて見える。

だが、それは同時に人を委縮させるほどの威厳にも繋がっていた。

彼をよく知らない人は、その前に立たされるだけで震えあがる。

本人に、そんなつもりはなくとも。


ヘイルホード地方の領主たちは、少々特殊な関係にある。

五十年以上前、隣国であるグローノワ帝国との戦争において、彼らの父や祖父は共に戦っていた。

レーヴタイン辺境伯の領主軍として。

ここレーヴタイン侯爵領は、以前は辺境伯領だった。

長く苦しい五十年もの戦争で、総大将であるレーヴタイン辺境伯を支え続けた家臣団。

それが、ヘイルホード地方の領主たちである。

辺境伯が侯爵へと陞爵《しょうしゃく》し、家臣らが爵位を得るまでには紆余曲折があり、当時のレーヴタイン辺境伯も一時は危うい立場に立つことになってしまった。

だが、現在のエックトレーム王国国王であり、当時まだ二十歳だった王太子の計らいにより、彼らは子爵や男爵に叙爵されることとなる。

普通ならば、一貴族の家臣を一斉に叙爵させるようなことはしない。

反意を疑ったり、将来の反乱を危惧すれば、そんなことを認めるわけがない。

それを認めさせた王太子は義に厚いのか、はたまた考えなしの愚か者か。

当時は多くの貴族を巻き込み、大論争が沸き起こったという。

「……無いようなら、今回の会議はここまでだ。議題にもあったが、今年は過去に例を見ないほどに暑い。そのために各地で火災も起きている。さすがにそろそろ涼しくなってくるはずだが、関係各所にはしっかりと通達をするようにな」

レーヴタイン侯爵が集まった領主たちに、より一層気を引き締めるように、と伝える。

今年の異常な暑さにより、ここへイルホード地方のみならず、王国中で火災が起きていた。

山火事や森林火災だけではなく、様々な工場や畑、一般家屋でも火災が起こり、国王陛下からも「火災に対して最大限に警戒し、万一に備えよ」と下知があった。

また、通常の火災のような火の不始末というよりは、思いもしなかったことが原因で、思いもしなかった場所に火災が起こっている例が頻発していた。

そのため、余程の過失や故意でない限り、責任者に対して重い罰は下さないようにとの配慮もなされた。

責任者への罰を、事態の収拾やその後の復興に代えよ、ということだ。

確かに今はいろいろな場所で火災が起き過ぎて、その責任者たちすべてに重い罰を与えていては、領内ひいては国内の様々な分野が機能しなくなる。

優秀な人材を短期間で何人も失えば、復興すらままならなくなる。

少しの過失があろうと、原因の多くが気象によるものならば、排除するよりは有効活用しろということだ。

「また、グローノワ帝国に不穏な動きが見られるとの報告もある。すぐに何かあるとは思えないが留意しておいてくれ。かの戦争から五十年以上経つが、その間ただ平和であったわけではない。小競合いは度々あったし、それがいつ大きな争いに発展してもおかしくはないのだ」

レーヴタイン侯爵の言葉に領主たちは頷く。

侯爵が立ち上がると、テーブルを囲む領主たちも同時に立ち上がった。

「我らこそ、エックトレームの盾である！」

「「我らこそ、エックトレームの盾である！！！」」

侯爵が腹から声を絞り出すと、領主たちが同じように続く。

「鉄と血こそ、我らが誉！」

「「鉄と血こそ、我らが誉！！！」」

「レーヴタイン騎士団に栄光あれ！」

「「レーヴタイン騎士団に栄光あれ！！！」」

かつての〝五十年戦争〟時代、戦いの前などに戦意高揚を目的に行っていた鬨《とき》。

すでにレーヴタイン騎士団という組織はなく、各領主の率いる個別の領主軍だ。

だが、ヘイルホード地方の領主たちは、今でもこのレーヴタイン騎士団という結束で固まっている。

侯爵の「解散！」という声とともに、領主たちは一斉に敬礼をして部屋を出ていく。

いつもなら領主会議の後はそのまま昼食会になったり、夜までかかる場合は泊まっていったりするのだが、今は各地の火災で領主たちも忙しい。

みな一刻も早く自分の領地に戻りたいのだ。

侯爵が玄関まで見送りに行くと、リンペール男爵だけが馬車に乗り込もうとせずに侯爵を待っていた。

男爵の領地でも農地や工場で火災が発生し、事態の収拾と復興に苦労しているとの報告があった。

「どうしたのかね、リンペール男爵。何か相談か？」

会議の後、個別に相談に来ることはよくあることだった。

侯爵は、男爵を伴って執務室へと歩き出す。

執務室の扉の両側には騎士が立ち、敬礼で部屋の主を迎えた。

執務室の中は落ち着いた調度品が並び、部屋の主が見栄えよりも質や実用性を重視していることが窺える。

「何か飲むかね？」

侯爵が樹酒《きしゅ》の入った瓶を勧めるが、リンペール男爵は恐縮してそれを断った。

男爵があまり酒を得意としていないことは侯爵もよく知っているので、特に気にすることもなくソファーに腰掛ける。

向かい合って座ると、男爵は何かを言いづらそうにしていた。

リンペール男爵は、五十代半ばの白髪頭の男だ。

騎士というには少々細身だが、立派に騎士学院を修了し、領主としてもしっかり務めている。

ただ、見た目通り武よりは文の方が得意というのは、自他ともに認めるところだった。

「どうした、ヨーラン。我らの間に遠慮など不要だ。そうだろう？」

ルバルワルスは気さくに声をかける。

侯爵と男爵という立場の差はあれど、それは公式の場においてだけ。

ヘイルホード地方の領主たちは、私的な場ではお互いをファーストネームで呼び合う。

領主である前に、彼らはレーヴタイン騎士団の仲間なのだ。

そしてヨーランはルバルワルスよりも年上で、ルバルワルスよりも早くに男爵家の家督を継いだ。

武官としての能力に秀でた者が多いヘイルホード地方の領主たちの中で、数少ない文官としての仕事を得意とするヨーラン。

ルバルワルスが家督を継いだ時には、随分と世話になったものだ。

「実は……、少し困ったことが起きまして。ルバルワルス様のお知恵をお借りしたいのです」

そう言ってヨーランは、事の経緯を説明した。


どうやらリンペール男爵領には珍しく、魔力に恵まれた子供が現れたらしい。

それ自体は歓迎すべきことだ。

〝魔法士〟になれる者は少なく、リンペール男爵領ではこれまでにそうした子供はほとんど生まれなかった。

その子供は、七歳の魔力量の測定では基準に達していなかったという。

ところが、その数か月後に【神の奇跡】を使えることが発覚した。

あまりにも期間が短すぎるため、当然ながら〝学院逃れ〟が疑われた。

初めから高い魔力量を持ちながら、隠していたのではないか。

何らかの方法で、測定を誤魔化したのではないか、と。

才能のある子供が魔法学院に行けば、それくらいの成長を見せることはよくある。

だが、その子供は独力で、短期間に魔力が成長したというのだ。

常識で考えればあり得ない。

さらに言えば、【神の奇跡】を使えるということは、それを教えた者がいるのは明白。

子供は〝学院逃れ〟として罰し、勝手に【神の奇跡】を教えた者は見つけ出して罰する。

それだけのことだ。

村長の報告では村の司祭が何やら言ってるらしいが、子供への罰を減じようと戯言を言っているに過ぎないだろう。一考にも値しない。

ところが、ここで困ったことが起きた。

教会の介入だ。

教区の司教が「この子供は〝学院逃れ〟ではない」と言い出した。

もしも領主が子供を罰するなら、教会は子供を修道院に入れると言ってきたのだ。

一定以上の魔力量を持つ子供が、十歳で魔法学院に行くことは国法によって定められた義務だが、いくつかの例外規定が存在する。

その一つが修道院だ。

修道院は、神の教えを忠実に守り、神の教えのままに生活する場である。

そこは、神とともに生きると心に固く誓った者たちが集う場所だ。

神とともに生きると決めて俗世から離れた者を、無理矢理に引っ張り出すようなことは、さすがに国もしなかった。

いくら国の法とはいえ、そんなことは教会も許容できないからだ。

例外規定はあるが、教会は積極的にこれを活用しようとはしなかった。

そもそも子供のうちに修道院に入るようなことは稀で、だからこそ国も目こぼしをしてきたのだ。

もしも教会が有望そうな子供をどんどん修道院に入れ、魔力を持つ子供を独占しようとすれば、国がただ指を咥えて見ているようなことはあり得ない。

教会との関係が悪化しようとも、例外規定を撤廃して子供の確保に動く。

その教会が、修道院に入れてでも子供を守ると宣言してきた。

領主が不当な裁定を下すなら、教会が子供を守る、と。


黙って話を聞いていたルバルワルスは、眉間の皺をより深くした。

「…………また、面倒なことを……」

ルバルワルスは教会への憤りを感じていた。

領主の裁定に横槍を入れるとは何事か。

まだ七歳ということは、王都の魔法学院ではなく、まずは侯爵領にある魔法学院へ通わせることになる。

十歳の魔法学院が国法での義務なら、八歳の魔法学院は領法での義務だ。

その義務に違反したのならば、罰するのは当然。

だが――――。

「……記録は確認したのかね？」

「はい。私の方で保管していた記録では、確かに基準には達していないようでした。念のため、会議の前に侯爵領で保管している分も確認させて頂いたのですが、やはり同じで……」

ふぅ……む、とルバルワルスは腕を組んでソファに寄りかかる。

魔力の測定は毎年行っている。

ただ、測定する道具が非常に高価で、ヘイルホード地方ではレーヴタイン侯爵領にしかない。

そのため、毎年レーヴタイン侯爵領の官吏が各領地を回り、測定の結果を村や町の代表者に渡す。

そして、同じ物をその領地の領主と、レーヴタイン侯爵領で保管しているのだ。

その記録では基準に達しておらず、ほんの数か月で基準を超える？

それも、【神の奇跡】を行えるほどに？

(そんなことがあり得るのか？)

ヨーランが困ったと言うのもよく分かる。

たとえ教会が相手だろうと、領主が一度裁定を下せばそれを覆すことはあり得ない。

圧力があったのなら、なおさらだ。

「ヨーラン、もう裁定は下したのかね？　官吏に指示を出したか？」

「いえ、まだです。村長から報告を受けて、その後すぐに司教からこの件で話がしたい、と。至急の面会依頼を受けました」

「では、まだ誰にも、何の指図もしていないのだな？」

「はい」

「ふぅ……む」

教会からの圧力というのが引っかかるが、残してある記録では基準に達していなかった。不正に誤魔化した可能性が高いが、測定した側のミスもなかったとは言い切れない。

短期間に急激に増えた可能性もないとは言えないが、ほとんど無視していい程度の可能性だ。

この件、ほぼクロと言っていい。

(ほとんどクロではあるが、グレーと言えばグレーか……。限りなくクロに近いが)

ルバルワルスはソファーから立ち上がると、キャビネットに向かった。

樹酒を指一本分グラスに注ぎ、一息に呷る。

喉を焼くような熱さが胸に落ち、はぁー……と息を吐く。

「……この件、私の方から大司教に抗議を入れておこう」

「大司教、ですか?」

「領主の裁定に口出しするなど言語道断。教会は男爵領の統治を乱す目的でもあるのか、とな。今年から侯爵領《うち》に派遣された、ワグナーレとかいう大司教によく言っておく」

裁定の結果が元からシロであろうと、そこに教会からの口出しがあったという事実だけで、統治する側としては迷惑だ。

教会が口を出したからシロになった、と見えてしまうからだ。

そのことは教会も理解しているので、普段ならこんなことはしてこない。

それなりの理由があってのことだとは思うが――――。

「前に赴任の挨拶に来たが、あの大司教なかなかのキレ者だぞ? 坊さんにしておくのが惜しいくらいだ。おそらくその気になれば、いつでも枢機卿の席を空けさせて自分が座るくらいには爪と牙を持ってるな」

「そ、そこまでですか？」

「何を考えて坊さんなんぞに収まってるのか知らんが、完全にこっち側の人間だ」

聖職者面《づら》しているが、あれは完全に統治者側の人間だ。

教会の上層部にいるということは統治者のような側面もあるが、あの男は完全に政治向き。

王宮や行政機関の高官にでもなって、権勢の奪い合いでもしている方が余程お似合いのように見えた。

「あの男に言っておけば、男爵領《そっち》の司教にも釘を刺せる。とりあえず、この件はそれで矛を収めてやれ」

「はい」

ヨーランが頷く。

あとは子供の処遇だが――――。

「子供については、来年学院に入れればいいだろう」

「来年ですか？」

「春には規定量の魔力を持っていたかもしれないんだ。学院は当然だろう？　すでに【神の奇跡】を使えるのに、二年も遊ばせておくことはない。学院には受け入れの準備をするよう通達を出しておこう。一人増えそうだ、とな」

「分かりました」

とりあえず、大まかな方針が定まったことでヨーランはホッと一息つく。

教会の横槍のせいで、だいぶ気を揉むことになった。

いくら教会でも領主の裁定への口出しなど許されることではないが、かと言って無視できるものでもない。

そこが実に厄介なのだ。

光神教はエックトレーム王国の国教であり、その発言には一定の影響力がある。

それも、決して小さくない影響力だ。

なにせ国民のほぼ一〇〇％が光神教を信仰しており、信仰していないのはごく一部の移民者くらいなのだ。

統治への口出しを認めるわけにはいかないが、対立するわけにもいかない。

教会とは、そういう相手だった。

「念のため、魔力量の測定を改めて行いたいと思いますので、測定の水晶をお借りしても宜しいですか」

「ああ、しっかり確認してこちらにも知らせてくれ。だめなら学院にもキャンセルを伝えないとならんのでな」

ヨーランは頷いた。

帰りに官所に寄って、測定の魔法具と担当の官吏の手配をしていかなくてはならない。

「もしも本当に基準を超えているようなら、たっぷりと恩に着せてやれ。本来なら子供は施設行きだったところを、格別の恩情をもって裁定を下した、とな」

「ははは、そうですな。そうするとします。それで【神の奇跡】を教えた者はどうしましょう？」

「見当はついているのかね？」

「いえ。独力で使えるようになったとの主張なので……」

あり得ない話だ。

だが、だからこそ嘘をつくならもっとマシな話を考えそうだが……。

「今回は、一杯食わされてやれ。そいつが余計なことをしたおかげで、我々は貴重な魔法士を一人見落とさずに済んだのだからな」

「……確かに、そう言われればその通りですな」

許可なく【神の奇跡】を教えることは禁じられている。

それでも、今回はそのおかげでリストから漏れていた魔法士を発掘することができた。

その功をもって、目を瞑ってやろうというわけだ。

ヨーランは立ち上がると、ルバルワルスに礼を言ってすぐに執務室を出ていく。

彼はこれから馬車を飛ばし、丸一日以上をかけて自領に戻らなくてはならない。

レーヴタイン侯爵領とリンペール男爵領は隣接しているが、深い森に遮られて直通の街道がない。別の子爵領を経由してからでないと戻れないのだ。

ルバルワルスは執務机に移り、美しい装飾の施されたテーブルベルに手を伸ばす。

ベルを鳴らすと、すぐに執事がやって来た。

「学院と官所に使いを出す。二人ほど寄越してくれ」

「かしこまりました」

執事は恭しく頭を下げ、部屋を出ようとする。

そんな執事にルバルワルスは追加で指示を投げる。

「……ああ、それとマグヌスにこの後少し付き合えと伝えておいてくれ。活きがいいのを何人か連れて行く」

その場で振り返り、再び恭しく頭を下げると執事は静かに部屋を出る。

ルバルワルスはペンに手を伸ばし、まずは学院への命令書を書き始めた。

だが、すぐに手が止まる。

あまりにも荒唐無稽な想像が、頭を過《よぎ》ったからだ。

「もしも……本当に独力で【神の奇跡】を会得したとしたら……？」

そんなことになれば、王国全体を揺るがしかねない事態になるだろう。

魔法士とは、使い方次第では非常に危険な存在だからだ。

たった一人でさえ、数百人の兵士にも匹敵するほどに。

そんな存在が野放しの状態であることが、どれほど危険か。

そうして勝手に広がっていくことを懸念して、学院という制度で管理をしているのだから。

ルバルワルスは睨むように逡巡し、口の端を上げた。

「フンッ……どのような者でも、役に立つなら利用するまでよ」

すべては、レーヴタイン侯爵領のために。ひいては王国のために、だ。

ルバルワルスは気を取り直すと、命令書の続きを書くのだった。

◇　◇　◇

【ワグナーレ・シュベイスト視点】


レーヴタイン侯爵領、領都サーベンジールにある大聖堂。大司教の執務室。

執務室には、聖職者が使用するには少々豪奢過ぎる調度品が並んでいた。

これらの調度品は以前の大司教が揃えた物で、現在の部屋の主の嗜好に合う物ではない。

だが、だからといって調度品を新たに買い揃えれば、それはそれで余計な出費ではある。

教会の予算とは、言うまでもなく信者たちからの寄付によって賄われている。

現在の主は華美な調度品に居心地の悪さを感じながらも、これ以上の無駄な出費を控えるため、仕方なくそのまま使うことにした。

もしも現在の調度品を売り払い、そのお金で新しく相応しい調度品に買い替えても、次に赴任した大司教がどうせまた豪奢な調度品を買い揃えるだろうから。

部屋の中には大司教のワグナーレと、首席司祭のカラレバス。

そして、レーヴタイン侯爵領の領主が四人の部下を連れて訪れていた。

「閣下のおっしゃる通りです。私の方から厳重に注意いたしましょう」

そう言ってワグナーレは静かに頭を下げる。

ワグナーレは大司教に相応しい、清潔感のある司教服を纏っていた。

ダークブラウンの髪は艶のあるオールバックに撫でつけられ、少々鋭すぎる目は青の瞳が印象的だった。

静かにソファーに座っているだけで、猛禽類が気配を消して獲物を見定めているような雰囲気を醸し出す。

今年五十歳を迎えた大司教は、その洗練された所作も相まって、まったく隙を感じさせなかった。

ワグナーレは怒り心頭で乗り込んで来たレーヴタイン侯爵の抗議に、聖職者らしい落ち着きをもってしっかりと耳を傾けた。

抗議の内容自体は、他の教区での出来事である。

しかし、近隣の小教区の司教に対する監督責任が、ワグナーレにはあった。

もっとも、その監督責任を一番に背負っているのは、担当の枢機卿ではあるのだが。

いちおう大教区を任された大司教にも、近隣教区の司教を監督する責任はある。

抗議の矛先として、まったくの見当違いというわけではない。

「陛下の篤信もあって、我々は教会に対して最大限の配慮をしている。だが、それが今日《こんにち》の教会の思い上がりを招いているのであれば、こちらとしては様々なことを考え直さなければならない。

……分かるな？」

「もちろんでございます。陛下からの格別のご配慮には、教皇聖下から一信徒に至るまで、すべての者が感謝しております。この度のことは私も大変驚きましたが、閣下のお怒りはもっともでござ

います」

腰掛けたソファーからズイッと身を乗り出し、睨みつけるレーヴタイン侯爵の圧迫を、ワグナーレは真正面から受け止める。

侯爵はその体軀もあり元々迫力のある人なので、睨みを利かせると余計に凄みが増す。

しかも侯爵の後ろには四人の騎士が立ち並び、口を挟みこそしないが全身で威圧してきていた。

ワグナーレの後ろに控えさせたカラレバスは、先程からその迫力に押され、何度もヒッと息を詰まらせている。

（……これも経験と思い同席させたが、失敗だったか）

ワグナーレの下にいる司祭たちの中では、彼がもっとも司教に近い。

司教ともなれば、その教区での責任のすべてが伸し掛かる。

場合によっては、こうして領主からの抗議を受けることもあるだろう。

何事も経験だと思い同席させたが、彼には少し刺激が強かったかもしれない。

今回は厳重な抗議ということで、特大の釘を刺して侯爵たちは帰って行った。

通常、こうした抗議に侯爵が出向くことはない。

司教を呼びつけるのが普通だ。

そうした慣習を無視し、領主自らが突然押しかけて来ることで、事の重大さを演出したのだろう。

強面の部下を引き連れての抗議には、「少々演出が過ぎるのでは？」とワグナーレは思ったが、同席させられたカラレバスには十分すぎるほどに効いたようだ。

（後ろの騎士、一人は確か……マグヌスと言ったか？　領主軍の将だった憶えがある。他は威圧のために、見栄えのいい騎士を揃えてきたといったところか）

侯爵のあまりに分かりやすい演出にワグナーレは苦笑する。

まあ、こういう演出は少しくらい過剰にやってくれた方が分かりやすくていい。

誤解や曲解の余地を与えず、ストレートに意思が伝わる。

こうした演出力は、上に立つ者なら持っていた方がいい技能の一つといえるだろう。

「ど、どど、どうなさるおつもりですか、猊下。小教区の司教が出過ぎたことを仕出かすから、このようなことに……」

ソファーの背もたれに手をつき、身体を支えながらカラレバスが尋ねる。

おそらく腰が抜けそうなのだろう。

「別にどうもせん。侯爵の言うことはもっともで、司教に行き過ぎた部分があったのは事実だ。それについては司教も理解している。わざわざ注意する必要もない」

そう言ってワグナーレはソファーから立ち上がり、執務机に移る。

カラレバスは手を離すと本当に腰が抜けてしまいそうなのか、身体を支えながら振り向くのがやっとだった。

「そんなことで、本当に大丈夫なのですか……？」

「司教のことは私も知っている。普段ならこんなことをする人ではない。……それに、事情についても凡《おおよ》そ把握しているのでな」

ワグナーレは引き出しを開けると、二通の手紙を取り出す。

一通はリンペール男爵領の司教から。

もう一通は、ラディからだった。

司教の手紙には、簡単な事の経緯が綴られている。

そして、司教の行った越権行為についての事後報告もその中にはあった。

司教はすでに事の重大さを理解しており、そのためワグナーレに報告の手紙を出したのだ。

もしかしたら、こちらに迷惑をかけるかもしれない、と。

手紙には、なぜ司教がそんな行動に至ったのか、その説明がなく不思議に思っていた。

だが、それは同時に届いたラディからの手紙で判明した。

手紙には、一人の少年が火災で取り残された人を助けるために【神の奇跡】を使ったこと。

それを発端に、突然〝学院逃れ〟騒動が巻き起こったこと。

そうした一連の経緯の、詳細が綴られていた。

……ただし、神々への賛美と、少年の授かった力に対して過剰に飾られた言葉の数々に、内容を把握するのに少しの時間を要したが。

いちいち「神々の溢れんばかりの愛情」だとか「海よりも深い慈悲」とか「空よりも広い御心」などと、神々を賛美する言葉を添えないと文章が書けないのはラディの悪い癖だろう。

そんなラディからの手紙により、これらがリッシュ村での出来事なのだと分かった。

そして、これがリッシュ村での出来事ならば、司教の行き過ぎた行動にも説明がつく。

（……あそこには、キフロドがいるからな）

ラディからの要請だけで、司教が動くはずがない。

しかも、こんな越権行為を司教自ら行うなどあり得ない。

だが、キフロドが裏にいるのなら話は別だ。

キフロドは、今でこそリッシュ村のような小さな村の司祭をしているが、かつては国内第二の都市で首席司祭を務めていた。

もう何十年も前の話だが、当時キフロドに指導されたり、世話になった者は多い。

ワグナーレもキフロドの下で多くを学び、世話になった者のうちの一人だった。

出世レースで罠に嵌められ左遷させられたが、キフロドの潔白は多くの者が疑っていない。

キフロドには、今も恩義を感じている者が多いだろう。

当時世話になった者の中には、今では教会の上層部にいる者が何人もいる。

そうした者たちで、キフロドの地位を回復させようと働きかける者がいた。

だが、それをキフロドは固辞した。

自分はもう半分隠居した身だから、と。

リッシュ村で、のんびり務めを果たしたい。そう話していた。

（キフロド《あの人》が後ろにいるなら、今回の件の辻褄は合う。むしろ、司教で済んで良かったとさえ言えるか）

その気になれば、枢機卿の何人かは動かせるかもしれない。

それだけの繋がりが、まだ残っている可能性がある。

それを思えば今回の件、まだ穏便に済んだ方だろう。

「…………ご健勝そうで何より、と思っておこうか」

ワグナーレは独《ひと》りごちて、二人の顔を思い浮かべる。

キフロドとラディ。最後に会ったのは何年前だったか。

かつてコトンテッセに司祭として赴任していた頃のことを思い出し、懐かしい気持ちになる。

だが、ただ懐かしんでもいられない。

ラディの手紙には気になる部分もある。

（誰にも教わらず【神の奇跡】が使える……。あり得るのか、そんなことが？）

にわかには信じ難い。

ラディは神々からの溢れんばかりの寵愛の証と手紙に書いているが、それは本当に【神の奇跡】なのか？

まず疑問に思うのはそこからだろう。

相変わらずのラディの盲信っぷりに思わず苦笑するが、それがラディといえばラディである。

（……村で唯一の【神の奇跡】の使い手。真っ先に疑うべきは彼女だ。だが……）

それはない。ワグナーレは確信を持っていた。

ラディが神々との誓約を破り、勝手に【神の奇跡】を教える？

それならば、本当に少年が一人で【神の奇跡】を身につけたという方がまだあり得る。

そして、もし仮にそんなことがあったとしたら――――？

（……【神の奇跡】は、世界の始まりからあったわけではない。最初に神々から【神の奇跡】を授

かった者がいる）

最初の聖人。最初の【神の奇跡】の使い手。

（まさか、聖者ヒルディンランデルの再来……？）

それこそ、まさか、だ。

（荒ぶる世界に秩序をもたらすため、授けられた【神の奇跡】。もしも、神話の中にだけ存在するような原初の【神の奇跡】が授けられたら？）

再び、世界の形が変わる……？

海が、山が、大地が、再び形を変える？

教典にある、神話のように？

ワグナーレは軽く首を振り、あまりにもあり得ない自らの妄想を頭から追い出す。

（ここで考えたところで答えが出るわけがない。情報が少なすぎる）

ワグナーレは再度ラディからの手紙に目を通し、見落としがないかを確認すると、司教の手紙と一緒に引き出しに仕舞った。

（あの人がいるなら、そう悪いことにはなるまい。今はこのまま任せるとしよう）

必要があれば何か言ってくるだろう。

この件は一旦置き、ワグナーレはカラレバスを伴って、礼拝堂に向かうのだった。

第24話　魔力量の再測定

集会場での話し合いから、十日ほどが過ぎた。

話し合いの翌日からアマーリアとロレッタは仕事に復帰し、ミカは朝から教会に預けられた。

どうやら、ノイスハイム家と教会との間で密約が成立しているらしく、教会ではキフロドとラディが待ち構えていた。

ミカは毎朝アマーリアたちと家を出て教会に預けられ、二人が迎えに来るまでを教会で過ごす。

教会に乗り込んでやろうかと意気込んでいたが、むしろ教会に預けられることになっていた。

「……解せぬ」

と思わず呟かずにはいられないが、実際のところは仕方ないかなあ、と自分でも思っている。

見事に要注意人物から、要監視対象へとレベルアップを果たしたが、その理由についてはこの十日間にいろいろ教えてもらった。

まず、ミカが魔法を使えることで、春の魔力量の測定を不正に誤魔化した疑いが浮上。

これが〝学院逃れ〟だ。

選ばれた子供が十歳で王都の魔法学院に通うことが国民の義務とされるが、八歳で侯爵領の魔法学院に通うのは領民の義務らしい。

その話を聞いた時、ミカもよく憶えていなかったのだが、確かラディの話では「八歳での魔法学院は任意」とか何とか言っていたような気がした。

だけどそれはミカの記憶違いで、「領主が魔法学院を設立する」かどうかが任意とのことだった。

リンペール男爵領のあるヘイルホード地方では、レーヴタイン侯爵領に設立された魔法学院へ通うことが、各々の領地の法律で定められているのだとか。

そして、この魔法学院に通う義務。違反した場合の罰が半端なく重い。

本人はどこかの、専門の〝強制収容施設〟に入れられる。

ここでどんなことをされるのか、またさせられるのか、はキフロドも知らないらしい。

そして、刑期というのも聞いたことがないという。

死ぬまで魔力を搾り取るとか、洗脳でもしてるのか？　と思うが、まったくの謎のようだ。

というか、噂ではたまに聞くが、これまで入れられた人を実際に見たことはないらしい。

それぐらい〝学院逃れ〟というのは稀だ。

そして、罰はそれだけに留まらない。

両親には三年の労役が科せられる。

村長に労役はないが、村民の管理もできない無能、不適格として村長を辞めることになる。

基本的に毎日が同じことの繰り返しのような小さな村で、突如発覚した大事件。

村人が大騒ぎするのも納得である。

（……こんなの聞かされれば、そりゃアマーリアも放心するか。ロレッタが取り乱すのも分かる）

知らなかったとはいえ、ミカはかなり危険な立場にあった。

だが、それならアマーリアやロレッタが入れ知恵してくれれば良くないか？　とも思ってしまう。

魔法を習得したのが春以降なのは事実なのだから、そのことをもっと早く教えてくれれば、ミカも話し合いの時に悩まずに済んだ。

だが、それはおそらく無理だろうとキフロドは言う。

たぶん二人は、何が〝学院逃れ〟に抵触するのか理解していなかったのではないか、と。

村人が生活の中で、国や領地の法律を気にする場面というのがまったくないらしい。

普段の生活で身についた〝村のルール〟に沿って毎日を過ごす。

法律なんて知らなくても、村で決められたルールに従ってさえいれば、それで済んでしまう。

村長や工場長のホレイシオ、元冒険者のディーゴたちならともかく、法律を意識して生活している者など村人にはいないだろうとのことだった。

それでも〝学院逃れ〟について多少なりとも知っている者がいて、そのイメージだけが村人に広がった。

無責任に「最悪の結果」をアマーリアたちに聞かせる村人には、キフロドも憤りを覚えたという。

（それが、あの一週間の引き籠もり生活の原因か……）

ミカは、家族三人が寄り添って暮らした一週間を思い出した。

近い将来に訪れる〝罰〟に怯え、それでもミカの前では気丈に振る舞おうとしていた。

アマーリアとロレッタの二人には、本当に申し訳ないことをしたなと思う。

また、火事の顚末も教えてもらった。

工場の火災については、ミカたちが引き籠もっていた間に、領主への報告がなされている。

本来であれば、火災を起こして損害を与えたホレイシオは解任の上で厳しい罰が下るところだが、今年は火災が国中で起こっているらしい。

火災の原因が気象によるところが大きいと判断され、ホレイシオは留任。

おそらく減給などの処分はあるだろうが、厳しい罰にはならなかったようだ。

紡績工場の機能を一日でも早く回復させることで、罰の代わりにするという。

なので、ホレイシオは領主に報告に行った後、すぐに工場の機能回復に奔走していたらしい。

あんな大火傷を負ったばかりだというのに。

（いくら【癒し】で治したからって、そんなにすぐ動けるものかね？　身体よりも、むしろ精神的に無理だろ……）

ホレイシオのタフさには呆れるばかりだが、おかげで二週間余りで元の生産力のほぼ七割にまで戻している。

いくらホレイシオが奔走しても、紡績工場はほぼ全焼だったはず。

どうやって生産しているのか？

それは、無駄に大きく作った工場のおかげと言っていい。

紡績工場としての機能が、残った工場にも備わっているらしい。

四棟ある工場の内訳はこうだ。
・事務所、食堂、倉庫など
・織物工場

・紡績工場1
・紡績工場2（火災のあった建物）
元々紡績工場は二棟あったのだ。

織物の材料として使う分と、生糸として卸す分があるので、確かに建物一つでは足りないのかもしれない。

実際、当初の目論見はそうだったようだ。

だが、実情は少し違うらしい。

二つの紡績工場は、それぞれの建物に生産工程のすべてを備えている。

ただし、これまでは工程を分けて、二つの建物で分業をしていた。

なぜそんなことをするのか？

もちろん、火災が起きやすいことが分かっているからだ。

作業中に大量に綿塵が舞って火災が発生しやすいのは分かりきっているので、その対策として分けることにしたようだ。

リッシュ村の紡績工場は、二つの工場をフル稼働させるほどの人員がいない。

そのため、昔は一つの建物だけで生産していたらしい。

残りの一つは無駄に眠らせているだけの設備。

それならば、二つの建物で作業を分けて行えば、綿塵の量を減らせるのではないか。

前の工場長がそう考えたらしい。

この考えは的中し、それまでは度々小火《ボヤ》を起こしていたが、作業を二つの建物に分けて以降はほとんど起きなかった。

だが、残った一棟ですべてを行うようになれば、また火災が起きるのではないだろうか。

これはホレイシオも当然考えていて、綿塵が特に多く発生する作業の一部は、外で行うなどの工夫をしているらしい。

それでも安心とは言えないので、いろいろと考え工夫しながら、生産量を抑えて様子を見ているのだとか。

（元の世界なら集塵機とかあるけど、この世界で塵を減らすとか至難の業だよなぁ……）

せっかく救った命である。

ホレイシオには、是非とも過労やストレスで倒れるようなことがないようにしてもらいたい。


集会場での話し合い後、ニネティアナが時々ミカの様子を見に来てくれた。

デュールを連れて、散歩のついでのように立ち寄っては、少し話をして帰っていく。

キフロドやラディが近くにいるのであまり冒険者の話などはできないが、それでもミカの様子を気にして顔を見せるニネティアナの存在は、本当に有難かった。

村の子供たちはミカに近づかなくなってしまったので、余計にそう感じる。

元々あまり子供たちの相手はしていなかったが、あからさまに避けるようになったのは、おそらく親に何か言われたからだろう。

実は、一度だけマリローラが、教会に遊びに来たことがある。

だが、すぐに母親が迎えに来て、連れ帰ってしまった。

口には出さなかったが、おそらく親には「ミカに関わるな」と言われているのだろう。

その後、時々マリローラの姿を見かけることはあったが、常に母親が傍にいた。

悲しそうな目で、遠くからミカを見つめるマリローラには、ちょっとだけ胸が痛んだ。

また、以前のように遊べる日が来るのだろうか……。

「よし、ミカよ。いっちょ揉んでやるかの」

礼拝堂の長椅子に座り、ぼけー……と六神の像を見上げていたミカのところに、キフロドがやってくる。

脇には大きなチェス盤のような物を抱え、手には木箱を持っていた。

（……揉んでやるっていうか、自分がやりたいだけでしょ）

ウキウキしながらやってくるキフロドを見て、思わず苦笑する。

キフロドが手にしているのはブアットレ・ヒードという盤上遊戯だ。

この世界における将棋やチェスのようなものだが、内容はもっと複雑だ。

縦横16×17のマスに区切られているが、一行毎に半マスずれている。

つまり、一つのマスの周りは上と斜め上で3マス、下と斜め下で3マス、計6マスだ。

そして盤上に配置するのは駒だけでなく、防護柵や投石器などのギミックも存在する。

また、伏兵カードというのもあり、自陣の中の十二カ所のうち、一カ所を選んで伏兵を配置できる。

もはや感覚としては将棋などより、戦略シミュレーションゲームの戦闘パートに近い。

「ミカもなかなか筋がええがのぉ。儂に勝つにはまだまだじゃわい」

長椅子の上に盤を置き、キフロドは楽しそうに駒を配置していく。

(まだ、やるなんて言ってないんだけど……。まあいいけどさ)

楽しそうにしているキフロドに水を差すのも悪いと思い、仕方なく付き合うことにする。

このゲームは複数の駒を連携させたり、同時に動かせる場面が発生するなど、ルールが複雑で庶民には人気がない。

その代わり、軍人や貴族にとっては嗜みのようなものだという。

(将棋やチェスくらいシンプルにした方が、庶民には人気が出るだろうね)

ブアットレ・ヒードは戦場の縮図のようなものだ。

遊戯としての色をもっと出した方が、庶民には受け入れやすいだろう。

そしてこのゲームの難点の一つは、最初の駒の配置からして難しいことだ。

なにしろ三十個も駒があり、そのうちの六個は自陣内ならどこに配置してもいい。

一応セオリーのようなものがあって、王様の周りに配置して守りを固めるか、前面に置いて速攻を仕掛けるか。

相手の配置を見ながら変えてもいいことになっている。

(そりゃ人気出ないだろうよ、こんな複雑なんじゃ)

複雑さ故、じっくり考えながらの遊戯が前提になるが、庶民にはそんな暇はない。

庶民はいろいろ忙しいのだ。

愛好家たちは、朝から酒を片手に丸一日かけてじっくりと遊ぶらしいが、そんな時間の無駄使いこそ、庶民には信じ難い道楽といえる。

「……儂の方はもうええぞ。そっちはどうじゃ」

「僕もいいですよ」

「うむ、始めるとするかの。先手はミカからでええぞ」

「では、遠慮なく。よろしくお願いします」

ミカは一礼すると駒を動かした。

キフロドは守りを固めた、じっくりと腰を据えた駒組み。

ミカはさっさと終わらせようと、速攻型の駒組みだ。

（相変わらず、崩すのに手間がかかるな、こりゃ……）

ミカはキフロドと交互に駒を動かしながら、心の中でこっそりと溜息をつく。

キフロドはどっしりと自陣を固める戦法を好み、ミカまでそれに合わせていたら本当に丸一日かかってしまう。

なので、バンバン自軍をぶつけて守りを削るのだが、いつも攻めきれずに駒が尽きる。

まあ、当然と言えば当然だ。攻めると言っても、すべての駒で攻めるわけじゃない。

自陣にも、守りの駒くらいは置いている。

それに引き換え、キフロドはほとんど攻めに駒を回さず、守りに振っている。

攻め側と守り側で、駒数に大きな違いがあるのだ。

（それでもこっちが隙を見せなきゃ、亀のように閉じ籠もるからな。……まあ、今日はちょっと罠を張らせてもらったけど）

今日のミカは攻めに大駒を使わず、あえて半端な位置に留めた。

素人目には、攻めにも守りにも使える妙手のように見える。

だが、実際にはどちらからも微妙にズレた、中途半端な手だ。

その中途半端な位置が、キフロドが攻める際には少々邪魔になる。

キフロドは、ミカの攻めが止まったと見て攻勢に転じた。

だが、防護柵の傍に置いたミカの大駒が邪魔で、一瞬手が止まる。

強引に突破するか、迂回するか。

突破することは可能だが、多少の損害が出るのは確実。

キフロドは損害を嫌って、迂回を選んだ。

「ああ、そこ。伏兵です」

「なんじゃと!?」

ミカは伏せていた伏兵カードを見せる。

王様を守る陣地から離れた、守りにまったく意味のない場所。

もちろん、攻めの役にも立たない。

もしも迂回を選ばなければ、「何のために伏せたのか、聞いてもええかの？」と煽りたくなるような位置だ。

だが慎重派のキフロドなら、この状況を作り出せば迂回を選択すると読んでいた。

「そんなところ、伏せる意味がないじゃろうに……」

「意味あったじゃないですか」

そう言ってミカは伏兵で分断したキフロドの駒を、伏兵と大駒を連携させて潰していく。

これでキフロドの攻めは、すぐには機能しなくなった。

「む……むむむ……」

優勢だった盤上をひっくり返され、キフロドは唸る。

ひっくり返したといっても、キフロドの優勢から五分に戻しただけだ。

大駒が攻めに効く位置に移ったので、ミカが少しだけ優勢になったかもしれない。

せいぜいその程度の形勢だ。

「あら珍しい。キフロド様がそんなに難しい顔をしているなんて。もしかして、ミカ君が勝ってる？」

昼が近くなり、ラディが外から帰ってきた。

ラディは毎日、村中を回って怪我や病気で困っている人に【癒し】を与えに行っている。

年寄りの家に行って、話し相手になったり相談に乗ったりもしている。

「お帰りなさい。ほとんど五分ですよ。目論見が外れて、ちょっと困ってるだけです」

「それはそれですごいと思うけど……」

遊戯歴数十年のベテランが、ルールを教わって十日の子供に形勢を五分に戻された。

確かに、それだけ聞くと凄そうな気がする。

「ちょっと待っててね。すぐお昼の準備しちゃうから」

「はい。いつもありがとうございます」

ミカは教会に預けられるようになってから、お昼はいつも教会で食べている。

自由はなくなったが、代わりに温かい昼食が食べられることになった。

まあ、これはこれでありかな、と思わなくもない。


ダイニングで昼食を食べ、キフロドやラディと談笑していると、礼拝堂から声が聞こえてきた。

「あら、どなたかしら」

ラディが立ち上がり、礼拝堂に向かう。

（あの声……）

ミカには訪ねてきたのが誰なのか、見当がついた。

そのまましばらく待っていると、ラディが戻ってくる。

その顔には先程までとは違い、暗い影が落ちていた。

「ミカ君……、あのね。落ち着いて聞いてね」

ラディは言いづらそうにしている。

「村長が呼びに来たんですか？」

ミカが先回りして言うと、ラディは躊躇《ためら》いながら頷く。

「……村長は何と言っとるかの？」

キフロドは落ち着いているように見えるが、少しだけ声が硬い気がする。

ラディはミカを見て、キフロドを見て、またミカを見る。

かなり言いづらそうだ。

「ミカ君に、今すぐ村長の家に来るようにって。領主様の使いの方が見えているらしくて……」

「分かった」

キフロドはすぐに立ち上がってミカを見る。

「儂がついて行くからの。お前さんは何も心配せんでええぞ」

キフロドは一瞬困ったような顔をするが、すぐに頷いた。

「キフロド様、私も行きます」

「……ミカよ、大丈夫じゃ。儂らがついとる」

ミカは黙って頷いて、キフロドたちと礼拝堂に向かった。

そこには落ち着かない様子の村長が待っていた。

キフロドが自分たちも付き添うことを伝えると、村長は僅かに逡巡するが、すぐに認める。

「……くれぐれも、無礼なことをしないように。言われたことには素直に従いなさい。いいね」

ミカに向かってそう言うと、村長はさっさと礼拝堂を出ていく。

キフロドが前を歩き、ラディに手を繋がれて村長宅に向かう。

中央広場を進むと、数人の村人の一団を見かけた。

ミカたちを見て何やらひそひそと話をしている。

この十日間で、こういう村人の姿を何度も見かけていた。

（……田舎の、こういう雰囲気は好きになれないな）

村社会の排他性。

異端に対しては、本当に容赦がない。

〝内側〟の人には優しいが、そこから外れた途端に茨で武装する。

自分のせいでアマーリアやロレッタが村八分にされたら嫌だな、とついネガティブな思考が浮かんでしまう。

村長宅に着くと、そのままリビングらしき部屋に通され、そこでは三人の男が待っていた。

三人とも上等な服を着て、見るからに役人といった感じだ。

「……件《くだん》の子供だけで良い。付き添いは不要だ」

三人の男のうち、もっとも上役に見える男が言う。

ラディが抵抗しようとするが、キフロドはそれを目で抑える。

今は素直に従っておく方がいいということだろう。

ミカが繋いでいた手を離すと、ラディは心配そうにミカを見る。

「大丈夫です。行ってきます」

ミカは素直に従う。

これ以上大事にしたくない、家族に迷惑をかけたくない、という思いが一番にある。

黙って冤罪を受け入れるつもりはないが、下手なことをすれば、それは冤罪ではなく本当の罪になってしまう。

領主がどんな判断を下したのか分からない以上、今は大人しく従うしかないだろう。

男の指示に従って、部屋の中央にポツンと置かれた椅子に座る。

ミカの後ろに一人、少し離れた斜め前に一人、そして正面にさっきの上役らしき男が着く。

(めっちゃ警戒してんな。なんだこれ？　領主の沙汰を伝えるだけじゃないのか？)

男たちの緊張と警戒がミカにも伝わって来て、こっちまで警戒心が強くなる。

「……目を閉じて、両手を前に出しなさい」

正面にいる男がミカに命じる。

緊張しいのミカは、この雰囲気だけで鼓動が速くなってしまう。

(手を出せって、手錠でもする気かよ!?　どうする？　大人しく従うべきなのか？　それとも……)

頭の中に、ぐるぐると様々な考えが浮かぶ。

従うべきか、抵抗すべきか。

捕まるのか？

何で俺が捕まらなきゃならないんだ!?

ミカが迷っていると、正面にいる男が冷たい声で再び命じる。

「目を閉じて、両手を前に出しなさい。それとも、できない理由があるのかね？」

その声に、ミカは諦めて大人しく従うことにした。

ここで下手なことをするのは、やはり得策ではない。

何かあったとしても、キフロドたちが何とかしてくれると信じるしかない。

ミカが大人しく従うと、後ろから目隠しをされた。

それから何やら、カチャカチャと音が聞こえてくる。

「……手をもう少し高く。そう。少し内側に寄せなさい。……そのまま動かないように」

大人しく指示に従っていると、不意に両手が冷たい物に触れた。

手のひらに伝わる感触から、それがメロン大の丸い物だと分かる。

(これ……。魔力量を測る水晶？)

ミカ少年の記憶にある、春の魔力量測定で触った水晶と同じような気がした。

前はここまで物々しい雰囲気ではなかったが、固く冷たい感触は、まさにあの時の水晶と同じだ。

(俺の魔力量を測り直してるのか？　なんでだ？)

ミカが魔法を使えることは村長から伝わっているはずだ。

つまり、魔法が使えるだけの魔力量があることは確定している。

そして、問題はあくまで「ミカの魔力量が春に基準を超えていたか」だ。

今更、測り直す意味は――――。

「……手を下ろして良い」

手のひらの水晶が離れる。

再びカチャカチャと音がすると、そのまましばらく待たされた。

音がしなくなってから、ようやく目隠しを外される。

すでに水晶は仕舞われ、三人の男はただミカを囲んでいるだけだ。

男のうちの一人が部屋の扉を開けると、そこには心配そうにしているラディの姿が見えた。

「もう帰って良い」

男たちはそれ以上は何も言わず、結果が良かったのか悪かったのか、ミカに何の情報も与えない。

一度ぐるりと男たちを見るが、仕方なく指示に従って部屋を出る。

そのままキフロドたちと村長宅を出されたので、教会に戻ることにした。

「何があった？」

帰り道、キフロドが小声で聞いてくる。

戻ってからお話しします、とミカは一旦話を打ち切る。

（おそらくだけど、これは……）

帰り道、ミカは黙って状況を整理する。

ラディは、そんなミカを心配そうに見守っていた。


「魔力量の測定じゃと？」

教会のダイニングに戻り、ミカは先程の村長宅での出来事を伝える。

「目隠しをされたので見てはいないんですが、あれはたぶんそうだと思います。三人で周りを囲んで、物凄く警戒している感じで」

「キフロド様、これはどういうことでしょうか……？」

二人とも戸惑っているようだった、
ミカもそうだが、てっきり領主からの沙汰を伝えに来たのだと思っていた。

だが、待っていたのは魔力量の再測定。

これの意味するところは。

「……魔法学院。もしかしたら、来年から行くんじゃないですか？」

ミカがそう言うと、ラディの戸惑いがさらに大きくなる。

「え？　だって、春にはまだ魔力量が達していなかったのよ？　今の魔力量が基準を超えていても、それは侯爵領の魔法学院に行く理由にはならないわ」

春に基準に達していたのなら、〝学院逃れ〟として有罪。春に基準に達していないのなら、それ以降に魔力が成長しようと、九歳の測定までは関係ない。無罪だ。

領主の判断は、この二択だと思っていた。

だから、今日はこのどちらかを伝えに来たと思ったのだが。

「……じゃが、確かにそうでもなければ再測定する理由が分からんの」

春に魔力量が基準を超えていたと判断したのなら、〝学院逃れ〟として罰するだけだ。

今の魔力量を気にする必要はない。

「これは……、おそらく領主はクロと判断したの」

「そんな……！」

キフロドは、珍しく指先でテーブルをコツコツと叩く。

ラディは悲しげに目を伏せた。

「領主は、おそらく〝学院逃れ〟と判断したんじゃ。じゃが、有罪と裁定を下せない事情ができた」

「……事情？」

「たぶん、教会じゃわい。それで仕方なく春の測定が誤りだったということにするのじゃろう。ミカの春の魔力量は、今日測ったものに修正される、というわけじゃ」

「魔力量が足りなかったのは間違いで、今日測ったものが正しい魔力量だったと」

「おそらく、そういうことにするのじゃろう」

何というか、思わぬウルトラCが飛び出してきたな。

領主が下そうとした裁定を、無理矢理捻じ曲げたということだ。

「でも、何で教会がそこまでしてくれたんですか？　いくら教会でも、さすがにまずいですよね」

「あー……、まあ、のぉ。儂は、ちぃっとばかし司教にお願いはしたが、のぉ？　まあ、ミカが気にせんでもええわい」

そう言うと、キフロドはカッカッカッと誤魔化すように笑う。

ちとやりすぎたかのぉ、との呟きは聞かなかったことにした。

「……でも、まだ領主様の裁定は下りてませんわ。私は心配です」

ラディは略式の祈りの仕草をする。

そんなラディを、キフロドは笑い飛ばした。

「そう心配せんでもええ。こうなったら、儂もとことんやってやるわい。それでもだめなら、二の手、三の手を打ってやるかの」

そう言って笑うキフロドが、少々ヤケクソ気味に見えるのだが気のせいだろうか。

今はただ、領主の裁定を大人しく待つしかないミカたちだった。

第25話　魔法学院への入学命令

魔力量の再測定から一週間が経った。

その間、表面上は静かに過ごしていたミカだったが、内心は穏やかではなかった。

やっぱり〝学院逃れ〟として罰するね、と裁定を下されれば、その累はアマーリアにも及ぶ。

キフロドは「大丈夫、任せておけ」と言ってくれるが、それでも不安は消せなかった。

ミカは家族に再測定があったことを言っていない。

平穏を取り戻したノイスハイム家に、これ以上波風を立たせたくなかったからだ。

たとえ、それが今だけだったとしても。


そして、今日も今日とて教会で過ごしていたミカは、ラディから教典の内容を教わっていた。

ミカとしては教典なんかに興味はないのだが、ラディから「ミカ君は、神々のことをもっと知っておくべきです」と、キラキラした笑顔で言われてしまうと断りづらい。

ラディには迷惑と心配をかけっ放しだし、毎日昼食をご馳走になっている。

なにより、ミカの命の恩人でもある。

ミカのことを思って勉強をした方がいいと言っているのも分かるので、面と向かっては断ることができなかった。

そんな風に、致し方なしに始めた教典の勉強ではあるが、思ったよりも楽しめた。元の世界の宗教と比較したりすると、共通点や相違点が気になったりするものだ。

「……それでは、神々の名前は伝わっていないのですか？　一つも？」

「そんなことはありません。ただ、教典の原典とされる書にしか載っていないそうで、原典を継承するグローノワ帝国の教皇しか知ることができないのです」

光神教の神々は主神として六柱いるが、名前は一般に知らされていない。

名前を口にすることも畏れ多いということで、光の神や闇の神といった形でしか教典に載っていないらしく、教皇以外は誰も名前を知らないという。

そして教皇がいるのは、隣国であるグローノワ帝国にある、光神教の総本山とも言える聖地だ。

そのグローノワ帝国とエックトレーム王国は、五十年以上も前にあった戦争をきっかけに、現在はまったくと言っていいほど交流がない。

なぜそんなことになっているのかというと、戦争初期に「エックトレーム王国を亡ぼすことが神々のご意思である」と教皇が言い出したからだ。

そういう神託があったと教皇が言い出したため、現在両国の光神教は絶縁状態。

両国ともに国民のほとんどが光神教の信者であるため、関係修復もままならないのだという。

（異教徒の国を亡ぼせってのは元の世界でもあったけど、同じ宗教の国を亡ぼせって……。宗派が違うってわけでもなかったみたいだし。その教皇、ご乱心か？）

だが、たとえ乱心であっても教皇の言葉は絶大な影響力を持ち、代替わりした現在の教皇もこの神託を支持する立場らしい。

これが、戦後五十年以上も経ちながら、関係が修復されない両国の事情のようだ。

現在では王都にある大聖堂が、王国の光神教にとっての聖地らしい。

こちらはこちらで教皇を立て、帝国の教皇に対して「偽りの教えを広げている」と非難している。

「神託に背く背教の徒」

「神託を騙る邪教の頭目《かしら》」

と、お互いを罵り合う関係だ。

（個人的には、個人の信仰については自由だとは思うけど……。完全に宗教の悪い面が出まくってるな）

あくまで一側面だとは理解しているが、宗教というのは扱いを間違うと非常に厄介だ。

人は誰でも善性と悪性の両面を持つが、どちらかが極端に突出するようなことは、普通はない。

どちらに対しても、人は無意識のうちに、ある程度でブレーキをかけてしまうからだ。

だが、宗教という要因《ファクター》はこの制限を取り払う。

しかも、善悪の判断さえ麻痺させる。

善良な人が、その善良さ故に「異教徒だから」「宗派が違うから」と何人も殺してみせる。

そして、それを素晴らしいことだと誇りさえする。

十字軍は聖地奪還や異教徒の討伐を謳い、略奪、強姦、虐殺などの蛮行を繰り返した。

大航海時代、国家侵略のための尖兵として宣教師が送り込まれた。

魔女狩りなどの、異端・異教徒への迫害や弾圧。

正義の名の下に行われた残虐行為は、枚挙に遑《いとま》がない。

為政者に利用された部分もある。

だが、教会も布教のために為政者を利用していた。

（……苦手なんだよなあ、狂信者って）

学生時代、家族でどっぷり新興宗教に嵌っているクラスメイトがいた。

あまりにしつこい勧誘に腹が立ち言い返したことがあるのだが、いくら論理的に説いてもまったく聞き入れない。

何しろ、向こうはそれを善意だと思っているのだから。

こちらが腹を立てている理由を、疚《やま》しい気持ちがあるから、心にゆとりがないから、善意を理解しない卑しい人、と決めつける。

それまでは「人は誰でも話し合えば分かる」と心のどこかで楽観している部分があった。

だが、それ以来「そもそも話し合いにならない奴もいる」と学習した。

話にならないのだから、相互理解など不可能。

貴重な人生訓を得た経験だった。


ミカからすると、ラディもだいぶ危険な香りがする。

ただ、ラディの場合は元々の性格か、あまりしつこくは言ってこない。

というか、おそらくミカも同じ光神教徒だと思っているのではないだろうか。

アマーリアやロレッタによる躾の一環で、食事前のお祈りくらいはミカも文句を言わずにやっている。

教会でのお祈りも、形だけは見様見真似で合わせている。

内心は、面倒だなあ、と思いつつ。

(俺は神なんか信じてないぞ！　なんて声高に叫んでも、得することなんか何もないしな)

日本人らしい「長い物には巻かれろ」精神で、合わせることは苦痛ではない。

他に信仰があるのなら受け入れ難いのかもしれないが、形式や様式美以上の意味を見出せないミカにとっては、そんなものかで済んでしまう。

ミカはラディの講義を聞きながら、疑問に思ったことなどを質問してみる。

「主神以外に眷属神もいっぱいいますけど、悪い神様ってのはいないんですか？」

「悪いのに神様なの？」

この世界では、どうやら神とは善性のものという考えのようだ。

所謂〝悪神〟のような存在はなく、どれほど力が強かろうがそれは神ではなく〝魔に属する者〟という考えらしい。

闇の神やその眷属神が、人の悪戯心や嫉妬心などを司るが、あくまで人なら誰でも持っている心という扱いだ。

絶対的な悪というような存在は、神ではないとのことだった。

(多神教で悪神や邪神の類がいないのって、ちょっと珍しいかも……。俺が知らないだけかもしれないけど)

多神教の場合、善神が信仰の中心となるが、対立する存在として悪神を置くことが多いように思える。

敵を魔物や怪物にすることも多いが、対立する悪神が一切いないというのは聞いたことがない。

(日本神話も悪神の類は少ないけど、まったくいないわけじゃないしな)

二面性により、善神が悪神のような顔を持つというのは多い。

荒ぶる神が悪神のように振る舞うこともある。

だが、光神教では神の持つ多面性、多様性も『悪』という扱いではないらしい。

(まあ、〝偽りの神〟すら悪神として扱ってないしな。対立軸を〝神〟にする必要がなかったってとこか。一神教に近い考えだな)

一神教では、絶対的な善を司る神は唯一の存在で、敵対者はすべて悪魔などだ。

魔王はいるが、神のような存在ではない。

(俺も宗教学者じゃないしな。土着の信仰なんかでは、いくらでも例があるのかも)

そもそも、信仰の対象を〝神〟としないものもある。

太陽や月、山や海、河川に大地など、その存在や事象に神秘性を見出し、信仰の対象とする例は世界中にあった。

何を信仰し、何を悪とするか、その時代時代でも変わっていく。

上っ面の話を聞いただけで、理解できるわけがない。

(……それでも、ラディの光神教講座も思ったより楽しめたな。神とか悪魔とか、こういう話はどうしても厨二心がくすぐられるし)

ゲームや小説で、神や悪魔の対立の設定は大好物だった。

昔から設定資料集などを購入しては、読み耽ったものである。

ミカがそんなことを思っていると、昼近くになった。

そろそろ昼食の準備をしようかという時、村長が教会にやってくる。

「シスター、司祭様はどちらかね」

「こんにちは。キフロド様は私室におられると思いますが……。お呼びしましょうか？」

「頼む」

ラディは教会の奥にキフロドを呼びに行き、その場にはミカと村長が残される。

（……き、気まずい）

やや緊張した面持ちの村長は、その場でじっとキフロドを待つ。

これでミカがどこかに行けば、あからさまに避けているように見えてしまう。

（だが、この程度の気まずさなど、社会人ならばどうということはない！）

以前の会社勤めの時、普段まったく接点のない役員と会議室で二人きりになってしまったことがある。

会議の準備をしている振りをして時間を潰したが、心の中では「早く誰か来てくれ」と願わずにいられなかった。

もちろん、会議の準備など振りだけで、とっくに済んでいたことは言うまでもない。

そうして大人しく待っていると、すぐにラディがキフロドと一緒に戻って来た。

「待たせたの、村長。どうしたんじゃ」

「……領主様から知らせが届きました」

「何と言っとる?」

「明日の十時、私の家にミカ君とアマーリアさんを呼んでおくように、と」

そう言って村長はちらっとミカを見ると、キフロドに紙を差し出す。

受け取ったキフロドは紙の上に視線を走らせ、ふぅ……む、と難しい顔をする。

「……これだけでは、何しに来るのか分からんの」

「はい。〝学院逃れ〟については何も書かれていません」

どうやら、知らせには「村長の家で待ってろ」以外のことは書かれていないらしい。

「アマーリアにはもう話したかの? まだなら、儂の方から伝えてもええぞ?」

「いえ、それは私の務めですから。ですが、同席して頂けると助かります」

「うむ。折角落ち着いたところなのに、この話を聞けばまた動揺するのぉ。儂らが一緒の方がええじゃろう」

キフロドがラディを見ると、ラディはしっかりと頷く。

「夕方にはミカを迎えに来るからの。できれば、その時に伝えたいんじゃが……」

「分かりました。……今伝えては、午後は仕事にならないでしょうから」

村長は、キフロドの言いたいことが分かったようだ。

こんな話を聞かされれば、午後はとてもじゃないが仕事どころではないだろう。

「夕方にまた来ます。もし先に来ていたら待たせておいてください」

「分かった」

村長が帰ると、キフロドがミカの頭の上にぽんと手を置く。

「……あれから一週間か。おそらく儂らの予想通りじゃろうが、アマーリアには言わんようにの。予想が外れた場合のショックが大き過ぎるわい」

ミカは黙って頷く。

楽観して明日を迎え、予想が外れた場合のショックは計り知れない。

それならば可哀想ではあるが、明日までは覚悟を決める時間にさせたい。

どんな結果になるのか、確実なことはまだ分からないのだから。

ミカたちには凡《おおよ》その見当はついているが、これはあくまで予想だ。

外れる可能性がないわけではない。

その場合でも、最悪の結果を回避できるようにキフロドが手を打ってくれることになっている。

「早く決着をつけて、アマーリアを解放してやらんとの……」

キフロドは、ミカの頭を撫でながら呟いた。

◇　◇　◇

翌日、ミカたちは村長の家に来ていた。

昨日ミカを迎えに来たアマーリアに村長が話を伝えると、アマーリアはその場で崩れ落ちた。

キフロドとラディの励ましにより、なんとか持ち直したようだが。

その後は家でも塞ぎ込むということはなかったが、夜寝ている時、ミカを抱きしめながら涙を流していたようだった。

それを見て、アマーリアよりもむしろミカの方が耐え切れずに、一週間前のことを話してしまいそうになる。

予想が外れた時のことを考え思い止まったが、アマーリアの心情を思うと、ミカもその後は眠ることができなかった。

そうして朝を迎え、ロレッタもついて行くと主張したが、これは却下された。

領主からの指示は、親を付き添いとして呼ぶようには書いていたが、それ以外は何の指示もない。

〝書いてないんだからセーフじゃね？〟理論は、残念ながらこの場合通用しない。

余計なことをして事態が悪化することはあっても、好転することはあり得ないとの判断だ。

そのため、キフロドとラディの説得により、ロレッタは教会でお留守番となった。

唯一の例外が聖職者で、重要な場面で聖職者が付き添うことは慣習として認められているらしい。

ラディも付き添うつもりだったようだが、ロレッタを一人にするわけにはいかないということで教会でのお留守番組となった。

時間になっても、領主からの使いは到着しなかった。

村長宅のリビングでミカ、アマーリア、キフロドはそのまま待つことになった。

村長は出迎えのために玄関で待機している。

しばらく待っていると馬車の音が聞こえてきたが、待っている間のアマーリアは顔が真っ青で、いつ気を失って倒れるかとハラハラした。

席から立って領主の使いを待つと、すぐに部屋の扉が開かれる。

まず入って来たのは初老の男性で、その後に村長が続く。

初老の男性はキフロドよりも幾分若いだろうか。

上等な服を身につけ、大きな鞄を手にしている。

真っ白な白髪頭と口髭が特徴的だが、大きく後退した額も印象深い。

物腰は柔らかく、先日の領主の使いとは大違いだった。

「少し遅くなりましたな。さて、まずはこちらから片づけてしまいますか」

そう言って男は、鞄を椅子の上に置く。

立ったまま一枚の紙を鞄から出すと、姿勢を正して畏まったようにその紙を掲げ、それから目の高さで腕を真っ直ぐに伸ばす。

ミカたちもその場で姿勢を正し、傾聴する。

「えー……、ミカ・ノイスハイム君。貴方には、来年からの魔法学院入学を命じます。こちらがリンペール男爵からの命令書です」

そう言って、男は村長にその紙を渡す。

それまでの畏まった雰囲気が嘘のような気軽さだった。

村長は目を白黒させて、紙を受け取りはしたが見ようとしない。

「これ、村長。しっかりと確認せんか」

キフロドが声をかけると、慌てたように紙に書かれた内容を確認する。

「ああ、あと男爵からの伝言もありましたね。えー……、『格別の恩情を以《もっ》て裁可を下す。本来、故意でなかろうと施設行きは免れぬところではあるが、特別に魔法学院への入学を許す』とのことです。なにやら一問着あったようですが、まあこんなのは形式みたいなものですな」

男は男爵からの伝言をメモしていた紙をぐしゃりと丸めると、鞄の中に仕舞った。

キフロドは、村長から命令書を引っ手繰ると素早く確認する。

そして、ミカとアマーリアを見てしっかりと頷いた。

「間違いないの。〝学院逃れ〟はこれで決着じゃ」

「よしっ！」

キフロドの言葉にミカはガッツポーズをするが、アマーリアはまったく反応しなかった。

どうやら、完全に放心しているようだ。

「お母さん、もう大丈夫だよ。領主様が許すって」

手を引っ張り伝えると、アマーリアは緩慢な動きでミカを見る。

そして、へなへなへな……とその場に座り込む。

「ミカ……ミカ……ッ！」

涙を流してしがみつくようにミカを抱きしめると、何度も何度も名前を呼ぶ。

「心配かけてごめんね。もう大丈夫だから」

ミカが抱きしめ返すと、アマーリアは何度もウンウンと頷く。

「よう頑張ったの。もう大丈夫じゃ、よう頑張ったわい」

キフロドは、アマーリアに何度も「よう頑張った」と声をかける。

そんな様子を見て、男は肩を竦める。

「……これでは、お話の続きは難しそうですな。落ち着くまで少し待ちましょうか。……ああ村長、水を一杯頂けますかな。幾分涼しくはなってきましたが、まだまだ暑くてまいりますな」

男に声をかけられ、村長は慌てたように部屋を出て行った。


アマーリアが落ち着くのを待って、話し合いが再開した。

キフロドは先に教会に戻り、ロレッタとラディに結果を伝えてくれている。

「申し遅れました。私はレーヴタイン侯爵領で魔法学院関係の事務を行っているバータフと申します」

男はレーヴタイン侯爵領の役人だった。

この世界では役人ではなく、官吏というらしいが。

「翌年の魔法学院入学予定者に説明をして回っています。こんな季節外れに説明に来るのは初めてですがね。……まあ、なにやらいろいろとあったようですが、入学が決まれば関係ありませんな。質問などがあれば遠慮なくしてください。後から確認がしたくても、こちらからでは問い合わせるのも一苦労でしょうからな」

バータフが資料を渡してくる。

Ａ４用紙よりも少し小さいくらいの紙で、十枚ほどだ。

「詳細はそちらに書かれていますが、まずはざっと説明しましょう」

バータフの説明を、資料を見ながら聞く。

「魔法学院は将来の魔法士を育成するためにあります。魔法士というのは【神の奇跡】を使うことのできる者を言いますが、教会の癒し手とは区別されます」

つまり、ラディは区分としては癒し手ということになり、魔法士とは違うらしい。

「本当はもう少し細かい分類になりますが、今はいいでしょう。魔法士というのは国が育成に力を入れており、領主としてもその才能を後押しするために、各地で魔法学院を運営しています」

バータフが魔法学院や魔法士の概要を説明する。

「ヘイルホード地方ではレーヴタイン侯爵領に魔法学院があり、そこに集まってみんなで勉強をしています」

バータフはミカを見て、にこりと笑顔を見せる。

「何人くらいいるんですか？」

なんとなく気になって質問する。

ヘイルホード地方というのがどのくらいの広さなのか分からないが、集めるのならそれなりの人数になりそうだ。

「来年入学予定なのは六人でした。ミカ君で七人目となります」

（少なっ！）

一地方の予定者をかき集めて七人だけとは。

予想外の少なさにびっくりする。

国内全体で何人になるのか分からないが、それは確かに育成にも力が入るだろう。

そうして、一通りの説明を受けていく。

二年毎に幼年部、初等部、中等部、高等部と進む。

侯爵領の魔法学院は二年、その後の王都の魔法学院は六年。

つまり、侯爵領の魔法学院は幼年部にあたり、王都の魔法学院は初等部、中等部、高等部ということだ。

そして、とりあえずは期日までに侯爵領の魔法学院に行けば良い。

最低限の着替えさえあれば、他は一切必要ない。

寮に入り、一日三食の食事も提供される、ということだ。

土の日は午前のみ、陽の日は一日休み。

昔の学校はそんな感じだったなあ、とちょっと懐かしくなる。

土曜の半ドンはミカの年代なら当たり前だったが、週休二日に変わったため、若い人では知らないだろう。

(生活に必要な物は一通り寮に揃っていて、私物を持ち込むのも構わない、と。特に愛用の物もないので、本当に身一つでいいみたいだな)

寮生活というのは初めてだが、条件は悪くなさそうだ。

「それと、毎月銀貨五枚が支給されます」

「は？」

「え？」

ミカとアマーリアは思わず変な声が出てしまった。

食と住が保証され、勉強までさせてもらって、さらに現金まで支給される？

さすがにここまでくると、ミカの警戒心が頭をもたげる。

銀貨といえば千円以上の価値だったはずだ。

毎月五～六千円もの現金を出すのはさすがに行き過ぎだろう。

「どういうことですか？　どうしてお金まで」

「侯爵領の魔法学院に所属すると、領主軍の準軍属扱いとなります。銀貨はその手当です」

「準軍属……？」

軍属と準軍属の違いが分からない。

さらに言えば、軍属というのもミカにはよく分からなかった。

（……魔法学院は、将来の軍人を育てる機関ってことか？　だから国も領主も金を出す、か）

それはそうだろう。

何の得にもならないのに、手間も金もかけて育成なんかするわけがない。

国は六年もの時間をかけて魔法士を育成するのだ。

それ相応のメリットがなければやるわけがない。

講師も設備も無料《タダ》じゃない。

寮まで作って生活の面倒を見るのに、それだけのメリットがない方がどうかしている。

(ということは、その手当から寮費などは天引きされているんだろうな。残りが銀貨五枚ってところか。何か必要な物があれば、それで購入しろ、と)

ミカは、銀貨五枚の意味について考える。

準軍属の本来の手当がいくらか知らないが、銀貨五枚ってことはないだろう。

単純に領主が金を出して学院や寮を運営しているのかと思ったが、一応はミカたちにも負担はあるようだ。

まあ、それでも七人しかいないのだ。

焼け石に水程度の負担だろうが。

「軍属って……そんな」

「準軍属ですよ。お間違えなく」

アマーリアの呟きに、バータフは即座に訂正を入れる。

「王都の魔法学院でも、準軍属扱いになるんですか？」

「王都の魔法学院については私の管轄ではありませんので、お答えしかねます」

にこりと笑顔を見せる物腰の柔らかさは変わらないが、バータフは自分の管轄以外のことは答える気がないようだ。

(……ようやく、役人らしさが出てきたじゃないか。バータフさんよ)

役人根性が丸見えになり、ミカは少し可笑しくなってしまった。

(世界は変われど、役人は変わらずか)

それはともかく、とりあえず準軍属について概要だけでも確認しておきたい。

バータフの話せる範囲かは分からないが、質問することは止められていない。

聞くだけ聞いてみることにする。

「準軍属の具体的な扱いが分かりません。教えてもらえますか？」

「領主の命令により、様々なことを学ぶことになります。また、すべての魔法士が軍に所属している関係上、魔法学院に所属する者も領主軍に所属することになります。……これ以上は、私の方からお伝えできることはありません」

つまり、見習い魔法士といえども魔法士なので、領主軍所属になるということか。

先回りして「もう何も答えないぞ」と宣言されてしまったので、これ以上は聞くだけ無駄だろう。

「それでは、必要なことはお伝えしましたので、私はこれで。もし何かあれば、リンペール男爵に村長の方からお尋ねください」

バータフはそう言うと、さっさと帰り支度を始める。

村長から男爵に聞け、と言われてしまい、村長は青い顔をする。

まあ、これ以上は聞いても仕方ないだろう。

何を聞いたところで、ミカが魔法学院に行くことは確定してしまったし、魔法学院自体は身一つでも何とかなるところのようだ。

村長宅の前でバータフの馬車を見送る。

そうして見送った後、ミカとアマーリアは教会に行くことになっていた。

「…………魔法学院……」

別れ際に村長がぽつりと呟くがそれ以上は何も言わず、ふらふらと家に戻っていった。

(大丈夫か、あのおっさん？　ふらついてるんだけど)

領主からの使いというのは、村長にとっては酷く精神を消耗する相手なのかもしれない。

というか、この世界の人なら誰でもそうなのか？

ミカにはいまいち分からない感覚だが、上役の相手が疲れるのは万国共通と思えば理解できる。


「ミカッ！」

教会に入ると、ロレッタが勢いよくタックル………抱きついてきた。

あまりの勢いの良さに倒れそうになるが、なんとか踏ん張って持ちこたえる。

「お姉ちゃん、危ないよ。もうちょっと加減して」

「だって……っ」

しゃくりあげるロレッタの背中を、ぽんぽんと叩く。

ロレッタにも随分と心配をかけてしまった。

「ミカ君、本当によかったわ」

ラディがやって来て、略式の祈りの仕草をする。

「お二人には、本当にお世話になりました。ありがとうございます」

ミカがラディとキフロドに感謝を伝える。

キフロドはいつも以上に好々爺然として、笑顔でアマーリアを見る。

「アマーリアも、ほんによう頑張ったわい。これでようやく安心できるの」

「……え、ええ」

みんなが喜ぶ中、アマーリアの表情は晴れない。

そんなアマーリアを見て、ラディが声をかける。

「中で、少しお話ししましょう」

ラディが教会の奥へ誘う。

そうして、今後について教会で話し合うことになった。

第26話　アマーリアの不安とラディの怒り

教会の奥の部屋を借りて、話をすることになった。

ここにいるのはミカ、アマーリア、ロレッタ、キフロド、ラディの五人だ。

テーブルに着くと左側にキフロドとラディ、右側にアマーリアとロレッタ。

ミカは所謂〝お誕生日席〟だ。

「キフロド様から聞きました。魔法学院に行くことになったと。そのことを懸念されているのですね？」

ラディがアマーリアに尋ねる。

アマーリアは暗い表情で俯き、答えようとしない。

「アマーリア、思っとることは何でも吐き出した方がええぞ。ミカの前では言いにくいことかもしれんが、お前さんの思っとることはちゃんと言ってやった方がええ。こやつ、そうでもせんと親の気持ちなんぞ、ちっとも理解せんわい」

えらい言われようである。

ミカなりの理解ではあるが、一応は考えているつもりなのだが。

まあ、それが「足りない」と言われればそれまでだけど。

キフロドの言葉に、アマーリアは躊躇いながらぽつりぽつりと話し出す。

「………私にはもう、何がなんだか……。いきなり【神の奇跡】を使ったなんて言われて……、そうしたら〝学院逃れ〟なんて、話になって……」

アマーリアは苦し気に話す。

その目からは堪えきれずに涙が流れる。

「ミカを、奪われるんじゃないかって、ずっと不安で……。なのに……今度は魔法学院？ それも来年だなんて……。何ですかそれ!? 何なんですか！ ………なんで、こんな……！」

「お母さん……」

アマーリアは両手で顔を覆い、我慢できずに嗚咽を漏らす。

ロレッタは気遣わしげにアマーリアの背中を撫でる。

だが、そんなロレッタも同じ気持ちなのだというのはミカにも分かった。

ロレッタの目からも、涙が溢れていた。

(俺は本当に……。馬鹿野郎どころじゃないな。どれだけ悲しませれば気が済むんだ……)

今回のことは、完全にアマーリアの許容範囲《キャパシティ》を超えてしまったようだ。

アマーリアにとっては、この村が世界のすべてなのだ。

村のルールに沿って生きればそれで良く、それ以上のことを考える必要はなかった。

ほんの数か月前までは、それで平穏に暮らせていた。

久橋律《ひさはしりつ》さえいなければ、それで済んでいた。

泣き崩れるアマーリアに、ミカは何か声をかけようとしたが、結局は何も言えなかった。

打ちひしがれるこの人に、その原因であるミカが何を言えるのか。

励ますことも、手を伸ばすこともできず、ミカは俯くしかなかった。

「……ならば、手放せば良かろう」

アマーリアの嗚咽だけが響く部屋に、キフロドの呟きがやけに大きく聞こえた。

「キフロド様！」

あまりに無情なキフロドの言葉に、ラディが怒りを露わにする。

「手放したところで、二人が親子であることに変わりはないわい。ならば、あと半年教会で面倒を見て、魔法学院に送り出せば済む話じゃの」

「馬鹿なことおっしゃらないでください！　親子を引き裂こうなんて、なんて恐ろしいことを！　それでもあなたは司祭ですかっ！」

ラディのこんなに激高する姿を、ミカは初めて見た。

いつもにこにこ笑っていて、たまに困ったような表情を浮かべることはあったが、怒っている姿なんて見たことがなかった。

しかも、その相手がキフロドである。

「堪えられんのなら仕方あるまい。このままではアマーリアが潰れてしまうからのぉ。遠慮なんかいらんぞ？　村のみんなには、修行のために預けたとでも言っておけば――――」

「キフロド様っ!!」

テーブルをバンッと叩いて立ち上がり、ラディは憤怒の形相でキフロドを睨みつける。

まるで、目の前の悪魔を視線だけで射殺《いころ》さんとでもいうような目つきだ。

ミカにはラディの豪奢な髪が揺らめき、立ち昇るオーラが見えるようだった。

（怖《こわ》っ！　まじ怖っ！　おおお、落ち着いて!?）

ラディのあまりの迫力に止めなくてはと思うが、とても仲裁に入れない。

そんな視線を一身に受け止めるキフロドは、それでも涼しい顔だ。

「ラディはこう言っとるがの、まあ気にせんでええわい。村のみんなのことも気にすることなんかないんじゃ。お前さんはただ、自分の思うようにすればええ。のぉ？　お前さんはどうしたいんじゃ？」

突然始まったキフロドとラディのバトルに、アマーリアとロレッタも呆気に取られていた。

そんなアマーリアに、キフロドは優しく声をかける。

アマーリアの気持ちはどうしたいのか、と。

「………わ、私……」

アマーリアは俯き、呻くように呟く。

みんなが固唾を呑んで、アマーリアを見守る。

「私は……」

赤く腫らした目で、悲し気にミカを見る。

アマーリアが、ミカの横に跪く。

「………この子は、私の子です……！」

そう言うと、しっかりとミカを抱きしめる。

「……手放すなんて、そんな恐ろしいこと。考えたくもありません……」

腕の中のミカに頬ずりをして、愛おしそうに髪を撫でる。

そんなアマーリアを見て、ラディがほっと胸を撫でおろす。

「そうか。ならば、お前さんも覚悟を決めなくてはの」

「キフロド様！」

一旦治まったラディの怒りが再燃したようだ。

このまま掴みかかるのではと、見ている方がハラハラする。

「覚悟……？」

「そうじゃ。……おそらくこの子は、普通には生きられん。それが幸せな道なのかは誰にも分からんが、少なくともお前さんが望むような普通の生き方は、この子にはできんじゃろう」

「そんな……っ！」

アマーリアは抱きしめる力を強め、なぜそんな酷いことを言うのか、とキフロドに非難の視線を向ける。

「つらいよのぉ？　親なら誰だって、我が子に幸せになってもらいたい。平穏に暮らしてもらいたい。そう思うわい。じゃが、無理なんじゃ。この子にはおそらく、そんな生き方はできん」

「…………」

それは、薄々アマーリアも感じていたことだった。

アマーリアの望む〝幸せの形〟から、いつ飛び出してしまうかと怯えていた。

最近のミカの変化が、それを強く予感させた。

「散々悩んで、苦しんで。そうして手に入れるものがどんなものか、誰にも分からん。何も手に入らんかもしれん。じゃがの？　そんな風にしか生きられん者がいるんじゃよ。お前さんには、理解し難いかもしれんがの」

「…………」

キフロドは、アマーリアがあえて目を背けていた現実を突きつける。

だが、その声はあくまで優しい。

優しく、厳しい現実を説く。

「しかものぉ。なお性質《たち》が悪いことに、そんな人生を『悪くなかったな』と思うんじゃよ、そういう奴はの。信じられんじゃろう？　儂にも信じられんわい」

キフロドは呆れたようにミカを見る。

ミカはなんとなく気まずくなり、思わず目を泳がせてしまう。

「親としてはつらいことじゃわい。ましてや、ミカはまだ子供じゃ。じゃがのぉ、諦めるしかあるまい。そして、覚悟をするんじゃ。……すぐには無理じゃろうがの」

「司祭様……」

キフロドに諭され、この時初めてアマーリアは、漠然としか感じていなかった不安の正体を知る。

そして、それを受け入れなさい、と。

ロレッタが席を立ち、アマーリアに寄り添う。

その目には、強い意思の光が宿っていた。

「お母さん」

ロレッタがミカの頭を撫でる。

「……仕方ないよ。男の子だもん」

「ロレッタ……」

アマーリアは悩まし気だった。

無理もない。すぐに受け入れられることではないだろう。

「……見た目は女の子みたいなのに」

「ちょっと、お姉ちゃん！」

唇を尖らせ、イタズラっぽく言うロレッタに抗議の声を上げると、ロレッタは破顔した。

そんな二人の様子に、アマーリアもようやくぎこちなくではあるが笑顔を見せる。

「……本当にもう、仕方ないわね」

そう言ってもう一度ミカを強く抱きしめ、額に口づけをする。

「すぐには難しいかもしれませんが……。努めてみます」

アマーリアはキフロドを真っ直ぐ見て、そう口にする。

それは、これまでのアマーリアの価値観を引っ繰り返すほどの大転換だ。

だが、アマーリアはそれを受け入れようと思った。

愛する我が子のために。

「何かあれば、いつでも言ってくださいね。必ずお力になりますから」

教会からの帰り際、ラディはアマーリアに声をかける。

「つらい時、苦しい時、決して一人で抱え込まないと約束してください。アマーリアさんは一人ではありません。それを忘れないでくださいね」

「ありがとうございます。シスター・ラディ」

こうして、話し合いは何とか無事に終わった。

ミカはこれまで通り、昼間は教会に預けられることになったが、とりあえず監視体制は緩められるようだ。

一人で教会を出てはいけないような雰囲気があったので、今までは外に出ようとしなかったが、これからはそこまで厳しくはない。

ただ、ミカとしてはこれまで通り教会に留まろうかと思っている。

建物の外くらいは出るかもしれないが、離れるつもりはない。

ミカにも一連の騒ぎで多大な心配と迷惑をかけた自覚があるので、大人しくしていようと思う。

そして、その日からノイスハイム家には劇的な変化が起きた。

なんと、お湯を使った清拭を一人でやっても良いことになった。

これには、思わずミカは万歳をしてしまう。

(……な、長かったぞ。これでようやく女体地獄から逃れられる)

半年後には魔法学院に行くことになる。

一人でできないと、困るのは寮に入ってからのミカだと言う主張が受け入れられたのだ。

毎日の自主的な清拭も実績としてあるので、もう一緒にやらなくても大丈夫だろうと判断された。

さらにもう一つ。

一人で寝ることも許可された。

ただ、こちらはベッドが足りないという事情もあり、毎日というわけにはいかない。

しばらくは週に二日ほど一人寝の日を作ることが決まった。

これにより、昼間は教会から離れるつもりはなかったのだが、事情が少し変わってしまった。

何とか簡易ベッドのような物を早急に用意し、寝室の空きスペースかダイニングに設置したい。

そうしないと、ミカの一人寝の日はアマーリアとロレッタが同じベッドを使うことになるのだ。

さすがに、この二人が一つのベッドというのは少し狭い。

ミカが寝床を用意すれば、それも解消できる。

（……買うようなお金もないしな。何とか自作しないと）

ノイスハイム家にあるベッドは、一応脚がついているが非常に簡素な作りだ。

その上に草を敷いて、シーツを掛ける。

だが、ミカの使う簡易ベッドは、別に脚など必要ない。

そう長いこと使うわけでもない。せいぜい半年ほどのことだ。

（まあ、横にさえなれればどこでも寝れるし。身長より少し大きい程度の板でも十分なんだけどな）

それに、狭くて固い場所で寝ることには慣れている。

以前の仕事で泊まり込みをする時、毛布に包まって床で寝ていたことがある。

そんな状態が一週間も続く。嫌でも慣れるというものだ。

◇◇◇

翌日、教会でベッドの調達方法を考えていたら、ニネティアナがやって来た。

ニネティアナは、時々デュールを連れて教会に遊びに来てくれる。

ただし、冒険者の話などはキフロドがあまりいい顔をしないので、当たり障りのない話がほとんどだったが。

「聞いたわよ、ミカ君。魔法学院に行くんだって？　すごいじゃない！」

ニネティアナは大袈裟に喜んでくれるが、何がそんなに嬉しいのだろうか？

（軍人養成学校みたいなもんだよな？　何がそんなに嬉しいんだ？）

ミカも以前は熱烈に行きたいと思っていたが、詳細を聞いた今ではその熱はすっかり冷めている。

おそらく抜け道のようなものはあるだろうから、軍人になる未来が確定したとまでは思っていないが。

「あれ？　あんまり喜んでない？　魔法学院に行くのは、すごく名誉なことなのに」

ミカの様子を見たニネティアナが、不思議そうな顔をする。

「職業軍人志望じゃないですからね。まあ、いろいろ勉強になるだろうとは思いますが」

「あー……、冒険者を目指すにはちょっと面倒なのかな？　よく分からないけど」

ニネティアナは、ミカの冒険者志望を思い出して納得する。

「確かに、学院を無事修了すれば尊敬はされるけど………すっごい大変みたいね」

ニネティアナからの、同情の眼差しが少し悲しい。

「でも、冒険者にもいたわよ？　魔法学院出の人。どうやったのかは知らないけど」

「あ、やっぱりいるんですね」

早速有力な情報が得られた。

手段は分からなくても、とりあえず予想通りに抜け道はあるようだ。

「私は好きじゃなかったけどね。魔法学院出の冒険者って。尊敬は、一応はしてるけど……」

「何でですか？」

何やら雲行きが怪しくなってきた。

魔法学院を修了した者は、尊敬の対象だと言ったばかりだというのに。

ニネティアナは複雑そうな顔をして、デュールの頭を撫でる。

「前に話したことがあるでしょ？　厄介な連中が多いって」

「あー……、Bランクの人たちでしたっけ？　魔法学院出の人って、Bランクに多いんですか？」

「そういうわけじゃないけど、気位ばっか高くって、他の冒険者を見下すような奴《の》が多いのよ。CでもBでも関係なくね」

エリート意識というのだろうか。

出身大学を鼻にかけるような連中は、元の世界にもいた。

そのくせ大した仕事もできない、と飲み会で愚痴を言っていた友人の姿を思い出す。

「ミカ君はそんな連中と同じになっちゃだめよ?」

「あははは、どうですかねぇ」

自分は選ばれたのだ、という気持ちはあまりない。

むしろ、厄介なことになったなぁ、と思っているくらいだ。

学院に通っているうちに変わってしまうのだろうか?

そんなことにならないように、よくよく気をつけたいとは思う。

「今年の収穫祭ではミカ君のこともみんなでお祝いするから、楽しみにしててね」

「そうなんですか?」

収穫祭とは風の1の月、1の週の陽の日に毎年お祝いするお祭りだ。

まあ、つまりは秋の始まりに今年の収穫を祝う日である。

あと数日で収穫祭なのだが、その日に村のみんなでミカの魔法学院入学をお祝いしてくれるそうだ。

(つい昨日までは腫れ物に触るような扱いだったのに。……現金なもんだな。これが手のひらドリルってやつか?)

むしろ、だからこそのお祝いかもしれない。

いろいろあったけど、これで水に流してね、ってことだろう。

（どうもこういうのは苦手だな……。そんな簡単に水に流せるかよって思ってしまう）

　だが、村に残るアマーリアたちのことを思えば、ここは水に流すべきだろう。

　ミカの気が晴れないからと突っぱねれば、後々アマーリアたちが困ることになる。

　それならば「水に流してやるんだから、分かってるよな？」と暗に家族への忖度を匂わせようか。

　どうするのがいいのか、頭を悩ませるミカだった。


「ベッドが欲しいの？　なんで？」

　ニネティアナとの雑談で、ベッドの調達を考えていることを話した。

「自分用の小さいのでいいんですけどね。今は、毎日間借りしてるもので」

「あー……、なるほどねぇ」

「木材の調達と、後はベッドの作り方ですね。脚なんかなくていいし、何なら板でもいいくらいなんですけど。勝手に木を取りに行くのもアレなんで。どうしたものかと」

「そっかぁー……」

　ニネティアナも一緒に考えてくれるが、不意にニヤリと悪い顔になった。

「……簡単なのでいいのよね？」

「ええ、まあ。自作するのに、そんなしっかりしたのなんかどうせ作れませんから」

　板でもいいと考えているくらいだ。

ベッドと認識できるだけの形状が整っているだけでも御の字だろう。

「何日か待ってくれる？　たぶん用意できるわ」

「本当ですか!?」

大きさの目安が欲しいからと、一旦自宅に行くことになった。

キフロドに声をかけて自宅に戻り、寝室を見せる。

「このベッドと壁の間に置ける幅で、長さは身長より少し余裕があれば十分なんですけど」

「それだと結構狭いわよ？　いいの？」

「ぜんぜんいいです」

寝室のベッドは手前がアマーリア、奥がロレッタだ。

俺のベッドは、そのロレッタのベッドの脚側に、壁との間に置こうと考えていた。

ニネティアナは、ベッド設置予定のスペースをじっと見つめると、「うん、分かった」と寝室を出て行く。

メジャー……があるか分からないが、長さを測らないのだろうか。

ニネティアナは、じゃ～ね～と気軽な別れの挨拶をすると、軽い足取りで帰って行った。

ミカは一抹の不安を抱きながら、仕方なく一人で教会に戻るのだった。

第27話　リッシュ村の収穫祭

収穫祭の日になった。

といっても、リッシュ村で収穫できる作物はそれほど多くない。

村人は織物工場や綿花畑の労働により賃金を得るため、この後の冬支度などは食料も含めそのお金で買い込むことになる。

そのため、収穫祭後に何日もかけて村人全員分の冬支度を、コトンテッセからまとめて仕入れてくるらしい。

冬の間も一応はコトンテッセとの取引を行うが、雪で道路がぬかるむと馬車の往来が大変になる。

なので、冬の間は最低限の取引しかしないという。

収穫祭の準備はラディが取り仕切り、キフロドはミカとブアットレ・ヒードに興じていた。

手伝った方がいいのでは？　とキフロドに聞くが、ラディに任せておけばいいとのことだった。

後でラディから聞いた話だが、これはラディのためにそうしているのだとか。

ラディが〝代理司祭〟と認められるための、修行のようなものらしい。

はっきりとは言わなかったが、おそらくキフロドが亡くなった後のために、ラディはその代理司祭になる必要があるようだ。

そのため、今のリッシュ村の教会は基本的にラディ一人で切り盛りしているという。

キフロドに細かな報告や許可をもらいながら、こうした方がいい、といったアドバイスを受けて教会の仕事を憶えていく。

もう何年も前からそうしているらしく、すでに実務面ではほとんどアドバイスを受けることもないそうだ。

（毎日村中を歩いて回って、【癒し】を与えて、相談にも乗って、しかも教会の仕事も全部引き受けてんの？　……超人かよ）

あまり無理して倒れたら大変だよ、とミカが心配すると「むしろ、この生活を守るために頑張っているのです」とのこと。

どうやら、ラディにとって今の状態は、理想にかなり近いらしい。

楽して面白おかしく暮らしたいミカにとっては、とても信じられないことだが、まあ理想なんてのは人それぞれである。

ラディがいいなら、それでいいのだろう。


夕方となり、村の人たちが中央広場に集まった。

村長やホレイシオ、ディーゴなど、リッシュ村の主要メンバーは教会で儀式の最中らしい。

「ああ、やっと見つけた。ミカ君こっちこっち。急いで」

ミカは突然声をかけられ、手を引っ張られた。

何事かと思って相手を見ると、ミカの手を引っ張っているのはナンザーロだった。

「ちょっと、ナンザーロさん!?　いきなりどうしたの？」

「教会でみんなが待ってるんだ。急で悪いけど、走るよ」

教会の周りには人だかりができていた。

収穫祭の儀式を少しでも見ようと集まっているようだ。

その人だかりを掻き分け、ナンザーロがミカの手を引き、ずんずん進む。

ミカはわけも分からず教会に連れて来られた。

教会の中では四〜五十人ほどの人たちが長椅子に座ったり、後ろの方で立ち見のようにしている。

六神の像を置いた台は飾られ、お供え物がたくさんあった。

「おお、来たか。ほれ、こっちじゃ」

ミカが教会の中に入ると、キフロドが祭壇の前から手招きする。

キフロドは普段着の古ぼけた司祭服ではなく、折り目のついた清潔な司祭服を着ている。

説教台にはいつもの修道服ではなく、白を基調とした美しい司祭服を身に纏ったラディもいた。

同じような司祭服だが、ラディの方が刺繍などに使われている色数が多く、豪華に見える。

「ミカ君、突然ごめんなさいね。ミカ君に〝祝福〟を授けて欲しいってお話があって、急遽儀式を行うことになったのよ」

「……祝福？」

ラディはにっこりと微笑む。

なんのことかさっぱり分からないミカは、きょとんとしてしまう。

「まあ、お前さんはここに立ってればええわい」

「形だけのものになってしまうのだけれど……。少しだけ動かないでね」

「あ、はい……」

ラディは説教台の前に出て来て、ミカと向かい合う。

キフロドは一歩下がって、儀式を見守るようだ。

ミカはラディを見上げ、そこでじっとしている。

（……いつにも増して、今日は聖母っぷりが半端ないな）

ラディを見上げて思うのは、いつも以上に聖母然とした、ラディの美しさだ。

衣装の美しさもあるが、ラディの柔らかな微笑みや少しウェーブのかかった金髪と相まって、もはやこの世のものとは思えない美しさがある。

どっかの大聖堂か美術館にでも飾っておくべき、美術品のような気品がある。

ラディはゆっくりとした動きで両腕を広げて天を仰ぎ、今度は俯いて祈りの仕草をする。

それから祭壇の前に行き、葉の付いた木の枝と美しい装飾の施された銀杯を手に取る。

木の枝の先を銀杯の中に少し入れ、ミカの頭を軽く撫でる。

同じように木の枝を銀杯に入れて、腹、首元、左肩、胸、右肩と同じ動作を繰り返す。

木の枝と銀杯を祭壇に戻すと、再びミカと向かい合う。

ゆっくりとした動きで先程と同じように両腕を広げて、天を仰ぐ。

「懸《か》けまくも畏《かしこ》き六柱。天を満たすは闇の神。万物の元なる土の神。すべてを包みし火の神。浩々たる水の神。世界を象りし風の神。燦然《さんぜん》たるは光の神」

ラディが祈りの言葉を紡ぐ。

「迷い子に導きを賜らんことを。闇を傍らに、光を掲げ、地を踏み、火を持ち、水浴びて、風纏い、苦難を払う清浄なる加護を、困難に歩みを止めぬ強き心を授け給え」

淀みなく紡がれる美しい声は、静かに教会の隅々に響き渡る。

だが、澄んだ声とは裏腹に、ラディの表情はやや苦しそうだ。

僅かに眉間が動き、頬に汗が伝う。

（……もしかして、結構魔力使ってる？）

ラディの表情を見て、ミカはなんとなく察するものがあった。

ミカも魔力を集中させる時は、今のラディのような感じじゃないだろうか。

その時、教会内で見ていた人たちが僅かにどよめきだした。

何だろうと視線を向けると、みんなミカを見ている。

（……ん？　俺？）

下を向いて自分の身体を見ると、いくつもの帯状の淡い光が揺らめきながらミカに纏わりついては消えていく。

その光は弱々しく、立ち見している人たちには遠くて見えないようだ。

光の帯は赤青黄緑などの様々な色をしていて、時々薄暗い紫の帯も見える。

帯は幾重にも重なり、虹色のように見えた。

だが、光が弱すぎてあまり美しいとは感じなかった。

ゆっくりとラディが腕を下ろすと、弱々しかった光はさらに弱くなり、ついには消えてしまった。

ラディは大きく息を吐き出し、少し苦し気ながらミカに微笑む。

「これで儀式は終わりです。本当は、ちゃんとした〝祝福〟を授けたかったのですが……。力不足で申し訳ありません」

「いえ、貴重な体験ができました。ありがとうございました」

ミカが丁寧に頭を下げると、教会に集まった人たちから割れんばかりの拍手が起こる。

結果としては失敗らしいが、珍しいものを見せてもらった。

突然連れて来られて何事かと思ったが、村の人たちの善意と思い、素直に受け入れる。

その後はまだ収穫祭の儀式が続くらしく、外で遊んでいなさいと放り出されてしまった。

ついでだし見て行こうかと思ったが、邪魔をするのも悪い。素直に従うことにした。


「ミカ！　どこ行ってたの！」

ミカが教会から広場に戻ると、広場の中央からロレッタが駆け寄ってきた。

「姿が見えないから心配したじゃない。どこかに行くときはちゃんと言って」

「あー……ごめんなさい。急に教会に呼ばれて」

「教会？」

ロレッタが怪訝そうな顔をする。

「なんか、僕に祝福をって話になったみたいで。ラディに儀式をしてもらってた」

「すごーい！　私も見たかったなあ。もう、ちゃんと言ってよ！」

「あはは……ごめんなさい」

少々理不尽な話だが、甘んじて受けることにした。

弟を溺愛するロレッタのことだ。

きっとミカの晴れ舞台を見逃したのが、本当に悔しかったのだろう。

以前なら、こういう時は手を繋いで離してくれなくなるのだが、今日は手を繋がないらしい。

一連の騒動により、ロレッタも少しずつ変化しているようだった。

そのことを嬉しく思う反面、少しだけ寂しく感じた。

しばらくすると教会から人がぞろぞろ出て来て、広場の中央に村人全員が集まった。

村長が村人たちの前に出て話をする。

魔獣の襲撃、工場の火災、今年は多くの苦難があったと語る。

だが、神々の加護とみんなの尽力のおかげで何とか乗り越えることができた。

そして、神々からの恵みに感謝の言葉を述べ、無事に収穫祭を迎えることができたことを喜んだ。

次に、ラディが前に出て収穫への感謝を神々に捧げる。

その後、今年生まれた子供たちを、木の枝と銀杯でミカにしたのと同じように撫でる。

ニネティアナに抱かれたデュールも儀式をしてもらっていた。

デュールは儀式にびっくりして泣き出すが、それを見てみんながドッと笑い出す。

他にも泣き出す子供がいたようで、あっという間に大騒ぎになった。

それが終わると今度は、今年結婚した者にも同じように儀式を行い、女性には根と実がついたままの稲穂でお腹を撫でていた。

（……豊穣から転じて、子宝祈願ってとこかな）

世界が変わっても、こういう発想は面白いくらい変わらないようだ。

元の世界でも子宝や安産の祈願には稲穂が使われることがあった。

他にも実をたくさん生《な》らせる木や、種の多い果実、卵をたくさん産む魚を子宝祈願に使うなど、いろいろな例がある。

こうして、村人たちがわいわい騒ぎながら収穫祭の儀式が進む。

その時、前に出ている村長が不意にミカを呼んだ。

同じく前に出ていたキフロドに手招きされ、戸惑いながら前に出ると、村長とキフロドの間に立たされる。ラディも含め、四人で村人の前に並ぶ。

「すでにみんなも知っていることだろう。来年の魔法学院に、この村からノイスハイムさんのところのミカ君が行く事になった」

村長がそう言うと、みんながワッと歓声を上げる。

「この村から初めて魔法学院の学院生が出ることになった。ミカ君がとても賢く、また勇気ある少年であることは、村の誰もが知ることだろう」

そうして、村長がミカを持ち上げる演説が続く。

火災の時のミカの行動を褒め讃え、学院に行くことが村の誉れであるように語る。

ミカはにっこりと微笑みながら、村長の演説を聞いていた。

（ほんの数日前まで、迷惑がってましたけどね）

家族のことを思えば、ここで内心を漏らすような態度をとるべきではない。

自分に向けられるならともかく、家族がつらい思いをするのはもう嫌だ。

ミカは黙って、自分が政治家にでもなったつもりで微笑み続けた。

「さて、最後にそんなミカ君に、村のみんなから贈り物をしたいと思う」

いい加減、顔の筋肉が疲れるな、と思っていたところで話が変わり、何やら贈り物があるらしい。

（……あれ？　もしかして？）

人だかりの中にニネティアナを見つけると、彼女はウィンクをしてくる。

そして、人だかりが左右に割れたと思ったら、その向こうから荷車を引いたホレイシオがのっしのっしと歩いてくる。

（ニネティアナの言ってた『用意できる』ってのは、こういうことだったのか）

おそらくミカから話を聞いたニネティアナは村長に働きかけ、木材加工をしていた男たちに言って作らせたのではないだろうか。

まさか生木で作ってないよな？　と不安がよぎるが、さすがにそんなことはしないだろう。

ホレイシオはミカの前に来ると、荷車を横に向けてベッドをミカに見せる。

脚が付き、ヘッドボードまで付いた立派なベッドだった。

「なかなかいい出来だろう？　この後お家まで運んであげるから、早速今日から使ってみるといい」

荷車には、ベッドの他にも敷くための草と、おそらく専用サイズのシーツが用意されていた。

枕は今使っている物があるため、本当に今日から使えるように準備がされている。

ミカはホレイシオにお礼を言い、村長やキフロド、ラディ、そして村の人にもお礼を伝える。

（まさか、こんなに早く手に入れられるとは思わなかった。これは本当に助かる）

着実に一歩ずつ、自立への道を進んでいる。

人に用意してもらっておいて自立も何もない気もするが、年齢を考えれば仕方がない。自立したくても、周りがそれを許してくれない。そういう意味では、今回の魔法学院行きは良い機会だったともいえる。


収穫祭の儀式が終わったところで、みんなは飲めや歌えやの大騒ぎとなった。

ミカはホレイシオの荷車に乗せてもらい、ベッドと共にノイスハイム家に運ばれる。歩いて行こうとしたらホレイシオにひょいっと持ち上げられて、荷車に乗せられた。

ミカの歩くペースは、ホレイシオにはつらいようだ。

ホレイシオは荷車を引きながらでも、のっしのっしと大股で、ミカよりも速いペースで歩く。

アマーリアは荷車の横を歩き、ベッドの設置に付き添うことになった。

「みなさんには何とお礼を言っていいか。こんな立派なベッドまで頂いて」

アマーリアはさっきから恐縮しっ放しだ。

「この程度なら安いものだよ。ミカ君がいなかったら、今私がこうしていることもなかった。ありがとう、ミカ君」

荷車を引きながら、ホレイシオが振り向く。

「ホレイシオさんがいなかったら、今の僕もいませんからね。お互い様です」

ミカがそう言うと、ホレイシオは不意を突かれたようにきょとんとする。

それから大声を出して笑った。

「わっはっはっはっはっ！　確かに！　そうとも言えるか！　わっはっはっはっ！」

ホレイシオは本当におかしそうに大声で笑う。

「まさか、あの時ミカ君を助けることで、自分が助かることになるなんて思いもしなかったよ。不思議なこともあるものだ」

ホレイシオは、一頻《ひとしき》り笑った後にしみじみと呟く。

普通、大人が子供を助けることは当たり前すぎて、それで自分に何かが返ってくるようなことは考えないだろう。

ホレイシオも、ミカを助けることで、その後に何かが返ってくるなんて思いもしなかった。

だが、ミカがいなければホレイシオは助からなかったし、ホレイシオがいなければミカも助からなかった。

人の縁というのは、本当に不思議なものだ。

家に到着すると、ホレイシオはいとも簡単にベッドを持ち上げる。

そうして、アマーリアの案内で寝室にベッドを設置する。

ニネティアナの目測は完璧で、ミカのベッドを隙間に突っ込むと、壁にピッタリくっつけてもロレッタのベッドとの隙間は一センチメートルもなかった。

むしろギリギリすぎて、「あれ？　これ本当に入る？」と不安になったほどだ。

掛けるシーツは用意できたが、急な話で日数がなかったため、布団までは間に合わなかった。

まだ夜も暖かく、すぐには必要ないので、とりあえず今必要な物だけを大急ぎで用意したようだ。

布団もすでに手配しているとのことで、出来上がったら届けてくれるという。

（布団までは考えてなかったなあ。今はいいけど、今日から暦の上では秋だし。すぐ必要になる

か）

秋というにはまだ暑いが、これから確かに布団は必要になる。

一式用意してもらえるのは本当に有難い。

無事にベッドの設置が終わり、ミカとアマーリアは広場に向かって歩いていた。

ホレイシオも一緒にいたが、荷車を工場に戻してくるということで、途中で別れることになった。

そうして広場に着くと、ニネティアナがいた。

デュールは泣き疲れたのか、すっかり眠っている。

「どう、ミカ君。サイズの方は。ピッタリだったでしょ」

ニネティアナは特に自慢げでもなく、ごく当たり前のように言う。

「ピッタリ過ぎでしたよ。入らないいんじゃないかって、一瞬焦りました」

「あはは、そんなヘマあたしがするわけないじゃない。失礼しちゃうわねぇ」

「はいはい、失礼いたしました。……そんなことより、いいんですかこんなとこにいて。ディーゴさんは？」

「ディーゴなら自警団のみんなと飲んでるわよ。普段そこまで飲めないからね。今日は吐くまで飲むって言ってたわ。……ん？　吐いても飲むだっけ？」

ローマ帝国の貴族かよ！　と冷めた目で、自警団員たちと浴びるように酒を飲むディーゴを見る。

バカ騒ぎしているので、どこにいるのかすぐに分かった。

「ま、今日はうるさいこと言いっこなし。デュールの儀式も無事に済んだしね。ミカ君も食べてきちゃいなよ」

そう言ってデュールの寝顔を見つめる眼差しは、まさに母親のものだった。

いつもは大雑把なところのあるニネティアナだが、今日は特別のようだ。

おそらく、生まれたばかりの子を持つ母は、この収穫祭まで無事に育てるというのが一つの目標になっているのかもしれない。

若しくは、我が子に収穫祭での儀式を受けさせることに、特別な思い入れがあるのだろう。

「そういえば、ニネティアナさんにはまだお礼を言ってませんでしたね。ありがとうございます。ニネティアナさんが言ってくれたんでしょう？　僕がベッドを欲しがってるって」

「あはは、いいのよそんなの。あたしはただ伝えただけだもの。用意したのはみんなよ」

ニネティアナは、いつもの余裕顔で軽く受け流す。こういうところが実にニネティアナらしい。


ニネティアナと別れると、たくさんの食べ物が並べられたテーブルに向かう。

今日はこの中から好きな物を取って、食べたい物を食べるという形式のようだ。

だが、残念ながらミカの身長ではテーブルの上の料理が全部は見えない。

さて、どうしたものかと考えていると、ミカに気づいたメヒトルテが傍に来る。

「こんばんはミカ君。何か食べる？」

「こんばんはメヒトルテさん。食べたいんですけど、何があるのかよく見えなくて。どうしようかと」

「ああ、そうよね。ちょっと待ってて」

メヒトルテは少し離れたところに置いてあった椅子を持ってきてくれる。

「この上に乗って。何が食べたいか言ってくれれば私が取ってあげるわ」

「ありがとうございます」

ミカは椅子の上に立つと、普段食べることのできない肉料理を中心に、どんどん選んでいく。

さすがにお祭りといえどステーキとか丸焼きのような料理はないが、それでも細切れの肉が沢山使われた料理は、ミカにとってはご馳走だ。

二つの皿に次々と料理を盛りながら「こんなに食べられるの？」とメヒトルテは心配そうだった。

ディーゴを見習い、ミカも普段食べることのできない肉料理たちを吐いても食べる所存だ。

……まあ、実際は吐くまでにはならないよう、限界ギリギリを攻めたつもりだが。

立ったまま食べてもいいのだが、一応食べるためのテーブルも用意されている。

ロレッタを見かけたので、その隣にミカの皿を置いてもらう。

「ありがとうございました、メヒトルテさん」

「いいのよ。何かあればまた言ってね」

そう言ってメヒトルテは戻って行く。

二つの皿に盛られた料理を見て、ロレッタは呆れたような顔をする。

「ミカ……、そんなに食べられるの？」

「たぶん大丈夫。だめでも詰め込む」

「もう。お腹壊すわよ」

ロレッタの小言を聞き流し、ミカはパパッとお祈りを済ませて料理を貪った。

ノイスハイム家の食卓では、圧倒的に動物性タンパク質が不足している。

豆料理が多く出るのでタンパク質が不足しているとは思わないが、やはり肉が食べたい。

魚は自力で獲る算段がついたが、肉は買う以外に入手方法がない。

なので、食べられる時になるべく食べておきたかった。

「ベッドはどうだった？　ちゃんと置けた？」

「わいおううわっは！」

「もう！　口の中に詰め込み過ぎよ！」

そう言われても、詰め込んでいる時に話しかけられたのだからしょうがない。

ミカは急いで咀嚼して、ごっくんと音がしそうなほどに飲み込む。

「ふぅ……大丈夫だった。ちょっとギリギリ過ぎなくらいピッタリだったよ」

「そう、良かったね。一人で寝たいって前から言ってたもんね」

そう呟くロレッタは、少し寂しそうだった。

「お姉ちゃんは、やっぱり反対？」

「そんなことないわよ。……でも、ついこの間までは、そんなこと考えもしなかったから」

そう言ってミカの頭を撫でる。

家族にとっては、ミカ少年が久橋律と入れ替わったことで起こった急激な変化は、やはり戸惑うものがあるのだろう。

そんな風にミカがしんみりとしていると、ロレッタが意地悪そうにニヤリと笑う。

「でも、これでミカにお腹蹴っ飛ばされて、目が覚めないで済むわね」

「あーっ！　お姉ちゃんだって、夜中にいきなり抱きしめてくるのやめてよ！　苦しくって目が覚めるんだから！」

「そんなことしてないわよー？」

「してるよ！」

一頻り姉弟喧嘩でギャーギャー言い合った後、二人で笑い合った。

ミカは、またこうして笑えることが本当に嬉しかった。

工場の火災から、ずっとノイスハイム家には何ともいえない悲壮感が漂っていた。

ミカはこの時、初めて一連の騒ぎが本当に終わったのだと、実感することができた。

そうして収穫祭は無事に終わり、ミカは村のみんなからプレゼントされたベッドを使って眠った。

数日後には布団も届き、冬に向けてミカの支度は万全となった。

◇　◇　◇

ミカの冬支度は万全だが、村としての冬支度はこれからだ。

保存の利く食料はもう少し冬が近づいてから買い込むことになるが、薪や蠟燭、ベッドに敷く草のストックなどは少しずつ準備を始めた。

ミカの魔法が領主の知るところとなり、魔法学院への入学を許されたことで、使用を控える必要がなくなった。

そこでミカは、森林の伐採などの手伝いを申し出た。

最初はみんな難色を示したが、〝風千刃〟《サウザンドエッジ》を使って一瞬で木を切り倒すと状況は一変。

木に何度も斧を打ち込んで切り口を入れる手間がなくなり、人手を木を運ぶ役、加工する役に割り振れるようになるため重宝されたのだ。

一応ミカの安全のためと、木を倒す方向、どう切り口を入れるかの指示をするために一人が傍につくが、それ以外の人員のすべてが運搬や加工に回されるようになった。

そして、その運搬と加工がミカのペースに追い付かなくなり、一旦切り倒す作業は休止。

その間、放置されていた切り株の処理をすることにした。

土の魔法で切り株の下に大量の土を作成して、地中から切り株を押し上げる。

勢いよく、一気に押し上げると周りに土砂が飛んで危ないので、少し慎重に作業を進める。

以前は魔力の消費量が多すぎて使えなかった〝土壁〟《アースウォール》の応用だが、魔力を吸収することが可能になったおかげで、バンバン切り株を抜いていける。

ミカとしても吸収の魔法や土の魔法を扱う練習になり、またどの程度の魔力量が吸収可能なのかを確認する機会ともなった。

ミカは、この魔法を〝吸収〟《アブソーブ》という魔法名で使用することにし、扱い方を急速に習得していった。

こうして村のために活動することで、自警団員たちとの距離が一気に縮まった。

調子に乗ったディーゴがミカに酒を飲ませようとし、ニネティアナに頭をどつき回される一幕もあったが、自警団員たちからその家族、友人へとミカの話が広がっていく。

おかげで僅かに残っていたミカを忌避するような雰囲気も、冬が来る前にはすっかりなくなり、平和に冬を迎えることができた。

ミカの活動は村への貢献として評価され、自警団員たちと同様に優遇された。

ただ、期間が短いためそこまで大きな貢献とはされなかったが、それでも評価があるのとないのでは大違いだ。

こうした村への貢献は、冬支度での食料や薪などの分配に影響する。

分配される物資など、冬の蓄えのほんの一部に過ぎないが、それでも上乗せがあればその分だけ楽になる。

今年の冬は、いつもより余裕を持って暮らせると、アマーリアが目に涙を浮かべて喜んでいた。

ミカ少年の記憶を探ると、どうやら毎年冬の終わりには食料や薪などのストックがほとんどなくなり、かなり厳しい冬を過ごしていたようだ。

冬の間も工場での収入はあるが、それを使ってしまえば次の冬のためのお金が減ってしまう。

あまりに苦しく、ひもじい冬の記憶に、記憶を探っただけのミカでさえ涙が出そうになった。

そうしていつもよりも少しだけ過ごしやすい冬が終わり、春を迎えようとしていた。

冬の終わりを惜しむように降った雪がすっかり解けた頃、ミカが魔法学院に旅立つ日がやってくるのだった。

第2章

魔法学院幼年部の冒険者

第28話　ミカの旅立ち　侯爵領の魔法学院へ

土の3の月、5の週の陽の日。元の世界でいう三月の下旬頃。

ミカが魔法学院に旅立つ日がやって来た。

侯爵領にある魔法学院には、今週中に入寮するようにということが、渡された紙に書いてあった。

まだ陽が出たばかりの早朝にもかかわらず、村の北門には多くの村人が見送りに来ていた。

見送りのほとんどは自警団員で、昨秋から冬にかけて、木の伐採やら何やらの作業で関わりが多かった人たちだ。

「ミカ、頑張ってね。辛かったら、いつでも戻ってきていいんだからね」

「いや、だめでしょ……」

相変わらずミカに甘いロレッタの言葉に、思わずツッコミを入れる。

収穫祭からこっち、自分のベッドを手に入れたミカだったが、ここ数日は久しぶりに一人寝を禁止された。

もうすぐお別れだと思うと我慢ができなかったのか、珍しくロレッタが我が儘を言いだした。

一緒にいられるのもあと何日かしかないんだから、毎日お姉ちゃんと寝なさい、と。

当然、そんなことを言いだしたロレッタに、アマーリアが黙っているわけがない。

ロレッタばっかりはずるいわ。お母さんとも寝なさい、と言いだす始末。

こうして、ここ何日かは以前のように、二人の使うベッドに間借りすることになった。

もちろんミカとしては、そんな要求を素直に受け入れるつもりはなかった。

だが、旅立ちの日が近づくにつれて、日に日に元気をなくしていく二人を見ていると、居た堪れない気持ちになってしまうのだ。

（………この二人、本当に大丈夫か？）

ミカがこの家を出たら、倒れてしまうのではないだろうか。

仕方なく、これが最後だからと二人の願いを叶えることにしたのだった。


アマーリアは、今は落ち着いているようだ。

見送りに来た自警団員たちに声をかけられ、元気に応えるミカの姿を眩しそうに見つめている。

成長した我が子を、誇らしく思っているのかもしれない。

「ニネティアナさん、ミカのことよろしくお願いします」

「そんなに心配しないで。あたしがしっかり送り届けるから」

アマーリアは、ニネティアナに頭を下げる。

侯爵領の魔法学院までは、ニネティアナが付き添うことになった。

ニネティアナは革の胸当てと手甲を着け、革のベルトやブーツも身に着けている。

普段は村人と同じ格好をしているので、これがニネティアナの旅行スタイルということだろう。

コトンテッセから、侯爵領の領都サーベンジールまでは三日かかる。

乗り合い馬車を乗り継ぎ、三日もの旅を子供一人で行かせるのはさすがに現実的ではない。

そこで付き添いが必要だろうという話になったのだが、実は村人の大半がリッシュ村から出たことがなかった。

女性のアマーリアやロレッタが特別だったわけではなく、男性ですらそんな感じなのだ。

コトンテッセまで行ったことのある人はそこそこいたのだが、そこから先に行ったことのある人はほぼいない。

冒険者だった、ディーゴとニネティアナ。

教会や修道院の関係で、外に行っていたキフロドとラディ。

リッシュ村以外の出身であるホレイシオと他数名。…………くらいなのだ。

なんと、村長すらコトンテッセまでしか行ったことがなかった。

さて、どうしたものかとみんなで悩んだ。

別に一人でも何とかなるでしょ、というミカの案は論外。黙殺された。

高齢のキフロドにはちょっと厳しい。

村の万が一を考えれば、ディーゴやラディは残ってほしい。

ホレイシオは工場があるので往復一週間は難しい。

ニネティアナもデュールがいるので無理。

そんな感じで難航したのだが、最終的にニネティアナに頼むことになった。

デュールはディーゴの両親がリッシュ村にいるので、その人たちに預けることとなった。

ニネティアナの子育て仲間がサポートするというので「一週間くらいなら平気でしょ」というニネティアナの意見で落ち着いた。

ディーゴが最後まで難色を示したが、「ふーん、そう?」とニネティアナが冷たい眼差しを向けたらあえなく撃沈。

あのディーゴの焦りようからして、きっと何か弱みを握られていると邪推してみる。

ちなみに、サーベンジールまでの旅費は村の人たちのカンパだ。

ホレイシオが中心となり、村人みんなに「銅貨一枚でもいいから」と頼んでくれたらしい。


「みんな、おはよう。待たせてすまないね」

ホレイシオが荷馬車に乗って、工場の方からやって来た。

ホレイシオには、コトンテッセまで荷馬車で乗せて行ってもらうことになっている。

コトンテッセなら歩けない距離ではないが、これからの長旅を考えれば、体力は温存しておくべきだろう。

ということで、コトンテッセまでの道中はホレイシオが送ろうと申し出てくれた。

ミカの荷物は着替えを詰め込んだ、縦長の雑嚢《ざつのう》一つしかない。

ミカはホレイシオに挨拶とお礼を言って、雑嚢を荷台に投げ入れた。

荷台が高くてミカの身長では投げ入れるしかできないのだが、それを見てキフロドが窘める。

「まったく、もう少し落ち着かんかい。これからはお前さんの行動の一つひとつを、知らん者が見るんじゃぞ？　粗野な者だと思われて、得することなど何もないわい」

「うぅ……、分かりました」

この冬の間も、昼間は教会に預けられていた。

村の作業がない時は、教会でキフロドやラディにみっちり勉強を叩きこまれた。

礼儀作法なども。

おかげで、この世界での物の考え方などの理解が進んだ。……ある程度、ではあるが。

半年も毎日のように出入りしていたため、キフロドはすっかり「孫の躾に厳しいおじいちゃん」と化している。

ラディは「優しい従妹のお姉さん」といった感じか。

年齢を考えれば「叔母さん」の方がしっくりくるのかもしれないが、見た目が若いので語感の「おばさん」はなんとなく気まずい。

この半年で、ミカの中で〝笑う聖母《ラフィンマリア》〟っぷりが完全に定着したが、あ、の、時、の憤怒の形相は今も忘れることができなかった。

ミカにとって、ラディは『決して怒らせてはいけない人ランキング』のトップである。

「お二人の道中の安全をお祈りしましょう。そして、ミカ君の健やかな成長も毎日お祈りします。元気でね、ミカ君」

「ありがとうございます、シスター・ラディ。シスターもお元気で」

そうして見送りに来てくれた人たち、みんなに挨拶をしていく。

「村長さん、ディーゴさん、お世話になりました。村のことをお願いします」

「学院でしっかり学んできなさい」

「おう。坊主に言われるまでもねえ。余計な心配なんざしてないで、おめえはおめえのことをしっかりな」

「ナンザーロさん、メヒトルテさんもお元気で」

「ああ、ミカ君も」

「ミカ君も元気でね。君に助けてもらった恩は、一生忘れないわ」

ナンザーロとメヒトルテは寄り添い、仲睦まじそうだ。

いろいろあったけど、やっぱり火災の時に無理をしてでもメヒトルテたちを助けられて良かった。

みんなに挨拶をしていると、少し離れた場所に一人でいるマリローラを見つけた。

マリローラとはこの半年、少し疎遠になってしまっていた。

これは、避けてたとか、避けられていた、ということではない。

ミカが自警団の人たちと、村のための作業に参加していたため、子供たちと遊ぶことがなくなっていたのだ。

ミカがマリローラの方に歩いて行くと、マリローラは少し戸惑っているようだった。

「久しぶり。見送りに来てくれたんだ」

「ミカくん……」

マリローラは、胸の前で両手を握り込むようにし、その表情はやや沈んでいる。

ミカが村からいなくなることを、寂しい、と思ってくれるのだろうか。

マリローラは俯き、唇を引き結ぶ。

だが、すぐに意を決したように顔を上げた。

「ミカくん、元気でね」

「うん、マリローラも」

マリローラの目には、薄っすらと涙が浮かんでいた。

ふと、マリローラの握り込んだ手からはみ出した、紐のような物に気づく。

「………それは？」

ミカがマリローラの手を見ながら言うと、慌てた様子で後ろ手に隠した。

「こ……これは……その、あの……」

マリローラは顔を赤くし、俯く。

だが、おずおずと両手を前に出すと、握り込んだ手を開いた。

マリローラの手には、人形のような物があった。

「もし……良かったら、その……お守り、なんだけど……」

ミカは、人形に付けられている紐を持ち、顔の前に持ってくる。

その人形は少々拙いが、手に棒を持っていることが分かる。

「あ、もしかして【旅の神】のお守り？　マリローラが作ったの？」

「う、うん……」

それは【風の神】の眷属神、【旅の神】を模したお守りだった。

ミカも、陽の日学校の寓話で聞いたことがある。

この神様は旅の安全を司り、旅立つ者の傍らで笛を吹いて、故郷を離れる寂しさや、孤独な旅を慰めてくれるのだ。

　人形が手に持っている棒が、おそらく笛なのだろう。

　寓話にもあるように、笛は【旅の神】の象徴《シンボル》とされ、この笛を吹きながら世界中を旅しているらしい。

「ありがとう。大切にするよ」

「ミカ、くん……」

　マリローラの表情がくしゃりと歪むが、ミカはそれには気づかない振りをして、にっこりと笑う。

「それじゃ、行くよ」

「うん……」

　ミカはそう言うと、踵を返す。

　背中から、微かに嗚咽を堪えるような音が聞こえたが、気づかない振りを続けた。

　どうにも、湿っぽいのは苦手だ。

　何を言えばいいのか、分からなくなる。

　そうして全員に声をかけ、別れの挨拶をしていく。

　最後に、二人が残った。

「お姉ちゃん」

「………ミカァ……」

　ロレッタの顔は、涙でぐしゃぐしゃだった。

せっかく整った綺麗な顔をしているのに台無しだ。

「行ってくるよ。元気でね。これからは僕のことじゃなくて、自分のことを一番にしてね。お姉ちゃんは優しすぎるから」

ミカが両手を広げると、ロレッタが抱きついてくる。

ロレッタはすっかり号泣してしまった。

「……やっぱり、やだよぉ……。離れたくないよぉ……」

耳元で、行っちゃやだぁ、と泣きじゃくるロレッタの言葉が胸に突き刺さる。

この家族を引き裂いたのは、きっと今のミカだ。

九カ月前のあの日、ミカ少年と入れ替わることがなければ、死にかけることもなかった。

そして今日、別れることもなかっただろう。

アマーリアの望むような、リッシュ村という小さな村での、小さな幸福の中で生きていけたはず。

だが、それを言っても仕方がない。

ミカとしても、望んでこの世界に来たわけではない。

望んでこの家族を引き裂くわけではない。

突然放り込まれた世界で、精一杯に生きてきた上での〝今〟なのだ。

ロレッタの背中をぽんぽんと叩き、それでもしがみついたままのロレッタに苦笑する。

仕方なく、そのままアマーリアに声をかける。

「行ってきます、お母さん」

「ミカ……、元気でね。頑張ってくるのよ」

アマーリアは気丈に振る舞おうとしていた。

笑顔で見送ろうと頑張っているが、その目には涙が溜まっているのが見える。

「お母さんも、元気でね」

ミカも、笑顔を作る。

だが、不意にミカの頬を涙が零れた。

「……いつも、迷惑かけてごめんね」

目を閉じると、ミカの脳裏にはこの九カ月の記憶がよぎる。

「いつもいつも……、心配ばかりかけてごめんなさい」

言うことを聞かず、約束を破ってばかりだった。

「でも……、ちゃんとするから！」

真っ直ぐにアマーリアを見る。

アマーリアは、堪えきれずに涙を流していた。

口元を手で押さえ、嗚咽が漏れるのを我慢している。

「これからは、もっとしっかりするからっ！」

空に向かって、叫ぶように声を上げる。

ミカも堪えきれずに、涙が溢れた。

「だからもう……、そんなに心配しないで」

ロレッタを強く抱きしめてから、ゆっくりを身体を離す。

それから、泣き崩れてしまったアマーリアを抱きしめる。

「僕はもう、大丈夫だから……」

アマーリアの温もりに名残惜しさを感じながら、それでもしっかりと立ち上がる。

「……行ってきます」

ミカは涙を拭い、荷馬車に向かう。

ニネティアナはすでに荷台に乗っており、ホレイシオが荷馬車の横に立っていた。

「もう、いいのかい？」

ホレイシオはもらい泣きをしてしまったようだ。

軽く目元を拭くが、その目は真っ赤になっていた。

どうやらもらい泣きはホレイシオだけではないようで、其処彼処《そこかしこ》からすすり泣く声が聞こえる。

「はい、お願いします」

ミカが答えると、ホレイシオはミカを持ち上げて御者台に座らせる。

続いて自分も御者台に乗ると、後ろのニネティアナに声をかける。

「それじゃ、出すよ」

「あたしの方はいつでも」

ニネティアナは気軽に返事をする。

荷台で足を伸ばして、すっかりリラックスモードだ。

「お気をつけて」

「しっかり頑張るんじゃぞ」

御者台の横まで来たキフロドとラディが声をかける。

「行ってきます。二人のこと、よろしくお願いします」

キフロドはしっかり頷き、ラディは「お任せください」と笑顔で答える。

ホレイシオが手綱で合図すると、荷馬車はゆっくりと動き出した。


「……行ってしまいました」

ラディはぽつりと呟く。

真っ直ぐに延びる街道を、荷馬車がゆっくりと遠ざかっていく。

ある日突然、神々から授けられた特別な力を使ってみせた少年。

その大き過ぎる力は、平穏な村に突如騒動を巻き起こした。

「ミカにとっては、大変なのはこれからじゃ。まあ、今のあやつなら心配はいらんわい。……ちと不安はあるがの」

ミカの行動は、その大き過ぎる力のためか破天荒過ぎる。

この半年、キフロドはそうした行動に枷を嵌めるために、「常識」や「礼儀」などを叩きこんできた。

ただ、困ったことにミカはそうした常識や礼儀をきちんと理解していた。

理解した上で、自分の判断で必要とあれば破ってしまうのだ。

「分かっとるなら破るんじゃない！」

そう何度も何度も、今日までしつこいくらいに言い聞かせた。

感情や好奇心などに正直すぎて、理性や抑制がまるで利いていない。

大人のような深い思慮と、子供の無邪気さ、無鉄砲さが危ういバランスの上で成り立っている。

それが、ミカと過ごした半年でのキフロドの結論だった。

キフロドは振り返り、アマーリアを見る。

愛する我が子が、自らの手を離れていってしまった悲しみは計り知れない。

それでも懸命にロレッタを励まし、母娘二人で立ち直ろうとする気丈さを見せていた。

「アマーリアも強くなったのぉ」

「……そうですね」

「まあ、しばらくは寂しいかもしれんがの。今のアマーリアたちなら大丈夫じゃろう」

「そうですね」

ラディは、街道の先を見つめたまま応じる。

「…………私はまだ、あの日のこと許してませんからね」

そんなラディが、ぽつりと呟く。

その呟きが耳に入り、キフロドはぎょっとしてラディを見る。

キフロドは、ラディが何を言っているのかすぐに思い当たった。

魔法学院入りを通告され、打ちひしがれていたアマーリアに言った言葉だろう。

家族の絆を試すような行いは、ラディにとってはもっとも許しがたい暴挙といえる。

「あれは、あの家族のことを思ってじゃの――――」

「存じております。でも許しません」

「おい、ラディ!?」

ラディは振り返ると、にっこりと微笑んでいた。

「私はアマーリアさんたちをお家まで送ってきますね。少しお話をしてくると思いますので、戻りは遅くなるかもしれません」

そう言うと、ラディはアマーリアたちのところに歩いていった。

キフロドは茫然とラディの背中を見つめ、はぁー……と大きく溜息をつく。

「………ミカなんかより余程手強いのぉ。やれやれじゃ……」

ラディは教典の教えに忠実だ。

忠実すぎて、教えに反することを一切受け入れようとしない。

これはこれで、大きな火種になりかねない。

誰もがみな、ラディのように生きられるわけではないからだ。

どうしたものか、と頭を捻りながら教会に戻るキフロドなのだった。


リッシュ村から、魔法学院のあるサーベンジールまでの道のりは長い。

リッシュ村のあるリンペール男爵領と、魔法学院のあるレーヴタイン侯爵領は南北で隣り合っている。

レーヴタイン侯爵領が北、リンペール男爵領が南になる。

だが、その領境には深い森があり、ここには街道が通っていない。

強い魔獣が生息し、下手に開拓して魔獣が森から出てくる方が問題になるので、手を出していないのだ。

そのため、一旦西にあるオールコサという子爵領の領都、ヤウナスンに出ることになる。

そして、そこから北にあるレーヴタイン侯爵領へ向かうというルートだ。

予定としては――――。

まず、ホレイシオにコトンテッセまで送って行ってもらう。

コトンテッセからは、ヤウナスンまでの乗り合い馬車に乗る。これが馬車で一日。

ヤウナスンに着いたら、今度はサーベンジールまでの乗り合い馬車に乗る。これが馬車で二日。

大雑把に言えばこんな感じだ。


「あたしも久しぶりだなあ。馴染みだった店に顔を出してみようかな」

「ミカ君を無事送り届けた後ならご自由に。ただ、あんまり戻りが遅いとディーゴさんがな……」

村を出てから三十分。道の両側の綿花畑は、もうしばらく続く。

ただ、今はまだ種も蒔いていないので、畑といっても何もない。

剝き出しの土が遥か彼方まで広がっている。

空は雲がほとんど見られない、気持ちのいい快晴。

早朝のため肌寒いが、昼間はそれなりに気温が上がりそうだった。

村を出てしばらくは、ミカも俯いていた。

少し時間をおいて、ミカが落ち着くのを見計らって、ニネティアナとホレイシオが雑談を始める。

「サーベンジールなら、広場に美味い串焼きの屋台があったんだがね。少し辛いタレに漬け込んでて、酒によく合ってなあ」

「あー、もしかして禿親父の屋台じゃない？　右肩に、すっごい傷のある」

「おぉ？　知ってるかね。昔はよく行ったもんだ。まだやってるかなぁ、あの屋台は」

何やら、二人はローカルグルメで盛り上がりだした。

「ミカ君も、落ち着いたら是非行ってみるといい。あの広場は毎日いろいろな屋台が並ぶからね。安いからといろいろ摘まんでいるうちに、すぐお腹いっぱいになるよ」

「で、べろんべろんになっちゃうのよねー」

どうやら、買い食いしながらの飲み歩きの指南だったようだ。

「……寮でご飯は出るし、あんまり買い食いはしないかな。お金も勿体ないし」

食と住は確保されているとはいえ、それ以外は手当の銀貨五枚で賄わないといけないのだ。

コツコツ貯めていって、いざという時に困らないようにしないと。

魔法学院には、助けてくれる家族も、キフロドやラディたちもいないのだから。

「ま、最初はそれくらいの気持ちでいいでしょ。そのうち時間ができたら行ってみなさいな。折角大きな街に行くのに、寮に閉じ籠もる気？」

「何ですか、最初はって」

口では反論するが、ミカも何カ月かすれば普通に買い食いくらいはしてるだろうなあ、とは思う。

ただ、それもお金の算段がついてからだ。

さすがに月に銀貨五枚だけの収入に頼るのはリスキーだ。

向こうでの生活にどの程度のお金が必要になるのか見当もついていない状態だが、落ち着いたら稼ぎ口を探そうとは考えていた。

もっとも、それも学院と両立できる仕事があるなら、という前提だが。

ニネティアナとホレイシオが、ミカの様子を窺っている。

おそらく、ミカの気を少しでも紛らわせようと、サーベンジールの話題を出したのだろう。

「そんなに気を遣わなくても平気ですよ」

離れても家族は家族だ。

家族を大事に思う気持ちはあるが、それはいつでも一緒にいることとイコールではない。

実際、家族との別れは寂しい部分もあるが、然程悲しくもつらくもない。

元の世界でも、三十年近く一人暮らしをしている。

親元を離れるからといって、それで特別に何か思うところがあるわけではない。

だが、そうなると先程のアマーリアやロレッタとの別れに説明がつかない。

なぜあれほどに感情が昂ってしまったのか。

(さすがに、あんな風に泣いてしまうのは恥ずかし過ぎる……。これがたぶん、キフロドの言っていたことなんだろうな)

ミカの意思とは別に、勝手に感情が昂ってしまうことがある。

感情の抑制が上手くいかないのだ。

以前に、今の自分を「ミカ少年と混ざった状態」と考えたことがあるが、その影響だろうか。

まだ子供だったミカ少年の、精神的な未熟さが受け継がれてしまっている可能性がある。

そもそも、脳自体の成長がまだ途中か？

感情や衝動の抑制などを司る前頭葉は、成熟するのに時間がかかったはずだ。

（……とはいえ、見た目《がわ》はともかく中身は大人なんだから。もう少し感情を抑制できないとみっともないよな）

魔法を学ぶだけではなく、このあたりの訓練も今後の課題だろう。

そんなことを考え込んでしまったミカを見て、ニネティアナは肩を竦める。

それから難しい顔をして何かを考え始めると、ポンと手を打つ。

「ねえミカ君。サーベンジールまでなんだけどさぁ」

ニネティアナは荷台から身を乗り出し、ミカの肩に顎を乗せるようにして聞いてくる。

「普通に行くのと、冒険者っぽく行くの。どっちがいい？」

ニネティアナが、なにやら怪しい笑みを浮かべている。

「おい、それはちょっと無茶が過ぎ――――」

「まあああまああ！」

「いくら何でも、まだミカ君は子ど――――」

「まあまあああまあ、まあまあああまああああっ！」

焦った顔をしたホレイシオがニネティアナの提案を止めようとするが、ニネティアナは「まあまあ」で押し切る。

ホレイシオは人と争うことがとても苦手だ。

ニネティアナの強引さに押し切られてしまうのは、仕方ないだろう。

「別に無理強いなんかしないし、ミカ君の好きな方でいいわよ。どっちを選んでも、ちゃんと魔法学院まで送ってあげることは保証するわ。どう？」

イタズラっぽく言うニネティアナは、すごく楽しそうだ。

（……普通に行くのと、冒険者っぽく行く？　どう違うんだ？）

おそらく、ここでどう違うのか聞けば、ニネティアナは提案を引っ込めるだろう。

そんなことが気になるなら、素直に「普通を選べ」と。

ミカが冒険者に興味があることを知っている、ニネティアナだからこその提案。

ホレイシオを見ると、渋い顔をして首を横に振っていた。

やめておけ、とその顔が教えてくれる。

だが、ここでミカの中の〝悪い病気〟が疼きだしてしまう。

（気をつけるって、決めたばっかりなんだけどなあ……）

そう分かっているのだが、これはミカの好奇心をくすぐってくるニネティアナが悪いのではないだろうか。

ミカが悪い顔でニヤリと笑うと、ニネティアナは「おっけ～」と嬉しそうに荷台に引っ込む。

そんな二人を見て、ホレイシオは肩を落として盛大に溜息をつくのだった。

第29話 疑似体験旅行1 冒険者プラン

リッシュ村から一時間以上荷馬車に揺られ、ようやくコトンテッセに到着した。

コトンテッセに着きはしたが、ホレイシオは街の外周をぐるりと回りこむ。

リッシュ村方面ではなく、ヤウナスン方面から街に入るそうだ。

「街の中は通って行けないいんですか?」

「いや、通れるよ。ただ、人も馬車も慌ただしい時間だからね。こっちから行った方が早いだろう。安全だしね」

街を南北に通り抜けるなら、街の中を突っ切る方が早いだろう。

だが、リッシュ村のある南側からヤウナスンのある西側へ行くのなら、街の中も外も距離的にはほとんど変わらないらしい。

そうして、今いるのはヤウナスン方面の入り口のような場所で、広場のようになっている。

広場というよりは、駅前によくあるロータリーの方が近いか?

そこから見える景色は、リッシュ村とはまったく違う小奇麗な街。

コトンテッセはリンペール男爵領の中では最も発展した街で、領主の住む所謂『領都』といわれる街だ。

木造の建物ばかりのリッシュ村と違い、コトンテッセには壁などにコンクリートを使ったと思われる建築物もちらほら見える。

だいたい木造が八割、コンクリートが使われている建物が二割といったところか。

「綺麗な街ですね」

「まあね、街の入り口だし」

ミカが荷馬車から景色を眺めながら言うと、ニネティアナが軽く返事をする。

この言い方だと、街の入り口以外は綺麗ではないと言っているように聞こえる。

確かに建物と建物の間にある狭い路地や、その奥に見える様子からすると、目に入りやすいところだけを取り繕った感は否めない。

ゴミなどが散乱し、あまり雰囲気がいいとは言えなかった。

朝のコトンテッセは人が溢れ、たくさんの人が道を行き来している。

今この広場にいる人だけで、リッシュ村の人口を超えていそうだ。

ホレイシオは、ロータリーのようになっている広場の端の方に、荷馬車を停めた。

馬車は他にも何台か停まっていて、豪華な馬車もあれば、ミカたちと同様の荷馬車のようなものもある。

「さあ着いたぞ」

ホレイシオが御者台から下りると、ミカを持ち上げて地面に下ろす。

ニネティアナは荷台の後ろから下りると、ミカの雑嚢を渡してくれる。

「私が送れるのはここまでだ。ミカ君」

「ありがとうございました、ホレイシオさん」

ミカは丁寧にお礼を言って頭を下げる。

「魔法学院のことは私にも分からんが、しっかりと頑張ってきなさい。家族のことは心配しないでいい。村のみんなで力になるし、何かあればミカ君にも知らせよう」

「お願いします」

それからホレイシオはニネティアナに視線を向ける。

「……あまり、やり過ぎんようにな」

「心配ないって。あたしが付いいてんだからさ」

「相手は子供なんだからな」

「分かってるわよ、もう。どれだけ信用ないのよ」

サーベンジールまでの道中のことだろう。

いくらここで止めても、この先はミカとニネティアナの二人だけ。

口約束で「冒険者っぽいのはやめる」と言わせたところで、ホレイシオと別れた後のことは分からない。

ホレイシオとしては、あまり無茶なことはするな、と忠告するのが精一杯なのだろう。

「さあミカ君。楽しい旅に出発よ」

ニネティアナはミカの手を引っ張り、荷馬車から離れようとする。

ミカは引っ張られながらも振り返って、ホレイシオに手を振った。

ホレイシオも手を振り返し、気をつけてなー、と声をかける。

「さ、まずは基本的なことからいきましょうね」

そう言ってニネティアナは、歩きながら店らしき看板を指さす。

「あれが何の店か分かる？」

ニネティアナが指さす先には、盾と鎧が描かれた看板があった。

「防具屋ですか？」

「せいかーい。ちなみにほとんどの街で、隣に武器屋もあるわ」

ニネティアナが隣の店を指さすと、そこには剣と槍で×印《バツ》を作った看板があった。

へぇー、とミカが感心していると――――。

「ミカ君は、武器とか買う時にこういう店で買っちゃだめよぉ？」

「は？」

教えておいて何言ってんだ、この人は？

「街の入り口近くに店を構えてる武器や防具の店はね、基本的にあまりいい物は置いてないわ。相場よりもだいぶ高かったり、質がいまいちだったりね。絶対に買うなってわけじゃないけど、少しでも安くて質のいいのが欲しかったら、鍛冶屋が集まったところで探しなさい。こういうところで買うのは、戦うことを生業にしない人たちよ」

なるほど。

街の人や商人が護身用に、といったところか。

「まあ、街にもよるんだけどね。基本的にはそう思っておくといいわ。街に一軒しかないなら仕方ないけど。でもね、場合によっては鍛冶屋と直接取り引きするのもアリよ。そのあたりはおいおい慣れていきなさい。とにかく、目の前にあるからって飛びついちゃだめ」

歩きながら、ニネティアナは冒険者としての心得を説明していく。

「あそこの看板は何か分かる？」

少し先にある、ビン詰めの飴のような絵と草っぽい絵が描かれた看板を指さす。

「道具屋ですか？」

「そう。道具屋も同じ。店によって品揃え、値段もバラバラ。きちんと物の相場を憶えて、その上で購入するの。ただまあ、ちょっとした例外もあるけどね」

そう言ってニネティアナは、少し先の路地を指さす。

「コトンテッセには、あの路地を入ったところに冒険者ギルドがあるわ」

「冒険者ギルド!?　あるんですか！」

なんと、コトンテッセには冒険者ギルドがあるらしい。

「領都だもの。ギルドくらいあるわよ」

路地の入口に差し掛かると、そこは見るからに治安が悪そうな雰囲気が漂っていた。

広場には人が溢れているのに路地には人けがなく、ごみが散乱し、道の端には壊れた樽や割れた瓶も転がっている。

それを見た瞬間、ミカの高揚していた気分が一気に冷えた。

「あそこが冒険者ギルド。コトンテッセでは酒場に併設してるわ」

指さす方向を見ると、二つの看板が吊り下がっていた。

上は酒と思われる瓶と骨付き肉の料理が描かれた看板。

下は横を向いたフルフェイスの兜と、地に突き刺した剣のような絵の看板。

「上が酒場、下が冒険者ギルドの看板よ」

ニネティアナが説明するが、ミカの気持ちは沈んでいた。

憧れていた冒険者の実態を、まざまざと見せつけられた気分だった。

「コトンテッセのギルドじゃこんなもんよ？　たいして大きい街じゃないからね。人が少ないから依頼も少ない。だから冒険者も少ない。こんな街で燻ってるような冒険者《れんちゅう》じゃ、質もお察し」

ニネティアナは、落ち込んだ様子のミカの頭を撫でる。

「さっき言った例外はね、ギルドの近くにある武器屋とかなら質は悪くないってこと。まあ、ちょっと高かったりはするんだけど。コトンテッセ《ここ》にはないけど、街によってはそういう店を使うのも選択肢としてはアリよ」

ニネティアナの説明では、ギルドの傍にある店なら質は問題ないが、安い店と比べるとちょっと高いらしい。

それは譬《たと》えるなら、コンビニのようなものかもしれない。

高いと言っても別に暴利というわけではなく、安い店と比べると高いというだけのようだ。

元の世界でも、ディスカウントショップのように安い店はあるが、近くのコンビニで済ませるということは往々にしてあった。

そう考えればギルド近くの店というのは、普段の買い物には適しているかもしれない。

考え込んでしまったミカの手を引っ張り、ニネティアナは歩き出す。

「さあ、そろそろ乗り合い馬車に行きましょ」

ミカは先程のギルドのことを冷静に考えながら、ニネティアナの横を歩く。

（……目を逸らしてもしょうがない。あれが現実ってことだ。えらい荒んだ感じだったけど、知らないままでいるよりは遥かにマシだ）

憧れと現実に差があるのは当たり前だ。

むしろ、憧れで凝り固まる前に知ることができたのは、幸運と言うべきだろう。

もしニネティアナが「冒険者っぽく」と提案してくれなかったら、ただ乗り合い馬車に向かっていただけかもしれない。


広場をぐるりと回り込むと、馬車が描かれた看板が見えた。

その看板は木で建てられたボロ小屋に付けられている。

「ここが乗り合い馬車の停留所ね。中に入ってみる？」

ミカは見るからにボロボロの小屋を見上げ、気は進まないが入ってみることにした。

建付けの悪い扉を開いて中を覗くと、そこそこの広さがあり奥行きが十二メートル、幅が八メートルくらいで板張りになっている。

中には十人ほどの人がいた。

夫婦らしき中年の男女。

二人の子供を連れた老夫婦。

ガラの悪そうな三人組の中年男たち。

そして、冒険者らしき一人の若い男。

この冒険者風の男は、まだ二十歳にもなってなさそうだ。

ミカが中に入るのを躊躇っていると、ニネティアナが先に入って行く。

壁際の開いているスペースに適当に座ると、ミカを手招きする。

ミカが隣に座ると、小声で話しかけてくる。

「ここからは一応小声でね。余計なトラブルに巻き込まれないためのマナーってところかな」

ミカは神妙な顔で頷く。

電車内でのマナーに近いが、雰囲気は最悪だ。

奥に陣取ったガラの悪そうな三人組の男たちはボソボソと何かを話しているが、聞き取ることはできない。

ただ、時折周りをチラチラ見ており、どうにも悪だくみをしているようにしか見えなかった。

冒険者らしき若い男は、金属の胸当てと革の手甲を身に着け、剣を抱えているからそう見えるだけで、実際はどうか分からない。

ただ目を瞑って、じっとしている。

中年の男女や老夫婦、連れの子供たちも俯いて黙っており、何とも重苦しい雰囲気が漂う。

ニネティアナは気にする風もなく、目を閉じて壁に寄りかかって座っている。

ミカはどうにもこの雰囲気に耐えられず、一旦外に出ようか迷う。

「……あんまりジロジロ見ないの」

ニネティアナが片目だけ開けて、周りに聞こえないように小声で囁く。

「……なんか落ち着かなくて」

「すぐに慣れるわ。どうせ三日間こうなんだから」

そうだった。

雰囲気の重さに耐えかねて外に出たところで、逃げられない現実があった。

慣れない限り、苦痛に感じるのは自分だけだ。

ならば、少しでもこの雰囲気に慣れておくべきだろう。

「それに、馬車に乗ってしまえば気にならなくなるわ」

そんなものだろうか？

むしろ、馬車の方が狭いのだから、もっと息苦しいのではないだろうか？

そんなことを考えていると、突然ボロ小屋の扉が開いた。

「お待たせしました。ヤウナスン行きの馬車が到着します」

小太りの中年の男が入ってくると、全員に聞こえるように伝える。

ニネティアナはさっさと立ち上がると、ミカを連れて外に出る。

広場の中にはいくつも馬車があって、どれが乗り合い馬車か分からない。

だが、ホレイシオの荷馬車とよく似た馬車が、こちらに向かってきているのに気づいた。

幌の付いた荷台を引く、二頭立ての馬車だ。

ニネティアナがお金を支払い、小太りの男から木札をもらう。

「これを持ってて。なくさないようにね」

それは古びた、ミカの両手くらいの大きさの木札だった。

ニネティアナの説明では、これは切符のような物でヤウナスンに着いたら返すらしい。

これがないと降りる時にまたお金を払わないといけないらしく、盗まれることがあるということだった。

「まあ、無賃で乗るような奴は途中で降りるんだけどね。とにかく、気をつけて持っておいて」

ミカはなくさないように、木札を持ってきた雑嚢の中に入れる。

「荷物は何があろうと絶対に手から離さないこと。馬車の中では抱えてなさい」

やはり盗難があるようだ。

ミカは置き引きやスリを想像したが、力ずくで奪って馬車から飛び降りるような手口も当たり前だという。

奪える、と相手に思わせることがNGらしい。

「…………自信ありません」

「でしょうね。まあ、頑張ってみなさいな」

ニネティアナは気軽に言う。

これから丸一日、一切気を緩めずに警戒しろなんて、いくら何でも無理だ。

ミカがこの先の旅路を思い溜息をつくと、ふと目に入った。

ニネティアナの腰にごついナイフのような物が二本、互い違いに着いている。

村を出た時には確かなかったはずなので、ホレイシオの荷馬車で移動している時に着けたのだろう。

ミカの視線がナイフに釘付けになっていると、ニネティアナがミカの頭をポンポンと叩く。

見上げると、左手の手甲の前腕部にも五寸釘のようなぶっ太い針が数本、ケースごとベルトで固定されていた。

（なんだあれ？　ていうか、完全武装やんけ。え、まじで？）

必要がなければ、こんなものを身に着けたりしないだろう。

村では、こんな物を着けているところを見たことがない。

つまり、今は身に着けなければならない理由があるということだ。

（ニネティアナがこれだけ警戒するって。どんだけこの世界は危険なんだよ！）

森や洞窟に行くわけではない。街から街へ、街道を行く馬車の旅だ。

それなのに、ここまで警戒する必要がある。

それだけ危険なのだ。

その原因が、魔獣なのか人なのかは分からないが……。

ミカがドン引きしていると、乗り合い馬車がボロ小屋の前にやって来た。

先程見た、荷馬車がそうだったようだ。

ニネティアナは荷台にミカを一番に乗せると、自分もすぐに乗り込む。

そうして一番奥にミカを座らせて、自分もその隣に座った。

乗り合い馬車の中は完全に空っぽだった。

椅子もなければ荷物を置くような場所もない。

何の変哲もない、ただの荷馬車である。

次々と荷台に人が乗り込んで来る。

ボロ小屋で見かけなかった人も数人いて、最終的には十四人ほどが乗り込んだ。

乗客は左右に分かれ、それぞれ七人ずつが並んで、向かい合って座る。

最後に乗り込んできたのは、ボロ小屋にもいたガラの悪い三人組だった。

二人がミカの側、一人が向かい側に座る。

冒険者風の若い男も向かい側で、ガラの悪い男の隣に座っていた。

スペース的にはまだ余裕があるのだが、なんとなく息苦しさを感じる乗り合い馬車の中でじっとしていると、ほどなくして馬車が動き出した。

荷台には幌がかけられているが、前後は開いている。

朝の冷たい風が荷台の中を抜けていき、少しだけ息苦しさが和らいだ気がした。

ぼー……と前方を見つめ、乗り合い馬車がコトンテッセを出て行くのを眺める。

その時、ニネティアナに言われたことを思いだして、雑嚢をぎゅっと抱える。

（……警戒すんの、すっかり忘れてたわ）

馬車内の配置的に、ミカの荷物が狙われる可能性は低いと思う。

そもそも、こんな子供の雑嚢を盗ったところで大した実入りは期待できないだろう。

だが、それは警戒を解いていい理由にはならない。

冒険者なら、そんなことで警戒を解かないと思うからだ。

（きっと、俺を最初に乗せたのも考えがあってなんだろうな）

今のミカは、知らない人と隣り合っていない。

たまたまこの配置になったわけではない。

そうなるよう、ニネティアナが動いていたのだ。

ミカがニネティアナを見ると、ニネティアナは片目だけ開けてミカを見る。

「……乗る位置に、何かルールとかってありますか」

ミカが小声で聞くと、ニネティアナは目を閉じて少し考え込む。

「ルールというか、好みかな。冒険者だと一番後ろを好む人が多いってくらい。若しくは一番前ね。何でか分かる？」

「何かあった時、外に出やすいから？」

「半分正解。外に出るだけなら、どこからでも出られるからね」

そう言って、ニネティアナは幌を指で突《つつ》く。

こんな布一枚、確かにナイフや剣があるなら障害にもならないだろう。

「……視界が確保されてるから？」

「そう。正確には、目で見て状況が確認できるから。その上で外に出られるからね。幌を破って外に飛び出して、そこが襲撃者のど真ん中だったら？」

「……引き返したくなりますね」

ちょっと通りますよ、で通してくれる相手なら、そもそも襲撃なんかしていないだろう。

「まあ、こんなのは好みの問題だから。そこまで気にすることはないわ」

ニネティアナがミカの頭を撫でる。

ちゃんと考えられて偉い、と言ったところか。

ただ、好みの問題というならば、今後ミカが一人で乗り合い馬車に乗る時には注意が必要かもしれない。

拘って一番後ろや一番前に乗ろうとする冒険者もいるだろう。

狙っていた場所がかち合ってしまった場合、譲らないとトラブルになるかもしれない。

(通勤電車の席取りみたいだな)

ミカは空いている時以外は、なるべく席を譲ることにしていた。

乗り合い馬車でも、同じような気持ちでいる方がいいかもしれない。


三時間ほど馬車に揺られ、昼の休憩になった。

今いるのは街道の途中に設けられた、道の駅のようなところだ。

どうやら乗り合い馬車を運営している人が、こうした休憩所を用意しているらしい。

馬を休ませ、場合によっては交代させたりする。

乗客もここでは一旦降りて、持ってきた昼食を食べたりしている。

大きい休憩所なら店が出てたりするらしいが、コトンテッセとヤウナスン間の休憩所にそんなものはなかった。

客が少なすぎて、商売が成り立たないのだろう。

「………………お尻が痛い……」

固い床板の上にずっと体育座りでいたため、もはやお尻が限界だった。

馬車がガタガタと揺れる振動も、ダメージを増大させることに大きく貢献していた。

おかげで、ミカのお尻のライフはとっくにゼロになっている。

ニネティアナが、馬車に乗れば雰囲気なんか気にならないと言っていた意味が分かった。

そんなことを気にしていられるほど、余裕がないのだ。

「乗り合い馬車を使うとこれが嫌なのよねぇ。楽でいいけど」

涙目のミカとは違い、ニネティアナはけろっとしている。

それでも何らかの蓄積はあるのか、軽く身体を解《ほぐ》している。

「……もう、乗るの嫌なんですけど」

「なら歩く？　あたしは別にいいわよ」

「………………」

ニネティアナがあっさり了承する。

ミカとしては単に愚痴を言ってみただけなのだが、まさか受け入れられるとは思わなかった。

「歩いて行ける距離なんですか？」

「あたしはね」

「……………………………」

この言い方から察すると、おそらくミカには無理だとニネティアナは思っているのだろう。

駄々を捏ねても仕方ないので、ミカは諦めて回復に努めることにした。

雑嚢の中から持参した昼食の包みを取り出し、立ったまま食べることにする。

とてもじゃないが、座る気にはなれない。

ニネティアナも自分の雑嚢から昼食を取り出す。

ミカはいつもの固いパンだけだが、ニネティアナは干し肉も持ってきていた。

「はい、ミカ君にもあげる」

干し肉を一切れ、ミカに渡す。

「いいんですか？」

「いいわよ。冬の食料のあまりだし」

ニネティアナはミカに合わせてか、立ったまま干し肉を齧りだした。

（干し肉かー。何気に初めてかも）

ノイスハイム家の冬の食料は豆とパンがほとんどだ。

あとはドライフルーツや乾燥させた野菜が使われる。

冬になる前は豚肉の燻製もあったが、冬の間はほとんどなかった。

それでも今年の冬は多少の余裕があり、食料が尽きるようなことはなかったが、質が上がったわけではない。

余裕という部分は、すべて質ではなく量に振り分けられた。

ミカは貰った干し肉を口に入れる。

だが、まったく噛み切れない。

（硬《かった》！　なんだこれ!?　本当に肉か？）

ニネティアナは大して苦労せずに食べているようだが、よく見ると首筋が浮いて、忙しなく動いている。

表情は変わらないが、かなりの力が入っているようだ。

(無理したら歯が折れそうだ……)

ミカは水袋の水を少し口に含み、少しずつ解していく。

強い塩気が滲み出て、肉の風味が口の中に広がる。

(スープの具材としてなら、結構旨いかもしれないな。でもこれ、本当に齧って食べる物なのか？)

そもそもの食べ方が、間違っているのではないだろうか。

まあ、これも冒険者流と思って受け入れることにする。

そうして昼食が終わり、再び地獄の時間が訪れた。

馬車に乗る順番は自由で、さっきまでとは違う位置に座る人もいた。

ミカたちは同じ位置になるように最初に乗り込み、最後尾にはまたガラの悪い三人組が乗った。

冒険者風の若い男がその隣にいるのも変わらない。

三時間ほど馬車に揺られたところで、また休憩所に着く。

そこで少し休み、さらに三時間ほど馬車に揺られた。

そうして合計九時間も馬車に揺られ、ミカのお尻の皮が剝ける頃、ようやく乗り合い馬車はオールコサ子爵領の領都ヤウナスンに到着するのだった。

リウト銃士
Illustration 桜河ゆう
2
神様なんか信じてないけど、
【神の奇跡】はぶん回す
~自分勝手に魔法を増やして、異世界で無双する~
I don't believe in God, but I throw away [Miracles] ~Increase your magic on your own and become unrivaled in another world~
初回版限定
封入
購入者特典
特別書き下ろし。
がーるずとーく?
※『神様なんか信じてないけど、【神の奇跡】はぶん回す ② ～自分勝手に魔法を増やして、異世界で無双する～』をお読みになったあとにご覧ください。
EARTH STAR NOVEL

「ほら貸して、リムリーシェ。ちゃんと拭かないと」

「う、うん……」

魔法学院の授業が終わり、部屋に荷物を置くと、湯場へ直行する。

午後は毎日クタクタになるまで歩かされるため、この流れが出来つつあった。

湯場で汗を流し、清潔な衣服に着替える。

洗濯も、湯場の準備や清掃も、寮の使用人がやってくれるのは有り難い。

こうして汗を流して、ようやく少し落ち着いた気になる。

この後は部屋で休んでいれば、食事まで用意されるのだから、いい身分だなって思う。

ツェシーリアはタオルを受け取ると、リムリーシェの髪をごしごしと拭いた。

魔法学院に来てルームメイトになったが、この子はちょっとだけ妙な子だ。

何というか、自分のことなのに、見た目とかをまったく気にしない。

あまりにボサボサな髪に、初めて会った時は、瞬きも忘れて固まってしまったくらいだ。

いつも俯き、ただただ目立たないように、じっとしていることが多かった。

そんなリムリーシェを見ていると、ツェシーリアは何となく落ち着かない気分になってくるのだ。

お姉ちゃん気質というか、まあ実際に妹も弟もいるんだけど。


ツェシーリアはリムリーシェの髪を拭きながら、もう一人のルームメイトに視線を向ける。

この子はチャールと言って、リムリーシェとはまた違った方向に妙な子だった。

髪がぼさぼさというわけではないのだが、あえて前髪を下ろしている。

鼻まですっぽり隠れるほど。

この子にも、初めて会った時は固まってしまった。

そして、時々すごく粘っこい笑みを浮かべる。

正直、変な子たちとルームメイトになっちゃったなあ、とか思ってしまった。

でも、二人とも意外にいい子だ。

きちんと周りに気を遣えるし、自分勝手なことをしたりもしない。

おかげで、最初の印象とは裏腹に、寮生活も案外上手くいっていた。

「チャールってさあ」

「…………うん……？」

リムリーシェの髪を拭きながら、念入りに前髪に櫛《くし》を入れるチャールに話しかける。

「ミカ君のことが気になるの？」

「…………!?」

何気なく聞いてみただけだが、チャールの手が止まった。

頬の赤味が、少し強くなった。

「あらあらあら〜、本当？」

何となく、よく視線が向いているような気がしたので聞いてみたが、どうやら大当たりだったらしい。

リムリーシェは何のことか分からず、きょとんとしているようだった。

「ああいう、線の細い子が好きなの？」

重ねて聞いてみるが、チャールは更に念入りに前髪を梳《す》き始める。

「目元を隠したって分かるわよ」

そう言うが、チャールは一層頬を赤くしながら、櫛を入れた。

ていうか、手の速さで焦っているのがバレバレだった。

「…………そ、そういうツェシーリアは……どうなの……？」

「あたし？　あたしはそうねぇ……」

頭の中に、クラスメイトの男の子を思い浮かべる。

「あんまり、気になるって子はいないかなあ……」

「…………そう、なの……？」

「うん。リムリーシェはどう？　気になる男の子っている？」

そう、手の中のリムリーシェに聞いてみるが、リムリーシェはつぶらな瞳で上を向く。

きょとんとしていた。

うん、この顔は分かってないね。

「リムリーシェには、まだ早かったかー」

再びごしごしと、リムリーシェの髪を拭く。

「でも、そういうことなら応援するから。頑張りなさいよ、チャール」

チャールの方を見て言うと、なぜか首を振った。

「…………応援なら……メサーライト君を……」

「メサーライト君？　何で？」

思わぬ答えが返ってきて、手が止まってしまう。

「え!?　気になる子が二人いるの!?」

それって、ちょっとどうなの？

意外や意外、チャールは意外と恋多き乙女なのか。

だったら、その前髪は何とかした方がいいと思うよ。

「…………二人は、ルームメイトって……話……」

「うん？　ああ、そういえば、そんなこと言ってたっけ」

「……うん……」

そうして、ニタァ……とチャールの粘っこい笑みが出た。

こわいこわいこわい、その笑顔は怖いってチャール。

「ま、まあ、応援はしてるから。…………できれば、どっちかに絞った方がいいと思うけど」

リムリーシェの髪を拭き終わり、今度は櫛を入れていく。

リムリーシェの髪は、ちょっと癖があるのか、櫛の通りが良くない。

少し絡んでいるのかも。

一度、バシッと切ってあげた方がいいかな。

リムリーシェは整った顔をしているから、きっとショートも似合うよね。

「…………今も、部屋に二人きり……」

リムリーシェの髪を梳いていると、チャールのそんな呟きが聞こえてきた。

「……二人きりで、何を……？」

頬を赤く染め、そんなことを言い始めるチャール。

もしかしたら、自分は盛大な勘違いをしているのではないだろうか。

そんな予感に寒気を感じ、ブルッと身体を震わせるツェシーリアだった。

第30話　疑似体験旅行2　冒険者プラン

オールコサ子爵領の領都、ヤウナスンに着いた。

コトンテッセよりも遥かに発展していて、壁などにコンクリートを使った建物が半分くらいある。

「……ううう………、お尻が……割れちゃった……」

「ほらー、ミカ君こっちよー」

あまりに過酷な旅路をミカは嘆くが、その思いはニネティアナには届かなかったらしい。

ボケてもツッコミが入らない無情に打ちひしがれながら、仕方なくニネティアナの後を追う。

乗り合い馬車がヤウナスンに到着したのは、とっくに陽が落ちた時刻。

夜の七時に近かった。

そんな時間にもかかわらず、ヤウナスンの通りには人が溢れている。

通りのあちこちに篝火《かがりび》があり、ちょっと薄暗いが人の判別ができる程度の明るさはある。

多くの店が営業をしていて、まだまだ店仕舞いの気配はない。

リッシュ村ならば、見回りの自警団員以外は外に出ない時刻だが、ここでは普通に人が行き来していた。

「……これから宿に向かうんですか？」

「んん？　宿？」

「ん？」

何か変な事を言っただろうか。

旅の途中で街に着いたのだから、宿に泊まることは別に変ではないはずだが。

先に夕食を済ませるため、食堂に行くということか？

「食事ですか？」

「そうね、どこかいい店あるかしら。……あ、はぁーい、この辺りで美味しい店ある？　朝もできるとこね」

ニネティアナは、近くを通った冒険者風の男女に声をかける。

男性は剣士、女性は弓兵といった感じだ。

ニネティアナとその男女はにこやかに話をし、時折声を出して笑い合った。

「ありがとう。じゃーねぇー」

「おう、道中気をつけてな」

「ばいばい、良い旅を」

笑顔で手を振り、男女はどこかに行ってしまった。

「……お知り合いですか？」

「ん？　知らないわよ。なんで？」

知らない人かよ！

（え？　知らない人なのにあんな風に話しかけたの？　正気ですか!?）

目を丸くして驚くミカに、ニネティアナはぽんぽんと頭を叩く。

「冒険者同士、知らない街に来たらあんなもんよ？　聞かないで不味い店のご飯食べるのと、ちょっと聞いて美味しい店でご飯食べるの。どっちがいい？」

「いや、それは美味しい方がいいですけど……」

聞き方ってのがあるのではないでしょうか？

「ニネティアナさんは、ヤウナスンのことはよく知らないんですか？」

「今のヤウナスンのことは分からないわね。あたしが来てたのはもう何年も前だから」

時間が経てば、持っている情報もアテにならなくなる。

それはいつの時代も、どこの世界でも同じようだ。

ニネティアナに連れられて入ったのは、大衆食堂のような店だった。

居酒屋の看板から酒瓶だけを抜いたような、骨付きの大きな肉料理の看板だった。

十卓あるテーブル席は満席だったが、カウンターが少し空いている。

ニネティアナは案内されるのを待つことなく、ずんずん店の中を進む。

ミカは騒がしい店内をなんとかついて行き、席に着いた。

座った瞬間、お尻の痛みに思わず顔をしかめてしまう。

雑嚢を膝の上に置いてカウンター上のメニューを探すが、そんな物はなかった。

壁の木札にメニューが書かれていて、それを見て注文するらしい。

「メニューが気になる？　まあ、見ててもいいけど、注文する物は決まってるわよ？」

「何を注文するんですか？」

ミカが聞くと、ニネティアナは壁にかかったメニューの一番端を指さす。

『日替わり定食　二百五十ラーツ　※お好みなし』

以前、通貨のことを聞いた時に、安いとこれくらいで食べられると言っていた値段だ。

二百五十ラーツというと、大銅貨二枚と銅貨五枚。

日本円で三百円くらいか？

「あれが前に言ってた安く食べられるってやつですか？」

「そう。駆け出し冒険者御用達の日替わり定食。これ注文してる冒険者《やつ》はたいてい半人前以下か、依頼に失敗したかのどっちかよ」

「半人前ってのは分かりますが、依頼の失敗ってのは何ですか？　報酬が貰えなくてお金がないのは見当がつきますけど」

「これ食べて、半人前だった頃を思い出すのよ。懐かしいなあ。悔しくって、あたしも泣きながら食べたことが何回もあるわ。…………あ、なんか思い出したら腹立ってきちゃったかも」

「勘弁してください……」

八つ当たりされそうで、ちょっと離れる。

「あの『お好みなし』って何ですか？」

「あれは、肉多めのメニューとか選べることがあるのよ。ここではやってないみたいだけど」

そう言ってニネティアナは手を挙げて店員を呼ぶ。

日替わり定食を二つ注文すると、他に二つ三つ何かを店員に確認している。

たぶん明日の朝のことのようだが、隠語というか略語というか、ミカにはいまいち何のことか分からなかった。

店員が下がったところでミカが話を聞こうとするが、先にニネティアナが話しかけてきた。

「馬車で一番後ろに乗ってた連中、ミカ君気づいてた？」

「ガラの悪いのですか？　三人組の。いたのは憶えてますけど、何かありました？」

「何か盗れないか、周りをチェックしてたわよ」

「え!?」

まったく気がつかなかった。

自分の荷物とお尻に意識がいっていて、周りを気にする余裕など欠片もなかった。

「強引に奪うつもりまではなかったみたい。移動のついでにちょっと稼げないかって感じだったけど。隣に座ってた若い子が、一生懸命けん制してたのよ」

ニネティアナは可笑しそうに笑った。

ニネティアナが言うには、どうやら悪さしそうな三人組の動きを、若い冒険者風の男が必死に気配で止めていたらしい。

水面下でそんな攻防があったなんて思いもしなかった。

冒険者風の男は目を瞑ってじっとしていたし、ガラの悪い三人組も特に騒ぐわけでもなく、大人しく乗っているだけだった。

「どっちも直接のトラブルは避けたかったみたいね。ガラの悪いのはヤウナスンに着いたら舌打ちしてたし、若い子の方はあからさまにホッとしてたわ」

まさか、あの乗り合い馬車の中がそんなことになっていたとは、夢にも思わなかった。

「あの感じだと、どっちもDランクかしらね。半人前同士でごちゃごちゃやってて、ちょっと面白かったわ」

「はあ？」

もはや、ツッコミどころばかりで何がなにやら。

若いのは冒険者っぽいとは思ったが、まさかガラの悪い方も冒険者だったのか？

しかも、みんな半人前？

そんな半人前たちがけん制し合っているのを見て面白かった？

水面下のけん制のし合いに気づくとか、あんたも何者だよ！

ミカには、ちょっとついて行けない世界だった。

ミカがげんなりしていると、店員が食事を運んできた。

トレイに乗った食事はスープとパンのみ。

パンは大きいのが二つあり、ミカでは食べきるのに苦労しそうだった。

だが、もっと苦労しそうな物があった。

「…………なんですか、これ」

「スープに決まってるじゃない」

いや、それはそうなんだけど、俺が求めている答えはそうじゃない。

「何のスープなんですか、これ……」

肉も野菜もたっぷり、具沢山の贅沢スープと言っていいかもしれない。……具材だけは。

串が刺さったままの肉や鳥の足が見えたりと、適当に鍋に放り込んだとしか思えないスープが、これまた大きな器になみなみと入っている。

ミカには、これが前日の売れ残りを詰め込んだスープに見える。

いや、実際にそうなのだろう。

残飯スープと言うべき『それ』を前にして、ミカは戦慄した。

（そりゃ安く提供できるわな、これなら……）

横のニネティアナは気にすることなく、ばくばくと食事を始めた。

ミカはそんなニネティアナを見て、自分もスプーンを手に取る。

恐るおそるスープを口に運ぶと、少しだけ啜る。

何とも形容し難い味が口内に広がるが、そこまで不味いというわけではない。

（……いろんな味が混ざり過ぎて、何がなんやら分からないけど、思ったよりひどくはないか？）

今度は具も乗せてスープを口に入れる。

やはりいろんな物が混じり過ぎて、わけが分からない味になっている。

だが、ノイスハイム家の貧しい食事情を考えれば、これは非常に贅沢な食事と言える。

（不味くないとは言わないが、栄養だけはありそうだ。確かにこれなら駆け出しの冒険者には有難いだろうな）

量があり、栄養もある。しかも安い。

そういう意味では「これ以上いったい何が必要なんだ!?　あぁん？」と言わんばかりの食事だ。

ミカは、そこでふと思い出す。

「さっき冒険者に美味しい店って聞いてましたけど、何でですか？」

「何でって、美味しいでしょ？」

「…………………」

こんなごった煮に旨いもへったくれもあるかっ！　と言いたくなるが、ニネティアナの次の言葉を聞いて納得した。

「料理の不味い店の日替わり定食と、美味しい店の日替わり定食、どっちがいい？」

ミカは黙って食事を続けることにした。

元々不味い料理を、さらにごちゃ混ぜにしたスープなんか絶対に食べたくない。

不味い物と不味い物を掛け合わせて、奇跡的に美味しくなるなんてのは漫画だけだ。

実際はより不味くなるに決まってる。

ミカは、串肉を一口齧った。

最初はスープの微妙な味が気になるが、肉を噛むと旨みが口いっぱいに広がった。

確かにこれなら、美味しい店を確認した上で日替わり定食を頼むのも分かる。

この串肉は、この世界に来て一番美味しいかもしれない。

これまでの食事が質素過ぎたというのもあるが、こんな大きな肉を噛みしめるということが、この世界に来てから初めてだ。

（……こんなごちゃ混ぜスープの串肉が人生で一番美味いとか、ミカ少年の半生を思うと目頭が熱くなるな）

ミカは黙って食事を続け、何とかスープを食べ切ることができた。

ただ、パンは半分に割った、さらにその半分しか食べられず、丸まる一個と四分の三が残ることになった。

単純に、この定食はミカにとっては量が多すぎる。

大人の冒険者の一食分だ。ミカが食べ切るのは無理だった。

ミカの残したパンは、ニネティアナが食べてくれた。

ニネティアナも、これでお腹がいっぱいになったと言う。

見た目はスレンダーなのに、結構食べるらしい。

ニネティアナは店員を呼んで勘定を済ませると、今度は宿屋に向かった
宿屋の看板は、ベッドの端にテーブルと椅子が重なったような絵だった。

宿屋では、白髪の偏屈そうなじいさんがカウンターにいた。

ミカたちが入って来ても気にする風もなく、カウンターの中で帳簿でもつけているようだった。

顔を上げることも、挨拶もない。

何とも商売っ気のないじいさんである。

「湯場は空いてる？　二人ね」

「…………八百ラーツ」

じいさんは顔を上げることもなく、素っ気なく答える。

（湯場？　お風呂のことか？　ここに泊まるんじゃないのか？）

しかも、二人で八百ラーツということは、さっきの食事よりも高い。

一人あたり四百ラーツもするらしい。

ミカは、先程の日替わり定食が衝撃的すぎて、ついあれを基準に考えてしまう。

むしろ、あっちが異常なのだが。

ニネティアナがカウンターに大銅貨八枚を出すと、ようやくじいさんは顔を上げる。

カウンターのお金に手を伸ばして、その動きが止まった。

じいさんはミカを見て、それからニネティアナを見る。

「……二人ってのは、そっちの嬢ちゃんとか？」

「そうよ」

おい、誰が嬢ちゃんやねん。ニネティアナも肯定してんじゃねえよ！

ミカが訂正しようとすると、その動きを察知したニネティアナが素早く手を伸ばして、ミカの頭を抱え込む。

どうやら、黙ってろということらしい。

じいさんは大銅貨六枚を取って、二枚を押し返す。

「……なら、これでいい。さっさと済ませてくれ」

「あら、ありがとう」

ニネティアナは返された大銅貨を懐に入れると、ミカの手を引いて奥に向かう。

カウンター前を素通りした先、突き当りを左に曲がると扉があり、そこが湯場らしい。

ニネティアナは扉横の札を引っ繰り返して中に入ると、扉に鍵をかける。

そこは一畳くらいの脱衣所だった。

入って左手に棚があり、奥の右手に一つ扉がある。

「ちょっと得しちゃった。良かったね」

「いや、それよりここってお風呂なんですか？　男湯は？」

「男湯？　そんなのあるわけないでしょ」

「あるわけって、それじゃどうす――――ふひゃ!?」

ニネティアナはミカの両頬を摘まんで引っ張る。

「ごちゃごちゃうるさい。ミカ君は快適な観光旅行がしたいの？　冒険者として旅がしたいの？

……どっち？」

ニネティアナの目が据わり、声にドスが利いている。

「……ほうへんひゃれふ」

「なら、指示には従いなさい」

「ふぁひ」

ミカの返事を聞き、ようやく頬を摘まんでいた手を離す。

ひりひりする頬を手で押さえていると、ニネティアナはさっさと服を脱いでしまう。

あまりに気持ちのいい脱ぎっぷりにミカは呆気にとられ、目の前にニネティアナの小麦色の乳房やら何やらがいろいろ飛び出す。

「うあっ!?」

ミカは慌てて背を向けた。

そんなミカの様子に、ニネティアナが溜息をつく。

「こんなことでいちいち騒がないの。自分で脱ぐ？　それとも引ん剝かれたい？」

全裸になったニネティアナが、仁王立ちでミカに尋ねる。

ここで躊躇えば、問答無用で引ん剝かれる。

そう直感したミカは慌てて服を脱ぎだした。

ニネティアナは置いてあった籠に自分の雑嚢と脱いだ服を入れ、ミカの雑嚢と脱いだ服も別の籠に入れていく。

まだ春と言うには早い時期。

すべての服を脱ぐと、脱衣所が結構冷えていることに気づく。

「はい、それじゃ湯場はそっちね」

入口とは別の、もう一つの扉を指さす。

ミカがその扉に手をかけると、ニネティアナが突然笑い出した。

「あははは、かっわいー。おサルさんみたいになってるぅ」

「うひゃあ!?」

ニネティアナがミカのお尻をぺろんと撫でる。

一日中馬車に揺られたため、ミカのお尻は真っ赤になっているようだった。

お尻の痛みと、突然触れられたくすぐったさと、ニネティアナの手の冷たさで、ミカは飛び上がって驚いた。

また撫でられては堪らないので、ミカは警戒してニネティアナに背中を向けるのをやめた。

もはや恥ずかしいなどとは言っていられない。自分のお尻は自分で守る。

「ほらほら、早く行った行った」

ミカがジト目で睨むが、ニネティアナはまったく意に介さない。

荷物を入れた籠を抱え、湯場に入ってくる。

湯場の中は二畳くらいの広さで、お湯の入った釜と水甕が置いてある。

釜は竈のような物の上に乗っているが、焚口が見えない。

おそらく、湯場の外から焚けるようになっているのだろう。

隅には蓋付きの小さな棚と、大きさの違う桶がいくつか積んである。

足場は簀《す》の子が敷いてあり、その下は砂利が敷き詰めてあるようだった。

「荷物は脱衣所に置いておかないこと。あんな鍵は何の意味もないからね。湯場にも置ける場所がたいてい用意されているから。無かったら、濡れないように考えないとだけど」

隅の棚に籠を入れて、棚に置いてあったボロいタオルを手にして蓋を閉める。

「仲間がいれば交代で見張れるんだけど。一人の場合、目の届かないところに荷物を置いちゃだめ。冒険者になってから湯場で荷物盗まれたなんて人に言ってみなさい？　一生笑われるわよ」

そう言ってミカにタオルを手渡す。

鍵をかけても意味がないというのは、地味にショックだ。

確かに少し力を入れれば簡単に壊せそうな鍵ではあったが。

素っ裸の状態じゃ、たとえ盗難に気づいても追いかけるのは躊躇われる。

それならば、始めから盗まれないようにしろ、ということだろう。

ニネティアナは小さな桶でお湯を掬って、大きい桶に入れる。

次に水甕から水を掬って、お湯を入れた桶に注ぐ。

「さあ、先に頭流すわよ」

ニネティアナはミカの頭にお湯をかけてごしごしと頭皮を擦る。

それが終わると、今度は自分も同じように頭を流した。

再びニネティアナは温度を調整したお湯を作り、タオルを浸して身体を拭いていく。

ミカも同じように身体を拭き、汗を流していく。

目の前でニネティアナがしなやかな肢体を見せつけてくるが、ミカはなるべく意識しないようにして、自分の清拭に集中する。

「ミカ君、意識しすぎ」

からかうようにニネティアナが笑う。

意識しないように努めると、却《かえ》ってそれが意識することに繋がってしまう。

気配を探る達人の前では、ミカの努力など無いに等しい。

（だってしょうがないじゃないか！　ニネティアナさん綺麗すぎるんだよ！）

小麦色の健康的な肌。スラッと伸びた手足。

くびれるところはばっちりくびれ、やや慎ましい胸や薄いお尻でも、しっかりと女性らしいラインをしている。

「ま、いいけどね。でも、もしもパーティーを組んだら、仲間とはそういうのは無しにしなさい」

それまでとは変わり、やや真剣な声になる。

「パーティーを組むかは分かりませんけど、組むなら男同士の方がいいなとは思います。気楽だし」

それは、四十七年の人生でつくづく感じた。

女性が苦手とまでは言わないが、一緒にいると疲れると感じてしまうのも確かだ。

ただ、一緒に暮らしていたアマーリアとロレッタにはそういうのはあまりなかった。

この二人に関しては、きっとミカ少年の記憶の影響ではないかと考えている。

「そうね、そういう理由で異性を入れないパーティーはそこそこあるわね」

だが、それはそれで少し寂しい気もする。

やはり可愛い子や綺麗なお姉さまとパーティーを組んで、きゃっきゃっうふふしてみたいというのは男の夢ではないだろうか。

「でも、なんで意識したらだめなんですか？　実力が釣り合ってるなら、可愛い子とパーティー組むのも楽しそうですけど」

「そんな奴に命は預けられないからよ」

即答で強烈なカウンターパンチが来た。

「一瞬の判断で生き死にが分かれる場面なんてしょっちゅうよ？　浮ついた奴に自分の命を預けるほど、あたしは酔狂じゃないの」

ニネティアナは無表情だったが、それが作った表情だというのは分かった。

きっと、それで危険に陥った経験があるのだろう。

本当なら苦々しく吐き捨てたいのを抑えているのだ。

「可愛い子とのお楽しみは、街の中だけにしておきなさい。楽しむだけなら、高級娼館とかすっごいらしいわよ？　滅茶苦茶お高いらしいけど」

おい、なにしれっと子供に娼館勧めてんだ！

ミカはにやにやするニネティアナにジト目を向ける。

ニネティアナと話をしながら、ミカは一通り身体を拭いた。ある一カ所を除いて。

ある一カ所。――――そう、お尻である。

一度チャレンジしてみたのだが、タオルで擦るとあまりの痛さに後回しにしたのだ。

（無理して擦って悪化したら、明日からが地獄すぎる……。手で軽く流すだけにするのが吉か）

そこまで考えて、ふと閃く。

癒しの魔法が使えないだろうか。

癒しの魔法については、前に右手を火傷して以来だ。

試す機会がなかったし、わざわざ自分で傷をつけて練習するのも嫌だったので使っていなかった。

半年以上も前のことなので、すっかり忘れていた。

（お尻に魔力を集めればいいのか……？　それもなんだか嫌だな。手に集めてお尻に触れてればいいか？）

ミカはタオルを肩にかけ、両手でお尻を掴む。

ヒリヒリする痛みが、触れた瞬間にズキリという鋭い痛みに変わる。

音にならない声で「〝制限解除《リミッターオフ》〟」と呟き、治療を開始する。

そういえば、この魔法に名前をつけることを忘れていた。

（……魔力を手から送る。傷ついた細胞を少しずつ排除して、正常な細胞に分裂を促す……。魔法で治すんじゃない。あくまで自分の回復力を底上げするんだ）

前回は自分の目で見ながら進められたが、今回は修復部位がお尻である。

見て確認することができない。

「どしたのミカ君？　お尻なんか押さえて。あー、痛いんなら、あたしが優～しく拭いてあげるわよ～？」

「……結構です」

ミカがお尻を押さえて固まっているのを、痛くて洗えないと勘違いしたニネティアナがにやにやしながら言ってくる。

まあ、勘違いではなく本当に痛くて洗えないのだが、今やってるのはそういうことじゃない。

ミカは集中が切れないように、慎重に返事を返す。

（火傷ほど深刻なダメージじゃない……。表皮に近い部分だけ修復すればいいはず）

そうしてしばらく治療を行うと、お尻の痛みを感じなくなった。

手で擦っても痛みはない。

ミカはタオルを濡らすと、お尻をごしごしと擦る。

排除された細胞が皮として、ぼろぼろ取れた。

ミカは「〝制限《リミッターオン》〟」と声に出さず呟き、治療を完了する。

これなら明日も大丈夫そうだ。

というか、痛くなってきたらその都度治療していけばいいのではないだろうか？

明日からの移動にも希望が見え、晴れ晴れとした気持ちでミカは清拭を終えた。

「それじゃあ、出ましょうか。ミカ君、先に出ててくれる？」

はい、と返事をしてミカはニネティアナの前を通り過ぎる。

脱衣所への扉に手をかけた時、ニネティアナに突然肩を摑まれた。

「……ちょっとミカ君。どういうこと？」

ミカが振り向くと、ニネティアナはずいっと顔を近づける。

ニネティアナの目は据わっていた。

そのあまりの迫力に、ミカは思わず息を呑むのだった。

第31話 疑似体験旅行3 冒険者プラン

ミカが脱衣所への扉に手をかけた時、ニネティアナに突然肩を掴まれた。

「……ちょっとミカ君。どういうこと？」

ミカが振り向くと、ニネティアナがずいっと顔を近づける。

ニネティアナの目は据わっていた。

そのあまりの迫力に、ミカは思わず息を呑む。

（え、なに？　なんかすっごい怒ってる!?）

ニネティアナのいきなりの態度の豹変に、ミカは焦った。

何かやってしまったのだろうか？

だが、ミカには思い当たることがまったくない。

「さっきまで、あんなに真っ赤で可愛いお尻だったのに！　おサルさんはどうしちゃったのよ！」

おい……。

ニネティアナの手をぺしっと払い、脱衣所に出る。

「こら、ちゃんと説明しなさい！」

ニネティアナが籠を持って脱衣所に来る。

籠には乾いたボロいタオルが入れてあった。

ミカはタオルを取って、ごしごしと頭を拭く。

「治しました。それだけですよ」

「治したって……」

ニネティアナは頭を拭く姿勢で固まってしまった。

（おい、いろいろ隠せよ！　そんな格好で固まってんじゃないよ！）

ミカは自分の身体を拭きながら溜息をつく。

「聞きたいことがあるなら後で聞きます。まずは着替えませんか？」

風邪ひくし。

ニネティアナも何をしていたのか思い出したようで、濡れた身体を拭いて素早く着替える。

ミカは下着は替えるが、上着やズボンは今日着ていた物をまた着る。

これはニネティアナの指示だ。

常に持ち歩くことを考えると、冒険者は着替えなどはほとんど持たない。

あまり洗濯物を増やしたくないが、汚れた服をずっと着ているとストレスが溜まる。

そこで、冒険者の移動の際の着替えはこういう方法になったのだという。

移動の途中では下着だけを着替えて、洗濯物を溜め込んでいくらしい。

洗濯できる時にまとめて洗濯して、上着などはそういう時だけ着替える。

魔法具の袋という、見た目よりも遥かに多くの物を入れられる袋があり、これがあれば着替えの心配はほぼ無くなるらしい。

だが、これがめちゃくちゃ高い。

Cランクの冒険者でも持っている人はいるが、パーティーで共有というのがほとんどだ。

ニネティアナやディーゴもパーティーで共有だったため、冒険者を辞める際にパーティーメンバーに残してきたらしい。


着替えが終わり、脱衣所を出るとカウンターの偏屈じいさんに声をかける。

偏屈じいさんはやっぱり顔も上げず、「ああ」とだけ返事をした。

宿屋を出ると、乗り合い馬車の停留所に戻って来た。

停留所のボロ小屋の中は、月明かりが僅かに入るので真っ暗というわけではないが、かなり暗い。

コトンテッセのボロ小屋よりも二倍以上広く、中には数人がいた。

奥の左隅に二人組と思しき中年の男たち。

奥の右隅には若い女性。

他にも壁際にちらほらいる。

みな黙って床に座り、壁に寄りかかってじっとしている。

ニネティアナに手を引かれ、空いているスペースの壁際に連れて行かれる。

「今日はここで朝まで過ごすわよ」

ニネティアナが小声で言う。

（…………は？）

思わず周りを見回す。

暗い室内には、離れているとはいえ他人がいる。

陽が落ちて気温が下がってきたが、これからもっと下がるだろう。

すでに湯冷めしてるんですけど。

本当にこんなところで一晩過ごすのか？

「……宿とか行かないんですか？」

ミカは静かな室内を気にしながら、小声でニネティアナに聞く。

少し咎めるような口調になってしまった。

ニネティアナは、ミカの肩に腕を回して抱き寄せる。

「冒険者っぽく行きたいんでしょう？　ほら、お仲間がいっぱいいるじゃない」

そう耳元で言われ、もう一度周りに視線を向ける。

男もいる。女もいる。共通点は、みな一様に生気がないことだ。

「……ここにいる人たち、みんな冒険者なんですか？」

「みんなってわけじゃなさそうだけど、ほとんどがそうね。何でこんなとこにいるんだと思う？」

「何でって……」

こんな所で一晩過ごすのだ。お金がないことは容易に想像がつく。

ただ、それだけなのだろうか？

「お金がないからってのは分かりますけど……」

「そう、お金がない。まあ、勿体ないから節約のつもりってのもいるけど。ただね、一人前になれなきゃ宿代稼ぐのも大変なのよ。だから、こういうとこで一晩過ごすの」

これが、冒険者の現実《リアル》。

魔法を自在に繰って活躍する姿を夢想することはあったが、こんな姿を思い描いたことは一度もなかった。

実際はごった煮の日替わり定食を食べ、汗だけを湯場で流し、停留所のボロ小屋で疲れた身体を休ませる。

「移動するのも、乗り合い馬車を使うなんてあんまりないわ。今ここにいる人たちの中でも、明日乗り合い馬車を使う人が何人いるかしら。そういう意味じゃ、昼間の半人前たちはいい仕事にありつけたんでしょうね。……乗り合い馬車になんか使ってたら、あっという間に素寒貧だけど」

たまたま懐が温かくなったからといって、使ってしまえばすぐに無くなる。

そういう金銭感覚だから、いつまでも生活は楽にならない。

ニネティアナの言葉には、昼間の冒険者たちを嘲るような色を感じた。

確か以前に、ニネティアナ自身も無駄使いする性質《たち》だと言っていなかったか？

半人前のうちから、無駄使いをしていることに対してのものだろうか。

「拠点になる部屋が借りられて、遠征中も宿が使えるようになるのは一人前になってからよ。それでも移動は歩き、野宿も当たり前なの。森の中で野宿するのに比べれば、こんなとこでも天国よ？獣や魔獣に怯えなくていいんだもの」

以前、デュールの夜泣きも、夜襲に比べれば楽だと言っていた。

そんな生活をしていれば、そりゃ夜泣きくらい何でもないだろう。

ニネティアナの言っていた言葉の本当の意味を、少しだけ理解できたような気がした。

「ここで朝まで過ごす時はね、煩くしない、横にならない。気をつけるのはこれだけよ」

「横になれないんですか？」

これはミカにはきつい。

横になれさえすれば、どこでも眠れる自信がある。

だが、横になるのはマナー違反。トラブルの元なのだそうだ。

「横になりたいなら宿に行けってことよ。ここは休憩する場所であって、寝るとこではないの。……ここで熟睡なんかしてみなさい、あっという間に荷物盗られるわよ」

「………」

治安悪すぎだろう。

乗り合い馬車といい、湯場といい、停留所まで盗難に警戒しないといけないらしい。

「ヤウナスン《ここ》は治安が良い方よ？　一応は交易路だからね。ただ人が多い分、そういう連中が出入りするのは仕方ないの」

ニネティアナは、ヤウナスンや地域のことを教えてくれる。

「ヤウナスン、サーベンジールを通って王都まで荷を運ぶの。南の〝アム・タスト通商連合〟からね。通商連合っていうのは、大陸の南にある商業国家。小国が連合を組んで、今は一つの国みたいな感じかな。実はリッシュ村の南の森を抜けて、山を越えれば行けるの。知ってた？」

なんと、リッシュ村の南に隣国があったとは。

ミカが目を丸くして驚くと、ニネティアナは苦笑する。

「まあ、森に魔獣はいるし山は険しいしで、とても歩いて行けないけどね」

地理的に隣接はしているが、行き来できるようなものではないらしい。

取り引き相手にコトンテッセ以外の選択肢が生まれれば、もう少しリッシュ村が豊かになるかと思ったが、そうはいかないようだ。

「リッシュ村の生糸と織物はヤウナスンで取り引きされるの。で、北のサーベンジールか南の通商連合に運ばれる。サーベンジールは国内第三の都市。通商連合は商業国家。どっちに持って行っても、あればあるだけ売れるわ」

「そうなんだ……」

何となく、誇らしい気持ちになる。

アマーリアやロレッタが作る織物は、ここで取り引きされるらしい。

ミカは自分が作っているわけでもないのに、少し嬉しくなった。

「さあ、そろそろ休みなさい。横にはなれなくても、目を閉じてじっとしてれば少しはマシよ」

ニネティアナはミカの頭を撫でる。

ミカは言われた通り、壁に寄りかかって眠る努力をすることにした。

身体は疲れている。

だが、しばらくしても慣れない姿勢でどうにも眠れそうにない。

「……どうして、何も聞かないんですか？」

ぽつり、と呟く。ミカの魔法のことだ。

湯場で癒しの魔法のことを言ったら、とても驚いていた。

あのニネティアナが固まってしまうくらいに。

きっと何か聞きたいことがあるのではないかと思った。

だが、ニネティアナは何も聞いてこなかった。

「別に聞きたいことなんてないわよ？　ただ、ミカ君の【神の奇跡】を初めて見たから、ちょっと驚いちゃっただけ」

そう言って、ニネティアナは微笑む。

（初めて？　工場の火災の時に見てないのか？）

伐採作業の手伝いをしていた時も、そういえばニネティアナは見ていない。

家族を除けば、一番親しいニネティアナに見せたことがなかったのは意外だった。

「こんなこともできますよ？　〝制限解除《リミッターオフ》〟、〝突風《ブラスト》〟」

ミカは手をニネティアナに向け、弱い風をかける。

熱エネルギー操作で暖かくした風だ。

いよいよニネティアナはぽかーんとなる。

「…………ミカ君の【神の奇跡】はすごいとは聞いてたけど、こんなこともできるの？」

教会に通っている時にキフロドにも言われたが、【神の奇跡】というのはあまり自由にあれこれできるものではないらしい。

なぜそうなのか、【神の奇跡】の使い手ではないキフロドには分からないが、とにかくそういうものだという。

そして、正しい【神の奇跡】をしっかり学ぶようにも言われている。

ニネティアナはミカの手をまじまじと見ると、その手をがっと掴む。

そして、自分の服の中にミカの手を突っ込んだ。

「ちょっ!?　なにやって……！」

「はぁ～……、暖《あつた》けぇ～……」

ミカは大声が出そうになるのを飲み込み、必死になって手を抜こうとする。

ニネティアナは、ほへぇ～……と気が抜けた表情をしながらも、ミカの手をがっちりとホールドして放さない。

（こ、このぉ……っ！）

ミカは熱エネルギー操作で、〝突風《ブラスト》〟の温度を下げる。

といっても、氷点下まで下げるわけではない。せいぜい十度以下程度だ。

だが、突然の冷風にニネティアナはびくっと身体を震わせ、慌ててミカの手を引き抜く。

恨めしそうな目でミカを見た。

「……ちょっとミカ君、なんてことするのよ。寒いじゃない」

「今のは完全にニネティアナさんが悪いですよね？」

しばらく小声で言い争うが、室内にいる誰かが軽く咳払いをする。

それを聞き、ミカもニネティアナも黙り込む。

それから、声が漏れないようにしながらくすくすと笑い合った。

「……ミカ君とパーティーが組めたら良かったなあ。すっごく便利そう」

「僕には、こき使われるビジョンしか見えませんけどね」

暖房代わりに使われるのは間違いない。

だが、たとえそんな理由でもニネティアナに「ミカと組みたかった」と言われるのは嬉しかった。

「さあ、本当にもう休んだ方がいいわ。眠れるなら寝ちゃってもいいからね。あたしがちゃんと警戒してるから」

「……お願いします」

眠れるかは分からないが、眠気は強い。

ミカは身体の力を抜いて、眠る努力をする。

旅はまだ初日が終わっただけ。

だが、あまりにも多くのことがありすぎた。

今日あった様々なことを思い出しているうちに、ミカはいつの間にか眠っていた。

…………………………。

…………………。


……カタン…………。

微かな物音に、ミカの意識は少しずつ浮上を始めた。

（……………ぁ……眠《ねむ》……。怠《だる》い……）

今まで眠っていたはずなのに、眠気が異常に強い。身体中が強張り、あちこちが痛む。

（……なんで、こんな……痛い？　眠い……）

寝入り端《ばな》に目が覚めてしまったのだろうか。疲労が身体に残ったままだった。

コトン……、カタ……と物音が聞こえる。

アマーリアが起きたのだろうか？

働き者のアマーリアは、いつも朝が早い。

ミカたちの朝食の準備だけでなく、家のちょっとした用事も朝のうちに片づけているようだった。

（……いつも、ありがとう。これからは、俺ももっとしっかりするから……）

………しっかり、する……？

何をするんだっけ？

（っ!?）

ミカはパッと目を開ける。

古びて汚れた板張りの床、見慣れない天井と壁、広い空間。

乗り合い馬車の停留所にある、ボロ小屋だった。

（……そうだった。ここはもう家じゃないんだ）

まだ日の出前なのか、窓から見える景色は薄暗い。

「……もう目が覚めたの？　もう少し休んでても平気よ」

ミカが目を覚ましたことに気づいたニネティアナが、声をかけてくる。

相変わらず気配に敏感だ。

ミカはニネティアナに寄りかかっていた姿勢を直した。

「おはようございます、ニネティアナさん。ありがとうございました」

「おはよう。まだ起きるには早いわよ？」

「ちょっと、身体が痛くって」

ミカはその場で軽く身体を動かす。

あちこちが軋み、腕に軽い痺れがある。

身体を解しながら周りを見ると、夜にいた人のうちの何人かがいなくなっているのに気づいた。

「……もう、出た人がいるんですか？」

「ええ。といっても、みんなまだ出たばかりよ。その音で目が覚めちゃった？」

そうかもしれない。

何となく物音がした記憶がある。

「もう少しここで休んで、それから食事に行くから」

そう言ってニネティアナは目を閉じる。

ミカはすっかり眠り込んでしまったが、ニネティアナは休みながらも警戒し続けてくれたのだ。

ニネティアナが動き出すまでは、静かに待つことにした。


日の出を待ってから、ニネティアナは行動を開始した。

ボロ小屋を出ると、すでにちらほらと人が行き来している。

夕食を食べた食堂に行くと、七割くらい席が埋まっていた。

ニネティアナは「二つ」と店員に数だけを伝える。

どうやら、朝はメニューが決まっているらしい。

すぐに食事が運ばれてくる。

パン二個と具沢山スープ、黄色いミニトマトの酢漬けっぽい物。

昨日のごちゃ混ぜスープが出てくるかも、とミカはひそかに覚悟したが、そんなことはなかった。

一口スープを啜ると、温かいスープが冷えた身体に沁み渡り、思わず溜息が漏れる。

（うめえ……）

具材にはミカの知らない野菜が沢山入っており、カラフルな見た目だが味は抜群に良い。

大き目に刻んだ燻製肉なども入っていて、野菜と肉の旨みがよく出ていた。

塩と胡椒でしっかり味も調《ととの》えてあり、これがこの店本来の味なのだろう。

（俺は昨日もこのスープが飲みたかったよ、ニネティアナ……）

ミカは心の中でこっそり泣いた。

スープは昨日の大きな器と違い、ごく一般的なサイズ。

なぜ昨日の器で提供してくれないのか、と文句を言いたくなった。

パン一個とスープ、黄色いミニトマトの酢漬けを食べるとお腹がいっぱいになった。

残ったパンをニネティアナに譲り、食事が終わると店を出る。

店先でニネティアナは糧食を二つ購入して、ミカに一つ渡す。

来た時はこんなの積んでいなかったので、ミカたちが食事している間に準備したのだろう。

食堂では、朝にこうした糧食を販売している所もあるらしい。

朝だけ売り出す糧食は、その日の昼に食べることを前提としている。

それとは別に、数日～一週間で食べることを想定した糧食というのもあるらしい。

こっちは、この食堂では扱ってないらしい。

ちなみにお値段は、朝定食と糧食はともに五百ラーツ。

どちらも日替わり定食の倍の値段だった。

というか、半値って……。

店として、日替わり定食を提供する意味はあるのだろうか？

朝食を終えると公共の井戸に行った。

街の中には必ず何箇所かあるので、そこで水袋の水を入れ替えるのだと言う。

ミカには〝水球《ウオーターボール》〟があるので必ずしも必要ではないが、あまり人前でぽんぽん魔法を使うのもどうかと思い、言われた通りにする。

それから乗り合い馬車の停留所に戻った。

停留所のボロ小屋には、早朝に出た時よりも人が増えていた。

コトンテッセの乗り合い馬車は「ヤウナスン行き」しかないが、ヤウナスンの乗り合い馬車は単純に考えても「コトンテッセ行き」「サーベンジール方面」「通商連合方面」がある。

ニネティアナに聞くと他にもあるらしく、停留所に集まって来る人の数は、コトンテッセの比ではないようだ。

乗り合い馬車が到着し、昨日と同じように一番前に座ると、いよいよ地獄の一日の始まりである。

癒しの魔法で治せるとは言っても、まだ気軽に使えるほど慣れていない。

ミカは一日我慢して、湯場で治療した昨日と同じパターンでいくことにした。

数回の休憩を挟み、一日かけて宿場町に到着。

宿場町はかなりごちゃごちゃした所で、所狭しといろんな店を無理矢理に詰め込んだ印象だ。

ただ、部分的にコンクリートを使った建物が結構あり、木造の建物の方がやや多いくらいだった。

この宿場町が、ヤウナスンとサーベンジールの中間にあたるらしい。

ここで一泊して、明日の夕方頃にサーベンジールに到着するという。

夕食はまた、通りかかった冒険者に聞いた美味しい店で日替わり定食を食べた。

宿へ向かうと、今度はニネティアナから「湯場二人、一緒でいいわ」と自ら申告。

当然ミカの抗議は素早く動いたニネティアナに封じられ、怪訝な顔をしながらも宿の女将はやっぱり値引きしてくれた。

ニネティアナにお尻を撫でられるセクハラを受けながらも何とか汗を流すと、ようやく癒しの魔法の時間だ。

「そのままでいようよぉー。可愛いしー」

「嫌に決まってるでしょ」

「うう……おサルさん……」

そんなやり取りをしつつ、無事に治療完了。

停留所のボロ小屋で一夜を明かした。


翌日――――。

宿場町を出発して、すでに八時間以上が経過している。

最後の休憩も終わり、お尻の痛みはすでにピークに達していた。

それでも、さすがに三日目ともなればそこそこ慣れてくるが、ダメージが無くなるわけじゃない。

平然としているニネティアナの方が、どうかしているのだ。

「見えてきたわよ」

ニネティアナが前を指さし、小声でミカに教える。

夕焼けに染まり始めた空と大地。

やや赤く染まったその先に、何かが見えるらしい。

「……何も見えませんけど」

相変わらず、代わり映えしない景色。

目を凝らしても、特に何も見えなかった。

ミカが前を見続けていると、馬車が進んで行くうちに微かに見えてきた物がある。

遥か先にある〝それ〟は、まだ遠すぎてよく分からない。

「あれがサーベンジール。ミカ君がこれから二年間過ごす街よ」

「あれが……」

霞んで見える〝それ〟は、どうやら街壁のようだった。

近づいていくうちに、馬車内も騒がしくなってくる。

みんな、ようやく到着する目的地に、心に沸き立つものがあるのかもしれない。

そのまま馬車は進むが、近くで見る街壁はとても大きかった。

高さは十メートルを優に超え、がっちりと石で組まれた壁は、見上げているだけでも威圧されているような気分になる。

乗り合い馬車は街壁の外で停車して、乗客が次々と降りる。

どうやら他の街とは違って、サーベンジールでは停留所が街壁の外にあるらしい。

「街に馬車のまま入れるのは、特別に許可を受けた人だけなの」

ニネティアナの指さす先には、馬車が数台並んでいた。

革の鎧を着た兵士が馬車の中を確認したり、通行証を確認したりしている。

中には、ほぼ素通りで他の馬車を追い抜いていく馬車もあり、通行証にも種類があるようだ。

ミカはニネティアナについて門へと近づく。

巨大な門の左側が街に入る人や馬車、右側を出て行く人や馬車が通る。

人の流れに乗って進んでいくと、検問に差し掛かる。

十人以上の兵士が忙しそうに人や馬車をチェックしている。

「そこの子連れの人。こっち来て」

ミカがきょろきょろと周りを見ていると、兵士の一人がニネティアナに声をかける。

ニネティアナを見上げると、こくんと頷いた。

「何か申告するものはあるかね？」

「申告……？」

事務的に兵士がニネティアナに聞いてくる。

何のことだろうとニネティアナを見ると「命令書出して」と言う。

命令書といえばあれしかない。

ミカは雑嚢に手を突っ込んで、リンペール男爵からの『魔法学院入学の命令書』を取り出す。

兵士はミカが差し出した命令書を見ると、一瞬目を丸くした。

「ほう……、この子は今年の魔法学院の学院生なのか。ちょっと待ってくれ」

兵士は手を挙げて、詰所に合図を送る。

詰所からは、立派な金属の鎧を着込んだ騎士らしき男がやって来た。

「どうした」

「確認をお願いします」

兵士が命令書を騎士に渡す。

騎士は渡された命令書に目を通した。

「……リンペール男爵の命令書で間違いない。ようこそ、サーベンジールへ。お嬢さ……うん？

ミカ？　……ミカ君、の学院入学を歓迎しよう」

騎士は命令書をミカに返そうとして、一度名前を確認し直す。

どうやら、見た目で女の子だと思われたらしい。

（……なんか、リッシュ村を出てからこんなのばっかだな）

命令書をミカに返すと、騎士は詰所に戻っていった。

兵士はミカたちについて来るように言って、門の先に進む。

「魔法学院の場所は分かるかい？」

「ええ。行ったことはないけど。街の北西よね？」

「そうです。まあ、分からなければ大通りに兵士はいくらでもいるので。適当に捕まえて聞くといい。それでは、お気をつけて」

何だか、最初とは兵士の態度が若干違うような？

ミカが戻って行く兵士を見ていると、ニネティアナがミカの頭をポンポンと叩く。

見上げると、ニネティアナが街を指さす。

「ほら、ミカ君。ここがサーベンジールの街よ」

ニネティアナの指さす方を見る。

そこには、黄昏に染まったサーベンジールの街並みが広がっていた。

第32話　安全な宿

サーベンジールの街は、これまでに通ったどの街よりも綺麗に整っていた。

道路を挟む建物はみな趣があり、総じてお洒落な建物ばかりだ。

地面は石を敷き詰めコンクリートで固めてある。

街灯が道路の両側に設置されており、今まさに火を灯している真っ最中だった。

長い棒でガラスの箱を開け、中のアルコールランプのような物に火を点けている。

初めて見たサーベンジールの街並みは、まるで中世の西洋の街並みを彷彿とさせた。

（……まあ、勝手な印象ではあるけど。行ったことないしな）

あくまでテレビや写真で見ただけのイメージだが、黄昏時という時間も相まって、思わず見入ってしまうほど美しい景色だった。

「さ、こんなとこにいたら通行の邪魔になっちゃうわ。宿に行きましょう」

ニネティアナはミカの手を取り、大通りを進んでいく。

「宿って言ったって、停留所は街の外ですよ。どうするんですか？」

「どうするって、だから宿に行くのよ」

ミカは目を瞬かせてニネティアナを見る。

たった二日の経験で、宿＝停留所のボロ小屋という等式が頭に刻み込まれてしまった。

今言っている宿とは、どうやら本物の宿屋のようだ。

ニネティアナが苦笑する。

「いくら冒険者だって休む時はちゃんと休むわよ。そのためにも必要ないとこは節約するの。今日はもう遅いから、寮に行くのは明日ね。今夜は宿でゆっくり休んで、明日に備えましょう」

そう言ってニネティアナは迷うことなく進む。

大通りから外れ、人のまばらな路地に入る。

いくつか路地を曲がり、くたびれた建物の多い場所に出たが、街灯もあり治安は悪くなさそうだ。

ミカが周りをきょろきょろと見ていると、一軒の宿屋の前でニネティアナが止まる。

「まだあったわね。……昔と変わってなければいいんだけど」

三階建てのその宿屋は、壁がひび割れたりしていて年季を感じさせる。

だが、中を覗くと雰囲気は悪くない。明るく清潔感のあるロビーが見える。

ニネティアナが入っていくのに続いてミカも入ると、カウンターの奥の部屋からヌッとごついおっさんが現れた。

浅黒く、筋骨隆々。長身でスキンヘッドのおっさんは、どう見ても裏社会の用心棒にしか見えなかった。

厳つい顔には、額から左目の上を跨いで左頬まで大きな傷がある。

（…………ニネティアナさん。何か、店をお間違えじゃないでしょうか？）

どう考えてもここは宿屋じゃない。裏カジノか何かだ。

きっと、昔とは変わってしまったんです。きっとそうです。

「はぁい、タコちゃん。おっひさー。元気だった？」

用心棒はニネティアナが用心棒に声をかける。

ニネティアナを見開いた目でぎろりと睨むと、額に浮いた血管をぴくぴくさせる。

(あ、死んだ……)

ミカには、この用心棒に絞《しぼ》り殺される未来が見えた気がした。

用心棒は、ニネティアナを黙って睨んだまま動かない。

ニネティアナはそんなことお構いなしに、カウンターの前まで行くと用心棒に話しかける。

「ちょっとタコちゃん、この顔忘れちゃったのぉ？　薄情ねえ」

「……お前、ニネティアナか？」

「それ以外の誰に見えるってのよ」

どうやら、ニネティアナはこの用心棒とお知り合いらしい。

フッと用心棒の表情が柔らかくなる。

用心棒はニネティアナを睨んでいたわけではなく、目を見開いて驚いていただけのようだ。

「随分と久しぶりじゃねえか。ディーゴはどうした？　捨てたのか？　あ、浮気されて出てきたのか！　だから田舎に引っ込むのなんざ、やめとけって言ったじゃねーか」

「そんなわけないでしょ。それなりに上手くやってるわよ。まあ、田舎暮らしが退屈なのは否定しないけど」

用心棒はディーゴのことも知っているらしい。

親し気に話す二人を見ていると、用心棒がミカに視線を向ける。

「…………お前らの子か……？」

「馬鹿言わないの。この子いくつだと思ってんのよ。学院に行くことになったんで、付き添ってあげてんの」

「学院？　騎士……じゃねえか。魔法学院の方か？　ほほぉ……」

用心棒が、不躾な視線でミカを値踏みする。

「ちょっとやめてよね。ミカ君が汚《けが》れるでしょ」

ニネティアナがミカを自分の後ろに隠す。

「おい、人を何だと思ってやがんだ!?　まったく……。んで、どうすんだ？　泊まってくのか？」

「ええ、一部屋。とりあえず一泊で。あ、ベッドは一《シングル》つでいいわよ」

ミカはぎょっとニネティアナを見て、それから用心棒を見る。

用心棒は、ミカがぷるぷると小さく首を振るのを見て溜息をつく。

「あー……、生憎と今日はツインしか空いてねえんだ。そっちで我慢しな。料金はシングルにしとくからよ」

ミカは手を合わせ、用心棒に感謝した。

外見はともかく、これだけで用心棒がいい人なのをミカは確信した。

ニネティアナは「ちぇ～……」などと言っているが、たぶんミカと用心棒のやり取りに気づいているだろう。

この気配を探る達人が気づかないはずがない。

ニネティアナはギルドカードを出して宿泊料を精算する。

「宿に泊まる時はこうやって、先に料金を払うの。食事なんかで別に料金が発生する時は、またその時に払うのよ」

ニネティアナが宿に泊まる時のシステムを説明する。

「宿に泊まる時って…………お前、確かリンペール領だったよな？　ここまでどうしてたんだよ」

「どうって、いつも通りに決まってるでしょ？」

「いつも通りって……」

用心棒がミカを見る。

その目は、溢れんばかりの同情に満ちていた。

（……ああ、最後に別れる時、ホレイシオもこんな目をしてたなあ）

つい先日のことなのに、すでに懐かしい気持ちになった。

ホレイシオには、きっと道中の見当がついていたのだろう。

（確かに、今回の旅は子供がするような内容じゃなかったね。……ちょっと楽しかったけど）

ミカは、この三日間の旅路に思いを馳せた。

「はい、それじゃ部屋に行くわよ」

鍵を受け取ると、ニネティアナは奥の階段に向かう。

階段を上がって三階に着くと、五部屋が並んでいた。

ミカたちの部屋は手前から二つ目の部屋だった。

部屋の中はあまり広くはないが、ベッドはちゃんと二つ並び、奥には小さいながらテーブルと椅子もあった。

窓も奥に一応あるが、隣の建物の壁が目の前にあり景観はゼロだ。

「この部屋の中なら荷物を手放してもいいわよ。油断し過ぎるのは良くないけど、この宿は安全だから」

この三日間で、初めて荷物を手放してもいいと言われた。

食事中でさえ膝の上に置いていたのに。

「宿にもランクがあってね。今まで湯場を借りてたような安宿は部屋の中でも油断しちゃだめよ。まあ、自分が部屋にいる時はまだいいけど、部屋に置いたまま離れるのは絶対にやめておきなさい」

「ここは置いたまま離れてもいいんですか？」

「ここならいいわ」

ニネティアナが断言した。

「下手な高級宿よりも余程安全よ。ここに手を出す奴も、ここで問題起こす奴もまずいないわ」

…………やっぱりあの人、裏社会の用心棒なんじゃ？

もしかしてここは、マフィアが経営してる宿なのだろうか？

所謂、フロント企業というやつだ。

ミカが引き攣った顔で冷や汗を掻いていると、ニネティアナがプッと吹き出す。

「もう、何を想像してるのよ。タコちゃんが有名だから、ここではみんな大人しくしてるってだけ」

「有名……？」

「そう、さっきの人は〝朱染《しゅぜん》〟のヤロイバロフ。元Aランクの冒険者なのよ」

「Aランク!?」

想像もしていなかった話が出てきた。

驚いて固まっているミカに、ニネティアナは楽しそうに説明する。

〝朱染《しゅぜん》〟のヤロイバロフ。通称、タコちゃん。

（いや、それ絶対ニネティアナ以外呼んでないよね!?）

それはともかく、用心棒改め、ヤロイバロフさんは超がつく有名人だった。

二つ名が示す通り、全身を返り血で真っ赤に染めるような戦い方をする、典型的な戦士《ウォリアー》。

ただ、この二つ名にはもう一つの意味がある。

このヤロイバロフさん、怒ると赤くなるのだとか。

怒りが頂点に達すると、本当に全身が真っ赤になるらしい。

それを見た誰かが「タコみたい」と言い出し、通称タコちゃんになったという。

実際にそう呼んでいる人が他にもいるかニネティアナに聞いてみたが「さあ？」との回答だった。

（……怖くて呼べないだろ、誰も）

あのごつくて厳ついヤロイバロフをタコちゃん呼ばわりできる神経の持ち主は、きっとニネティアナしかいないと思う。

ミカが驚きと呆れで放心していると、部屋にあった布の袋を投げて来た。

「その袋に洗濯する物入れて。あと着替えも持ってね。今日は全部着替えるわよ」

三日振りの総着替えである。

ここまで下着だけは交換してきたが、いい加減シャツもズボンも汚れていた。

「これから湯場に行って、着てた服も全部この袋に入れて洗濯に出すからね」

「洗濯に出す？　自分で洗濯するんじゃないんですか？」

「別料金になるけど、ここは洗濯してくれる人がいるのよ」

何と、お金を払えば洗濯を頼めるらしい。

明日の朝までに、綺麗に洗濯して畳んでおいてくれるのだとか。

「安宿なんかだと自分で洗って、自分で干して、見張ってないと盗まれることがあるわ」

こんなとこでも盗難を警戒しないといけないらしい。

そんなわけで、パーティーを組んでいる人は当番を決めて、部屋で留守番、洗濯物の見張り、などをローテーションしている。

ソロの場合は………、自分で責任持つべきだろうな、うん。

そもそも、すべてを自分一人で行うからこそソロなんだし。

ただ、ソロの冒険者は報酬を分ける必要がないし、宿代も一人分なのでそれなりに安全な宿に泊まりやすい。

仲間と協力するか、お金で解決するか。

ソロでもパーティーでも、どちらにもメリット、デメリットがある。

ニネティアナに連れられて、一階のカウンターまで戻る。

ヤロイバロフがカウンターの中で、男の子に何か指示をしていた。

この宿屋の中では、ちょくちょく子供の姿を見かける。

みんなミカと同じか少し上くらいの年齢で、掃除をしたり物を運んだりと忙しそうにしている。

「タコちゃん、湯場空いてる？」

「ああ、今日はみんな遅いみたいだな。まだ誰も使ってねえよ」

「洗濯も頼みたいんだけど。どの子に頼んでもいいのよね？」

「別に構わねえけどよ。湯場から出たら、ここに持ってくりゃ預かるぜ」

それだけ確認すると、ニネティアナは湯場に向かった。

ミカも諦めて、黙ってついて行く。

どうやらこの世界には、男湯や女湯というのは存在しないらしい。

だが、ふと思いつく。

ミカが立ち止まるとニネティアナもすぐに気がつき、そこで振り返る。

「どしたの、ミカ君？」

時間はない。ミカは数瞬の間に、必死に論理《ロジック》を組み立てる。

「……今までの湯場って、値引きしてくれてましたよね？」

「ん？　まあ、そうね」

「それって、まとめて一度に入るから、子供だしって感じで値引きしてたんですよね？」

「まあ、そうね」

「ここでは、普通に宿に泊まってるんですから、まとめて入る必要ないですよね？」

「その理屈で言えば、まあないわね」

「ここの宿は安全だから、脱衣所で見張る必要もないですよね？」

「ええ、ないわよ」

「じゃあ、僕一人で入ってもいいですよね！」

「それはだめ」

却下された。

「なんでっ!?」

「あたしがミカ君と入りたいから。さあ、さっさと行きましょ」

理屈も何もなかった。

この暴君に、論理なんて関係ない。

そうしたいから、そうする。それだけだった。

こうして、尻を撫でられるセクハラを受けながらも、何とか癒しの魔法を終え湯場を出た。

この三日間で、もっとも疲れる湯浴みだったかもしれない……。


ロビーに行くと女の子が一人でカウンターにいて、その子に洗濯物を渡す。

よく教育されているようで、しっかり帳面につけてニネティアナにサインを求める。

ニネティアナは帳面にサインをすると、部屋には戻らずそのまま食堂に向かった。

「お、上がったか。丁度出来上がるとこだぜ。食うだろ？」

ミカたちが食堂に入ると、すぐに声がかかる。

食堂の厨房には、エプロンをつけたヤロイバロフさんがいた。

はっきり言って、すっごく似合ってない。

「タコちゃん、おまかせでいい？」

「おう、任せておけ。今日は特にいい出来だぜ」

「それは楽しみね」

ニネティアナはさっさとテーブルにつき、ミカも向かいに座った。

食堂を見渡すと八卓のテーブルがあるが、まだ一人も客がいないようだった。

（大丈夫なのか……？）

すでに夕刻を過ぎ、夜と言っていい。

こんな時間にガラガラの食堂というのは不安しかない。

ニネティアナを見ると、まったく気にしていない。

むしろ、ウキウキしているようにさえ見える。

（日替わり定食すら平気で食ってたからな。あまりアテにはならないか……）

食堂自体は清掃も行き届いて、明るい雰囲気だ。

キッチンでは子供が料理助手をしているのか、ヤロイバロフの指示でお皿を出したり忙しく動いている。

「……子供が多いですけど何でですか？」

ミカは気になったことを聞いてみる。

「あの子たちはタコちゃんが雇ってる、れっきとした従業員よ」

「大人の従業員を、そう言えば見てないですね」

「いないわけじゃないんだけどね。今はいないのかな？」

ニネティアナは特に気にした風ではない。

おそらく、ニネティアナの知っている頃からこういう経営スタイルなのだろう。

給仕らしい男の子が、ニネティアナに酒瓶を持ってくる。

果実酒のような、鮮やかな赤い酒が入っていた。

ミカは気を利かせてお酌でもしようかと思ったが、手が届かない。

ついサラリーマン時代の、宴会で上司にお酌していた癖が出てしまった。

ニネティアナは自分で酌をして、一息に飲み干す。

「ぷは――っ。あー美味しい。お酒も久しぶりねえ。気が利くじゃない、タコちゃん」

ニネティアナは上機嫌だ。

そんなニネティアナを見ていたらミカも久しぶりに酒を飲みたくなったが、さすがにこの身体では許されないだろう。

（……そういえば、妊娠中とか授乳中の飲酒は良くないんじゃなかったっけ？）

ニネティアナに教えようかと思ったが、上機嫌のニネティアナに水を差すのは躊躇われた。

どうせ、ここからリッシュ村に帰るのには三日もかかるのだ。

ミカがうるさく言うことではないだろう。

「飲むの久しぶりなんですか？」

「そうなの！　女は飲むもんじゃないって！　……義理とはいえ、親に言われちゃ無視するわけにもいかなくてさあ」

どうやら、この世界では女性は酒を飲むものじゃないという考えがあるようだ。

まあ、まだ男尊女卑が当たり前の世界なら、そういう考えがあっても不思議じゃない。

そもそも、人類みな平等などという考えすらない。

封建制のこの国で、貴族と平民が平等なわけがない。

「前はそれでもこっそり飲んでたんだけどね。子供が小さいうちは飲まない方がいいってのは、あたしも聞いたことあったからさあ。デュールがもう少し大きくなるまではお預けなの。うう……」

ニネティアナは泣き真似をしながら、器用に酒を呷った。

普段禁酒しているなら、育児から解放された今だけはいいのではないだろうか？

あまり深酒をするようなら止めるにしても、今は久しぶりのお酒を堪能させてあげよう。

「お前が禁酒だって？　こりゃあ、明日はドラゴンでも襲ってくるかな？」

ヤロイバロフさんが料理を持って、テーブルまで来た。

給仕の男の子も落とさないように気をつけながら、両手に料理を持っている。

「その理屈なら、もう二年前に来てなきゃおかしいわよ！」

「はは、確かにな。子供はデュールっていうのか？　一歳か二歳か？」

「まだ一歳よ」

給仕の男の子によって、次々に料理が運ばれ、テーブルにはあっという間に六皿の料理が並ぶ。

「いい肉が入ったんでな。この串肉はまじで美味いぞ。客に出すのが勿体ないくらいだ」

そう言ってヤロイバロフは笑う。

いや、気持ちは分かるがぶっちゃけ過ぎだろ。

大きな肉が三つ刺さった串肉の盛り合わせ、肉と野菜のチーズ焼き、ビーフシチュー、鶏肉のトマト煮込み、野菜の肉巻き、ソーセージとベーコンの盛り合わせ、以上六品。

肉、肉、肉の肉尽くし。

これにパンがつく。

(胃がもたれるわっ!)

ちなみにすべて俺の見た目での印象なので、トマト煮込みにトマトが使われているとは限らないし、ビーフシチューも牛肉とは限らない。

「さあー、食べるぞー」

ニネティアナはそう気合を入れるが、ミカは正直少し引いていた。

(肉ばっかだし、量も多いし。え、正気なのこれ?)

見た目はすごく美味しそうだし、匂いもいい。

だが、ここまで見事に肉料理ばかりを出すとか、正気を疑うレベルではないだろうか。

「おう、どんどん食え。そっちの坊主もしっかり食うんだぞ？　肉は食えば食うだけ強くなれるからな！」

どうやら、この肉尽くしのメニューは冒険者の好みのようだ。

確かに、いくら身体を鍛えようとタンパク質が足りなければ筋肉にはならない。

身体が資本の冒険者が求めた結果と言えなくもない。

バクバク食べまくるニネティアナを見て、ミカも自分の分を皿に取る。

串肉とチーズ焼きを皿に乗せ、まずは串肉からかぶりつく。

(旨《うつま》！)

柔らかく、噛むと肉汁が溢れ出す。

塩と胡椒、プラスして何かのスパイスが少々かけられた串肉は、今まで食べたどの料理よりも美味しかった。

ミカ少年としての人生だけではない。

元の世界も含め、こんなに美味しい肉は食べたことがない。

ミカが夢中で肉にかぶりつくと、ニネティアナがにやにやしながら見る。

「美味しいでしょう？　ぜーんぶ、このタコちゃんが作ってるのよ？」

ミカが驚いてヤロイバロフを見ると、ヤロイバロフはニッと笑う。

「料理は俺の趣味みたいなもんだからな。同じ食うなら美味い方がいいだろ。なあ？」

元の世界のハゲ部長と同じで、この人も料理が趣味らしい。

「タコちゃんは遠征の時の糧食が不味くって嫌だったんだってさ。で、ちょっとずつ工夫してたら、どんどん凝っていってね」

「少し手を加えるだけで、味が全然違うんだぜ？　だったら、少しでも美味くして食いてえじゃねえか」

「だからって、それで食堂まで始めちゃうのは普通じゃないわよ?」

このヤロイバロフさん、趣味が高じて食堂まで始めてしまったらしい。

Aランクの冒険者として大活躍していたヤロイバロフさんだが、それで冒険者を辞めたのだとか。

「あの時は、国中のギルドと冒険者が大騒ぎだったわよ」

まあ、年間何億何十億と稼ぐ選手《トッププレイヤー》がいきなり引退を表明して、「食堂やりたいんで」なんて言い出したら、そりゃ大騒ぎだろう。

ミカには、当時の騒ぎが目に浮かぶようだった。

「んで、今お店いくつやってんの?」

「食堂三つ、宿は二つだな。いつかは王都でも店開きてえんだけどよ。……なかなか、な」

「食堂増えてんじゃん。なに?　そんな儲かってんの?」

「んなわけあるか。ギリギリだっての。宿の厨房任してたガキが育ってよ、んじゃ任せるかって、店一つ出したんだよ」

何でもヤロイバロフさんは、見込みのありそうな孤児院の子供や路上生活児童《ストリートチルドレン》を引き取って面倒を見ているのだとか。

この国では、里親ではなく、労働のために子供を引き取るというのも普通に行われているらしい。

多くの場合、そういう子供は劣悪な環境での労働を強いられるのだが――――。

「子供たちのために、お店一つ出したんですか?」

「おうよ。腕も良かったし、何より真面目でな。やりてえって言うんで、じゃあやってみろって。こいつならまあ、任せてもいいかってよ」

なにこの善人！

見た目は裏社会の用心棒みたいなのに、実業家にして慈善家。本物のセレブじゃん。

「じゃあ、もう冒険者は一切やってないんだ？」

「まあ、基本的には。忙しくってそれどころじゃないんでな」

食堂のために引退したヤロイバロフさんだが、実際は完全な引退ではなかったらしい。

「ただ、随分と世話になった人もいるからよ。そういう人から指名で来ちまうと断れなくてなあ」

冒険者ギルドの依頼には、誰でもいいから「これを叶えてくれ」という普通の依頼と、「この人に頼む」という指名依頼の二つがあるという。

余程の有名人でもなければ、なかなか指名依頼なんか来ないらしいのだが、さすがはAランクといったところか。

そんな話をしていると、ロビーの方が少し騒がしくなった。

どうやら、宿に泊まっているパーティーが戻って来たらしい。

「あー、腹減ったー。ヤロイバロフさーん、すぐ食べられるー？」

「ああ、いいぞ。ちょっと待ってろ」

そう言ってヤロイバロフさんは厨房に戻る。

四人ほどのパーティーのメンバーは、給仕をしている男の子に次々にお酒を注文した。

お酒が届く頃、ヤロイバロフさんも料理をテーブルに並べていく。

メニューはこちらのテーブルと同じ六品。

ただし、その量は半端ない。

「やった！　旨そう！」

「ぷは――っ！　生き返るぅー」

「うん、旨い！　こっちも旨い！」

「ちょっとヤロイバロフさーん、聞いてくださいよー」

「おう、どうしたよ」

先程までミカたちしかいなかった食堂が、一気に騒がしくなった。

リーダーらしき男が、ヤロイバロフさんに何やら愚痴を言っている。

その様子を、ニネティアナが懐かしそうに見ていた。

「……そうなんですよー。ありえなくないですかー？」

「まあ、そういう時もあるわな。でもよ、依頼自体は上手くいったんだろ？　だったらそれで良しとしなくちゃな」

「それはそうなんですけどー。なーんか納得いかなくってー」

「ははは、そういう時は酒飲んで忘れちまえ。おう、緑酒一杯持って来てくれ。勘定はつけなくていいぞ」

「ううう、ヤロイバロフさん。やっぱ頼りになるっすぅー」

「酒一杯で何言ってんだ、ほれ飲め」

ニネティアナが苦笑する。

もしかしたら、昔の自分と重ねているのだろうか。

その後も少しずつ冒険者たちが戻って来て、食堂は大忙しになった。

ミカたちはすべての料理を平らげ、部屋に戻った。

ちなみに食べた量はミカが三割弱、ニネティアナが七割強だ。

あれだけの肉尽くしを食べ切るニネティアナに、少し呆れてしまった。


「さあ、明日に備えてしっかり寝るわよ」

「……あの、ニネティアナさん」

明かりを消そうとするニネティアナに、ミカは気になっていたことを聞いてみた。

「宿のお金、ギルドカードから払ってましたよね？　さっきの食堂も」

「……ええ、そうね」

「僕のお金ってわけじゃないけど……。旅費がありますよね？　どうしてそこから出さないんですか？」

これまでの乗り合い馬車や食堂、湯場での支払いは、村のみんなにカンパしてもらった旅費から出していた。

だが、ヤロイバロフの宿に来てから、ニネティアナはすべて自分のギルドカードで支払っている。

黙ってミカのことをしばらく見つめていたニネティアナだが、ふぅー……と溜息をつく。

「まったく……、子供がそんなこと気にするんじゃないの。あたしがここに泊まりたいから泊まった。ミカ君がいようといまいと関係なく、あたしはここに泊まったわ。だからあたしが払った。それだけよ」

「でも……」

申し訳なさそうにするミカに、ニネティアナはつかつかと近づき、指先で額を突く。

「自分で稼げもしないのに、生意気なこと考えないの。そういうのは、大人になって自分で稼いでからにしなさい」

ニネティアナがぴしゃりと言う。

ニネティアナの言う通りだった。

（……今の俺は銅貨一枚だって自分で稼げない。どうやったって、誰かの助けなしじゃパン一個すら買うことができないんだ）

しばらく俯いていたミカだったが、真っ直ぐにニネティアナを見て頷く。

そんなミカの頭を、ニネティアナはそっと撫でる。

「本当にもう……。もう少し素直に甘えときなさい。そんな風に、慌てて大人になる必要はないの。

……分かったら、もう寝なさい」

ミカはニネティアナに「おやすみなさい」と言ってベッドに横になる。

三日ぶりのベッドだった。

（……いつもいつも、甘えっぱなしなんだけどなあ）

いつか、この恩を返せる日が来るのだろうか。

そんなことを考えながら、ミカは眠りについた。

第33話　入寮

がさっ……と音がして目が覚めた。

見慣れない天井。

ここはヤロイバロフの宿屋だ。

久しぶりのベッドに、すっかり熟睡できたようだった。

カーテンを閉めているが、外の明かりが部屋に入り込んでいる。

「おはよう、ミカ君。よく眠れたようね」

「おはようございます。いい宿に泊まれたおかげで、疲れもすっかり取れました」

ここに至るまでの旅路では、ボロ小屋で座ったまま寝ていたのだ。

疲れなど取れるわけがない。

「それはよかったわ。食事をしたらすぐに出るからね。寮に着いてからは何があるのか分からないんだから、朝から行っておいた方がいいでしょ」

昨日、夕方に寮に駆け込まず一泊したのは、そういう狙いがあったようだ。

確かに、行ってからあれもこれもとやることがあった場合、夕方からでは大変だ。

それなら、一泊して朝から行った方が気持ちにも余裕が持てる。

ヤロイバロフの宿を出発し、大通りに出る。

ヤロイバロフは、ミカがニネティアナの知り合いということで
「困ったことがあったらいつでも来な。力になれるかは分からないが、知恵くらいは貸してやる」

と言って送り出してくれた。

こういう面倒見の良さがあるので、みんなに慕われているのだろう。

宿を出た後に教えてもらったのだが、ヤロイバロフはニネティアナやディーゴにとって兄貴分のような人なんだそうな。

歳はディーゴよりも一つ下らしいが、とにかく実力が凄まじく、現役だった頃の二人がかりでもまず勝てないとのことだった。

ちなみに、ニネティアナだけでなくディーゴもCランクらしい。

（現役の頃のディーゴって、アグ・ベアを一人で倒せたって言ってなかったか？）

もはや、ヤロイバロフがどれほどの強さなのか想像すらつかなかった。

ニネティアナに手を引かれ大通りを歩くが、通りは朝から人が溢れていた。

今、時刻は九時前くらいだ。

人が多すぎて、手を繋いでいないと本気で逸《はぐ》れかねない。

サーベンジールの街は、昨日ミカたちが入って来た南門から真っ直ぐ北に大通りが伸びている。

その大通りの北の突き当りに領主の館があり、魔法学院はその領主の館から西に行った端にある。

つまり、街の北西の端だ。

街の広さは南北に五キロメートル、東西に四キロメートル、それが昨日見た街壁に囲まれている。

この巨大な街でさえ国内第三の街というのだから、王都などいったいどうなっているのか。

「すっごい人ですね」

まるでターミナル駅の構内でも歩いている気分になってくる。

「もう少し時間が経てば、ちょっと落ち着くんだけどね。それに、中央を越えればマシになるわよ？」

「中央に行くほど混むんですよね？　その向こう？」

何があるのだろうか。

「中央広場があってね。そこから北に行くほどお上品になるのよ。この辺は普通の商店が多いし、みんなバタバタ慌ただしいでしょ？　人も北の方が少ないわ」

なるほど。

街の北側は、上流階級向けの区画ということなのかもしれない。

「ここが中央広場。ここはいつも屋台が出てて人がいっぱいいるけど、ここから北に行けば静かになっていくわよ」

何というか、人が縦横無尽に行き交うこの光景には〝既視感《デジャヴュ》〟を覚える。

（……ターミナル駅の構内って、こんな感じだったなあ）

身長が一一〇センチメートルを少し超えるくらいしかないミカには、ここを突っ切るのは絶望を感じる。

「手を離さないようにね。ここで逸れたら、いくらあたしでも見つけるのは無理だから」

ニネティアナは苦笑する。

さすがのニネティアナでも、この雑踏の中でミカの気配を探り当てるのは無理らしい。

「ちょっと大回りになるけど、こっちから広場をぐるっと回ろうか」

そう言って、ニネティアナは時計回りで円形の中央広場の端を進む。

きょろきょろと周りを見ながら歩くと、広場を挟んだ反対側にある、巨大な建造物に気づいた。

立ち止まり、思わず口を開けて見上げてしまう。

写真やテレビでしか見たことのないような、見事な大聖堂にただただ圧倒された。

「あれはサーベンジールの大聖堂。どんだけ信者から巻き上げたら、あんなのが建つのやら」

ニネティアナが身も蓋もないコメントをする。

だが、ミカもまったくの同意見だった。

この辺の感性は、ミカとニネティアナは似ているらしい。

「大通りは南北を通るものと、東西を通るものがあるわ。それが交わる場所がこの広場。今日は特に人が多いみたいだけど、たぶん来月になればもう少し落ち着くわ」

そういうものなのだろうか？

そうあって欲しいとは思うが。

年中この状態では、ちょっと近づく気になれない。

そのまま広場を抜け、レーヴタイン侯爵の屋敷がある方へ向かう。

広場を越えると、通りにある店は高級店ばかりのようで、道行く人の数が途端に減った。

それでも人が少ないというわけではない。

あくまで広場に比べれば人が少ないな、というだけだ。

侯爵の屋敷が少し見えてきた所で、ニネティアナは左に曲がってしまう。

侯爵の屋敷というのを見てみたかったが、まあこれからいくらでも見られるだろう。

なにせ、ご近所に引っ越してきたのだから。

そう思っていたのだが、よく考えてみれば片《かた》や東西の中心。片や西の端。

ご近所と言っても、単純計算で二キロメートル離れているのだ。

実際には「ちょっと見てみたい」という理由だけで行く気にはなれないだろう。

手を繋いだまま、高級そうな屋敷が並ぶ通りを歩く。完全に場違いだ。

そのまま進み、空き家らしき屋敷や空き地がちらほら見え始めた時、ようやく魔法学院の敷地に着いた。

ぱっと見は、本当に学校の正門といった感じだ。

石造りの門があり、年季の入った石の板に『レーヴタイン領　魔法学院《マジックアカデミー》』と彫られている。

「ようやく着いたわね。へぇー……こうなってんのねえ」

ニネティアナも初めて見るらしい。

そう言えば、行ったことはないと言っていたか。

「ニネティアナさん、ここまでありがとうございました」

思い返すとちょっと大変な旅ではあったが、それ以上に楽しかったという思いが強い。

ニネティアナに頭を下げる。

ニネティアナとでなければ、きっとこんな旅はできなかったはずだ。

「うん。あたしの付き添いはここまでかな」

ニネティアナが少し寂しそうに笑う。

不意に、ミカの胸に熱いものが込み上げてくる。

（…………この人だけが、俺のことを避けないでいてくれたんだ）

〝学院逃れ〟の騒動が起きた時、ニネティアナだけが何度も教会まで会いに来てくれた。

いつも何ということのない話をして「じゃあまたね」と帰って行く。

変わらずに接してくれた。

ただ、それだけ。

だが、それだけのことがどれほど嬉しかったか。有難かったか。

（あー、だめだ。感情を抑えろ。これからは、気をつけるって決めたろ）

感情や衝動をコントロールできるようにならないといけない。

それも、これからのミカの課題だった。

「それじゃ、行ってきます」

ミカは精一杯の笑顔を作る。

「うん、頑張れ。……あ、そうだ」

ニネティアナは自分の雑嚢をごそごそと探り、小さな布の袋を三つ取り出す。

「こっちがあたしとディーゴからで、こっちがホレイシオさんからね」

そう言って二つの袋を渡す。

中には銀貨が入っていた。

ニネティアナとディーゴから銀貨五枚。

ホレイシオからは銀貨十枚。

「少ないけど、まあ餞別よ」

「そんな、受け取れませんよ」

袋を返そうとするミカの目を、ニネティアナが真っ直ぐ見る。

「夕べ言ったこと、もう忘れちゃった？」

子供がそんなことを気にするな。

大人になって自分で稼いでからにしろ。

「どんなとこだって、新しく生活を始めるなら必要な物は出てくるわ。その足しにしなさい」

「………はい」

ミカは素直に受け取ることにした。

遠慮して、この人たちの厚意を無下にする方が失礼だ。

このお礼はいつかきっと、違う形で必ず返そう。

「それと、はいこれも」

そう言って、残りの一つの袋を渡してくる。

先に渡された袋二つを合わせたよりも、もっと重い。

開けてみると、中には銀貨や大銅貨、銅貨が入っていた。

「ミカ君のおかげで節約旅行になったからね。宿も使わないし、食事も安上がりだったから。随分と残っちゃった」

中には、銀貨だけでも十枚くらい入っている。

もしかしたら、ニネティアナは少しでも旅費を浮かせるために「冒険者っぽく」と提案してきたのだろうか。

ミカが喜んで乗ってきそうな話で釣って、後で渡すために。

（この人は、どこまで……）

これからミカは、一人でやって行かなくてはならない。

生活の保証はされているが、それでもこれからはちょっとしたことであっても、ニネティアナやリッシュ村の人を頼ることができない。

ニネティアナも、手を貸してやりたくても手を貸すことができない。

そんな時、ほんの少しの現金があれば、それだけで解決することもある。

きっとヤロイバロフの宿に泊まったのも、ミカにヤロイバロフを紹介したかったからではないだろうか。

自分が泊まりたかったと言っていたが、本当の目的はミカにヤロイバロフのことを教えておきたかったのだ。

何かあっても、自分はもう手を貸すことができないから。

（……こんなの、我慢できるか！）

ミカは感情を抑えきれず、涙が溢れてしまう。

渡された袋に顔を埋め、せめて涙を見せないようにする。

「……あり、が……とう、…………ござい、ます」

それでも、お礼の言葉だけはちゃんと伝える。

ニネティアナはただ黙って、そんなミカを見守っていた。


気持ちを落ち着け、ようやく涙が止まった。

きっと今のミカは目が真っ赤になって、非常にみっともない顔をしているだろう。

「少しは落ち着いたようね」

「…………、はい」

「寮に行く前に、どこかで顔を洗ったほうがいいわね。近くに井戸でもないかしら」

ニネティアナが魔法学院の敷地内を見回す。

「井戸なんか必要ありませんよ」

ミカは荷物を足元に置いた。

「〝制限解除《リミッターオフ》〟、〝水球《ウォーターボール》〟」

お腹の前に、バスケットボールほどの水の塊を作る。

ニネティアナは、目を丸くして驚く。

ミカは水の塊から両手で水を掬い顔を洗った。

数回顔を洗い、残った水の塊を適当に横に飛ばす。

「……本当に、便利なのね」

ニネティアナは水で濡れた地面をまじまじと見た後、ミカの顔をチェックする。

ミカは濡れた顔を軽く拭った。

「うん、……その顔なら、良し！」

ニネティアナが太鼓判を押す。

ミカは荷物を手に持ち、深々と頭を下げた。

「ありがとうございました！」

元気よく、万感の思いを込めてお礼を伝える。

勢いよく顔を上げると、ニネティアナがしっかりと頷く。

「行ってきます！」

ミカは学院の敷地に駆け出す。

時折振り返り手を振ると、ニネティアナも振り返す。

姿が見えなくなるまで、ニネティアナはその場でミカを見送った。

魔法学院の敷地はかなり広かった。

本当に学校そのものという感じだ。

門から真っ直ぐ道が延びているが、左手には草叢《くさむら》があり、その奥に森林も見える。

右手には大きな建物があり、おそらく体育館のようなものではないだろうか。

体育館の手前には右に入って行く道があり、その奥にも建物がある。

それは三階建ての建物で、見た感じあれが校舎か寮だろう。

どちらであっても、とりあえず誰かしらはいると思う。

ミカは奥の建物に向かってみることにした。

体育館を通り過ぎると、先程見えた三階建ての建物とは別に、もう一つ平屋の建物が見えた。

三階建ての建物を正面に見た時、平屋は左、体育館は後ろだ。

どちらが寮だろうか？

まあ、外れても誰かに聞いて寮に向かえばいいだけではある。

とりあえず、最初の目標だった三階建ての建物に向かう。

三階建ての建物はだいぶ年季が入っていた。

壁はひび割れ、汚れが目立つ。正直、――ボロい。

（ま、まあ……、寮なんてこんなもんだよな）

寮暮らしはしたことないが、経験者から話を聞いたことはある。

あくまで一例だろうが、だいぶ悲惨な環境だったようだ。

気を取り直して、玄関に入った。

玄関は建物の中央にあり、入って目の前に階段がある。

右手すぐに広いフロアがあり、テーブルが並んでいる。おそらく食堂だろう。

左手には通路が延びており、いくつかの扉が並ぶ。

（……誰もいないか？）

見える範囲に人がいないので、ちょっと呼んでみようかと息を吸ったところで奥の扉が開いた。

中から出てきたのは五十代後半の女性。

大変ふくよかな女性だった。

「あら、こんにちは。今年入寮の子かい？」

割烹着のようなもので手を拭きながらこちらに歩いてくる。

ミカが頷くと「ちょっと待ってね」と一番手前の部屋に入って行く。

女性は一枚の紙を手にして、すぐに戻って来た。

「はい、お待たせ。じゃあ、領主様からの命令書は持ってるかい？」

雑嚢から命令書を取り出し、女性に渡す。

「えー……と、ミカ・ノイスハイム……、ミカ・ノイスハイム……」

女性の持っている紙は、どうやら入寮予定者のリストのようだ。

「ああ、あった。あなたは二階の……、えっ二階？」

女性は驚いた顔をしてリストとミカを数回見直す。

（二階だと何か問題があるのか……？　って、そういうことか）

ミカはすぐにピンときた。

リッシュ村を出てからこんなのばっかだ。

「……二階は男性専用のフロアですか？　なら間違いないですけど」

「あらぁ～、随分可愛らしい子だと思ったら、男の子だったのぉ。おばちゃんびっくりしちゃった」

えらくはっきり言う人だな……、この人。

「命令書は学院の初日に持って行くことになってるから。返すわね」

そう言って、女性はミカに命令書を返す。

「部屋は二階に上がって左側、三番目の部屋だから。同室の子がもういるはずだから、とりあえずその子にいろいろ聞いてみて。午後にちゃんと説明するから、お昼食べたらその部屋にまた来て」

そう言って手前の部屋を指さす。

ミカは、分かりましたと言って二階に上がる。

階段を上がると、「三階には行っちゃだめよー、危ないからねー」とおばちゃんの声。

……何が危ないのだろうか？

首を捻りながら二階に着くと、左右に通路が延びている。

右側は扉が五つ、左側は扉が四つだ。

左に並ぶ部屋のネームプレートを見ると、一番手前の部屋には二つ名前が書かれているが、二番目の部屋にはなかった。

三番目の部屋にはミカともう一つ名前がある。

一旦その部屋を通り過ぎて四番目の部屋を確認すると、名前は書かれていない。

（両隣は空き部屋……？　名前が四つに部屋も四つ。だったら個室にしてくれてもいいんじゃね？）

そんなことを思うが、まあ決まりは決まりだ。

相部屋も仕方ないだろう。

軽くドアをノックして、返事を待たずに開ける。

一応初めて入るので礼儀としてノックはしたが、ここはミカの部屋でもある。

返事を待つ必要はない。……と思う。

部屋の中はごくシンプルな作りだった。

入って左に二段ベッドがあり、奥に二つ机がある。

机はそれぞれが左右の壁を向くように配置されていた。

机の手前には背の低いタンスもある。

居室としては十分だろう。

ミカが部屋に入ると、深緑の髪の少年が椅子に座り、机に足を投げ出していた。

椅子の前脚が浮いた状態でバランスを取っている。

あまりお行儀は良くないが、これくらいの方が変に気を遣わなくていいかもしれない。

ミカは気にしないで部屋に入った。

男の子はミカを見て固まっていたが、すぐに気がついて声をかけてきた。

「えーと、もしかして……ミカ君かな？」

「そう言う君は、メサーライト君？」

ミカはネームプレートで見た名前を言う。

「メサーライトでいい。今日から同室みたいだね。よろしく」

「僕もミカでいいよ。よろしく」

ミカは空いてる方の机に自分の荷物を置く。

右側の机はメサーライトが使っているので、ミカが使う机は自動的に左側になる。

まあ、こんなことで目くじら立てても仕方ないので、そのまま素直に受け入れる。

ちなみにベッドも下段には使われた形跡があるため、ミカが上段になるのだろう。

「寮に来たのは昨日？」

「いや、一昨日。今年の入学者はまだ誰も来てないみたいで、退屈してたんだよ」

ミカがサーベンジールに着く前日には入寮していたらしい。

今日は水の日なので、随分と早く入寮したようだ。

これでも、ミカも念のためにと早めに出てきたのだが。

入寮の期限は次の陽の日までなので、あと三日もある。

「そんなに暇なら街に行けばいいんじゃない？」

「別に行きたい所もないしなー」

何となく、来過ぎて慣れてしまったような印象を受ける。

「サーベンジールにはよく来るの？　というか、サーベンジール出身？」

「いや、ブライコスロア子爵領だよ。まあ、サーベンジールには時々来てたかな」

ブライコスロア子爵領？

聞いたことがない。

「君はどこから？」

「リンペール男爵領」

「リンペール領？　ああ、あの何もないとこ」

メサーライトは、リンペール男爵領にも行ったことがあるようだ。

ただ事実を言っただけで、特に悪気はないように感じた。

「今、君が想像した『何もない』から、もっといろいろ引いてみな」

「ん？」

メサーライトは不思議そうな顔をする。

「それが僕のいた村」

「…………、そんなに田舎なの？」

呆れたように言うメサーライトに、ミカは肩を竦めてみせる。

そんなミカの仕草が面白かったのか、メサーライトがプッと吹き出す。

「あはははは。自分でそんなこと言う人、なかなかいないよ」

メサーライトは一頻り笑うと立ち上がり、ミカに手を差し出す。

「どんな子が同室になるか不安だったけど、君とならやっていけそうだ。これからよろしく」

「こちらこそ」

ミカも「同室の相手としては悪くなさそうだ」と思い、しっかりと握手に応じるのだった。

第34話　寮の規則

寮の部屋に着いたミカは、自分に割り当てられた机やタンスを早速チェックしていく。

そんなミカを眺めながら、メサーライトは引っ切り無しに話しかけてくる。

一昨日から入寮したメサーライトは、余程時間を持て余していたようだ。

自分の机の引き出しから小瓶を取り出すと、ミカにも勧めてくる。

中に入っているのは飴のようだ。

「一つあげるよ。ここの飴は結構人気なんだよ」

「…………お返しはないよ」

「大丈夫。期待してないから」

そう言って、飴を一つミカの手に乗せる。

手のひらの飴を見ると、視界に自分の着ている服が入る。

あちこちに縫い跡や継ぎ接ぎがあった。

メサーライトの服を見ると、なかなか上等そうな服を着ている。

メサーライトが苦笑した。

「ウチは親が商会をやってるからね。そこそこ裕福なんだ」

これも特に悪気はなさそうだ。

ミカと自分の格好を比較し、嘲るような空気はない。

ただの事実として話している感じを受ける。

ミカは飴を口に放り込んで机の引き出しを開く。引き出しは全部で四つ。

机の右側に縦に三段並び、膝の上にも広い引き出しが一つある。

鍵が付いてるのは膝の上の引き出しだけだが、それも簡素な作りなので簡単に開けられそうだ。

（お金の管理が困るな……。こんなのじゃアテにはならないし、今後どうするか少し考えないと）

ニネティアナに教わった教訓がある。

こんな机の鍵に、全財産を託す気にはなれなかった。

それでも、今のところはしょうがない、とお金を入れた袋を仕舞い鍵をかける。

もちろん、入れる時は自分の身体で隠し、メサーライトからは見えないようにした。

こんなのはセキュリティでも何でもない、マナーの問題だろう。

わざわざ「ここにお金入れますよ」と見せつけるのは、信用以前の話だ。

次にタンスを見る。高さは一二〇～一三〇センチメートル位の子供用。

それでも、ミカからすればちょっと見上げるような大きさだ。

タンスは右側にコートを掛けられる、クローゼットが付いたタイプだ。

左側の引き出しは四段あり、一番上の段には鍵が付いている。

だが、高すぎて台を置かないと中を見ることもできない。

とりあえず、一番上の引き出しの使い道は今度考えよう。

ミカは雑嚢をクローゼットに放り込む。

整理はまた後でいいだろう。

「寮の説明は聞いた？」

メサーライトが尋ねてくる。

「昼食の後、下の部屋に来るように言われた。そういえば、メサーライトにいろいろ聞いておきなって言われたかな」

「そっか。じゃあ、簡単に寮の中を案内しよっか」

ぴょんと椅子から立ち上がり、早速ドアに向かう。

余程時間を持て余していたのだろう。

時間を潰せるなら、何でも喜んでやりそうだ。

ミカがついて行くと、メサーライトは階段に向かった。

「ここが男子用のフロアで、三階は女子用。階段の向こうの部屋は、前の年に学院に来た人の部屋。一コ先輩だね」

そう言って、階段右に並んだ扉を指さす。

「そこがトイレ。結構綺麗で安心したよ」

右側に並んだ扉の一番手前はトイレらしい。

メサーライトが扉を開けてくれたので、ミカも覗いてみる。

右側に個室が六個並ぶが、小便器のような物はない。

当然、手を洗う洗面台のような物もない。

ミカは思わず、顔をしかめる。

「あれ？　お気に召さない？　僕は結構安心したけど」

この世界の衛生観念ではそんなものだろう。

こんなことを気にしていては、この世界ではやっていけない。

ノイローゼになる前に、慣れるしかない。

階段に戻ってくると、メサーライトは三階に上がる階段を指さす。

「ここから三階に上がれるけど、さっきも言った通り女子専用だからね。命が惜しければやめておいたほうがいいよ」

メサーライトが物騒なことを言いだした。

（命が惜しければって何だ？　さっきもおばちゃんが危ないとか言ってたけど）

女の子全員に袋叩きにされるのだろうか？

ミカには分からない感性だが、それはある意味ご褒美なのでは？　と馬鹿な考えが浮かぶ。

ミカがよく分からないような顔をすると、メサーライトが声を潜めて教えてくれる。

「魔法士ってのは貴重なんだ。でも、重大な違反をするような奴はいらない。強い力を身に着けさせようってのに、悪質な奴は国にとっても危険でしかないからね。だから、処分される」

「…………処分？」

「僕も詳しくは知らないけどね。そういう奴は魔法士としてではなく、別の活用方法があるって噂。

…………だって、魔法士は貴重だから」

ミカはぞっとした。

貴重な魔法士を守るために、その中の悪質な奴を処分するというのは分からなくもない。

だが、その処分の仕方はミカの想像を遥かに超えていそうだ。

人権などない世界。いったいどんな活用をされるのか。

「何でもかんでも違反した奴を処分してたら、ますます魔法士がいなくなるからね。余程の違反者でなければそこまでの処分はされないよ。でも、女子フロアへの侵入は別。魔法士の男女比はほぼ半々。女の子の学院生を守れなければ、国の魔法士が半分になっちゃう」

ミカは感心した。

よくこんなことを知っているものだ。

「随分と詳しいね。君、実は去年からいた？　留年？」

「あはははは、そんなわけないでしょ。言ったろ、そこそこ裕福だったって」

どうやらメサーライトは、一年前に魔法学院行きが決まってから情報収集をしたらしい。

ミカとしても、情報に詳しい人が身近にいるのは助かる。

そういう意味でも、メサーライトとの同室は運が良かった。

「じゃあ、次は一階ね」

メサーライトが階段を下りる。

一階に着くと、左の広いフロアを指さす。

「ここが食堂。朝昼晩の三回食事が出るよ。学院が始まっても、お昼はここに食べに戻るんだって。

僕ももう何回か食べたけど、味は悪くなかったよ。ただ、質より量を重視してるのは間違いない。

今朝も『朝からそんなに食べられない』って言ったのに山盛りにされたよ。で、残したら怒られた」

「あははは」

うんざりした様子のメサーライトが可笑しくて、つい笑ってしまった。

明日は我が身どころか、一時間後には自分にも降りかかるであろう災難を忘れて。

「寮の中で見ておくのは、後はここかな」

メサーライトは、おばちゃんの部屋を通り過ぎて突き当りまで進む。

「ここが湯場ね。奥が女子用、手前が男子用。ここも入ったら一発で処分だから。言うまでもないけど」

確かに言われるまでもないが、ミカにはもっと気になることがある。

「湯場が男女で分かれてるの？」

この世界では湯場を男女で分ける概念がないのかと思ったが、そうでもなかったらしい。

「昔は分けてなかった頃もあったみたいだね。でも、今は女の子に配慮してるみたい。なにせ未来の魔法士様、だからね」

メサーライトが男子用の湯場に入る。

ミカも後に続いて入った。

「実際、今は魔法士が年々減ってるみたいだよ。だから待遇も良くなる。昔は、この寮に入りきれないくらい集まったこともあるって話。それが今年は六人だからね」

「七人じゃないかな」

ミカは訂正した。

「そうなの？」

「そう聞いたよ。まあ、変わってる可能性はあるけど」

ミカが聞いたときは七人だった。

ただ、その後にまた変わっていないとも言い切れない。

メサーライトは気にせず、説明を続ける。

「湯場は、基本的に夕方には使えるように準備してくれるみたい。学院が終わったらすぐに入れるって。湯場の掃除とかは全部使用人がやってくれる」

「使用人？」

「食事を用意してくれるでしょ？　他にも掃除や洗濯もやってくれるんだって」

至れり尽くせりである。

脱衣所に年季が入っているのは仕方ないが、それでも綺麗に清掃はしてくれているようだった。

湯場も安宿より広く、綺麗に見える。

基本的な構造は同じようだが、宿屋にあった蓋付きの棚はなかった。

「いくら未来の魔法士とはいえ、なんでそこまでしてくれるんだろう？」

「多分、それどころじゃないんでしょ。僕たちは」

「それどころじゃない？」

メサーライトが暗い顔をする。

「そんなことするくらいなら、他にやって欲しいことがあるってことなんでしょ。僕たちに」

納得した。生活のすべてを魔法士としての成長に注げ、ということか。

ミカもうんざりしたような顔になる。

「ま、ざっとこんなもんかな、寮内は。校舎の方はまだ行っちゃいけないらしくてさ。あと数日は暇との闘いだよ」

部屋に戻って少し休むと昼になり、メサーライトと一緒に食堂に行った。

メサーライトは「味は悪くない」と評していたが、ミカからすると十分に美味しい食事だった。

ただ、量に関してはメサーライトが言うほどではなかった。

というのも、調理をしているおばちゃんがミカを女の子と勘違いして、加減をしてくれたからだ。

ミカもあえて勘違いを指摘せず、涼しい顔をしてそのまま受け取る。

山盛りのトレイを持つメサーライトの恨めしそうな視線を受け流し、そのまま黙って席についた。


味、量ともに満足する昼食が終わり、ミカはおばちゃんに言われた通り一階の部屋に来た。

どうやら最初に会ったおばちゃんはここの寮母で、他にも数人のおばちゃんが使用人として働いている。

そう教えてくれたメサーライトは、現在自室のベッドで「腹が苦しい」と唸っている。

食べてすぐ横にならない方がいいよ、とアドバイスはしたが、しばらく起き上がれそうになかった。

ドアを数回ノックして待つと、すぐに返事があった。

ミカが中に入ると寮母のおばちゃんと、もう一人女の子がいた。

おそらくミカと同じ歳のその女の子は、やや赤めのブロンドが印象的だった。

というのも、手入れがされていないのかちょっとボサボサで、少し俯いているので目元があまり見えない。

顔の印象というより、首から上の印象として髪にしか意識がいかなかったのだ。

ミカと同じで継ぎ接ぎだらけのワンピースを着て、慣れない場所にすっかり縮こまっている。

「すみません。お待たせしました」

「ああ、大丈夫だよ。おばちゃんもようやく手が空いたところさ。じゃあ、この寮のことを説明するよ」

そう言っておばちゃんは部屋の奥に二人を連れて行く。

奥にある棚には様々なサイズの服が積んであった。

「後で二人に制服とかを配るんだけど、その前におばちゃんのことを紹介しようかね。おばちゃんはトリレンス。ここの寮母をやってるよ。二人がこれからの二年間を頑張っていけるように、この寮でサポートするのがおばちゃんの務め。何かあれば、遠慮しないで何でも相談していいからね」

トリレンスが胸を叩く。

何というか、肝っ玉母さんのような感じだ。

沢山の子供を預かるのだから、こういう人の方が向いているのだろう。

「じゃ、まずは寸法を測るかね。ちょっとそこに真っ直ぐ立って」

身長を測るメモリを刻んだ柱の前に順番に立たせる。

「リムリーシェちゃんが一一八センチメートル。ミカ君が一一四センチメートルだね」

この女の子の名前はリムリーシェというらしい。

ていうか、身長で女の子に負けてんじゃん俺！

この子が他の子と比べて大きいのか小さいのか分からないが、メサーライトよりは明らかに小さい。

(もしかして、俺ってチビなのか……？)

今まであまり考えたことがなかったが、衝撃の事実に眩暈を覚える。

(くっ……まだ、まだ終わらんよ！　俺はまだまだ成長期！　俺の成長はこれからだっ！)

勝手に落ち込み、勝手に奮起するが、そんなことは微塵も表には出さない。

にこやかな表情で、制服を探すトリレンスを眺める。

「…………おとこのこ……」

ぽつりと呟く声が横から聞こえた。

ミカが振り向くと、リムリーシェは驚きに大きな目を見開いていた。

(ずっと俯いてたから分からなかったけど、この子結構大きい目してる？　身なりを整えたら可愛くなるのかも？)

いかんせん、ボサボサ頭で俯いているから分かりにくいが、ちょっと勿体ない気がした。

ただ、価値観などは人それぞれ。外見に頓着しないのも、個人の自由といえば自由だ。

ミカと目が合うとリムリーシェはあっという間に顔を真っ赤にして、ますます俯いてしまった。

人と接するのが苦手なタイプなのかもしれない。

それから、寮の規則について簡単に説明を受ける。

起床時間、朝昼夕の食事の時間。湯場を使える時間。洗濯物の出し方など。

時間の設定はすべて余裕を持っているので、然程気にしなくても破らないで済みそうだ。

ただ、門限は十八時。

これは正直「早いな」と思った。

学院で生活するだけなら問題はないのだろうが、ミカは自分でも少し生活費を稼ごうと考えていたので、この門限は厳しい。

だが、八歳と九歳の子供たちが生活する寮なのだ。

これでもゆとりをもってくれた方だろう。

「外泊する時は届けを出しておくこと。おばちゃんに言ってくれれば用紙を渡すからね」

どうやら、外泊はいいらしい。

ということは、「土の日の昼から」翌日の「陽の日の十八時まで」は自由になる。

実質、まともに働けるのは一週間でこれだけになりそうだ。

それからトリレンスに案内されて、寮の横にある共有の井戸に行く。

洗濯とかを自分でする時は、ここを自由に使っていいらしい。

水が飲みたい時は食堂に水甕があるので、それを使えばいいとのこと。

寮の子供たちは水袋を使って、部屋で喉が渇いた時にそれを飲むという子がほとんどらしい。

その場合、一日一回は水を交換するように念を押された。

どうやら、あまり手入れをせず、何日も入れっぱなしの水を飲んで体調を崩す子が毎年いるのだとか。

寮の中に戻り、トリレンスが食堂や湯場、トイレなどを案内してくれる。

メサーライトに案内された場所ではあるが、ミカは黙ってついて行く。メサーライトが言わなかった注意点などがあるかもしれないからだ。

だが、特別気をつけなくてはいけないことはなさそうだった。

ただし、「女の子用の湯場と、三階には絶対に行かないように！」とミカにだけ、かなり強く念を押した。

入ったらどうなるのか聞いてみたが、「……寮を出ることになるよ」とだけトリレンスは答えた。

あまり具体的なことを話そうとしないトリレンスの様子から察するに、メサーライトの言っていた噂が、ただの噂ではないことが分かった。

トリレンスに案内されている間、リムリーシェは一言もしゃべらずにいた。

リムリーシェのミカと微妙に距離を取ろうとする態度に、そこはかとなくショックを受ける。

子供の素直な態度が、地味に大人にショックを与えることは稀によくある。

（お、女の子だから、男の子がちょっと恥ずかしいだけだし。べべべ別に俺が嫌われてるってわけじゃないし。傷ついてなんかいないいんだからね！）

ちょっとだけぎくしゃくした空気のまま案内が終わり、寮母室に戻って来た。

「制服と運動着は何着いるかい？」

トリレンスが聞いてきた。

「何着も貰えるんですか？」

「制服は二着、運動着は四着くらい持ってく子が多いね。でも、寮の中でも着るって言って、もっと持っていく子もいるよ」

学院の授業で汚すことも多いようで、みんな多めに持っていくらしい。

破れたり、小さくなって着られなくなったら、交換もしてくれると言う。

ミカは自分の服を見る。

改めて確認するまでもなく、縫い跡と継ぎ接ぎだらけだ。

普段着にしてもいいのなら、是非ともそうさせてもらいたい。

「制服はとりあえず二着でいいかな？　運動着は六着貰えます？」

ミカは遠慮なく言ってみる。

特に気にする風でもなく、トリレンスはミカの服を用意する。

運動着は半袖短パンに、上に着る長袖と長ズボンもあり、制服も合わせて山のような量になった。

「これ、もう持って行っちゃっていいですか？」

「ああ、いいよ。おばちゃんの説明ももう終わったから、後は自由にしてていいよ」

「はい、それじゃあ失礼します。リムリーシェさんも、これからよろしくね」

ミカが軽く挨拶をすると、リムリーシェは躊躇いながらも、こくんと頷いた。


自室に戻ると、メサーライトはベッドで横になったままだった。

「おかえり～……て、すごい量だね」

メサーライトが、ゆっくりと身体を起こす。

「普段着る服にしてもいいって言うから、多めに貰ってきた」

「ああ、確かに。ミカはそうした方がいいかもね」

特に悪気もなく、メサーライトが言う。

彼は割と何でも、正直に言うタイプなのかもしれない。

ミカは早速、制服に袖を通すことにした。

サイズが合わなかったら、交換してもらわないといけない。

こういうことは、早めに済ませておいた方がいいだろう。

制服は白シャツに、濃紺のローブとズボン。

袖付きのローブは前開きになっていて、紐で縛って閉めることもできる。

ローブの上から腰のあたりで縛るベルトもあり、ダボついた感じがしない。

なかなか格好いい。

というか、これを着ると途端に自分が一端《いっぱし》の魔術師になった気がしてくる。

もしかして、これがコスプレイヤーの気持ちなのだろうか。

「お、いいじゃん。似合ってるよ。……それさえ何とかすれば」

メサーライトが指さす。

ローブの袖とズボンの裾が思いっきり余っていた。

「おばちゃん、サイズ間違えたのかな?」

「……聞いてみたら？」

たぶん違うと思うけど……、とメサーライトが小声で言う。

ミカは運動着の方にも着替えてみる。

半袖短パンの方は多少大きくても問題はなかった。

ただ、長袖と長ズボンはやはり袖と裾が余ってしまう。

仕方なく袖と裾を折り込んで、トリレンスに聞きに行くことにした。

ミカが階段に行くと、リムリーシェが三階の階段を上がるところだった。

ミカと同じく、大量の制服と運動着を貰ったリムリーシェが、ふらふらと階段を上がる。

一瞬声をかけそうになったが、思いとどまった。

ミカは三階に上がることができないので、手伝うことはできない。

下手に声をかければ、却ってバランスを崩して落ちかねない。

とりあえず、ミカは黙って見守ることにした。

リムリーシェは、ふらつきながらも何とか踊り場に着いて一息つく。

そして、再び気合を入れて階段を上がって行った。

「……規則は規則だけど、これはちょっと可哀想だな」

大きな荷物を抱えた女の子を手伝ってあげられないのは、少々思うところがなくもない。

だが「彼女たちの安全のために」というのも分かるので、素直に受け入れることにした。

だったら寮を分けろよ、と思わなくもないが、それはそれで都合があるのだろう。

主に予算の問題で、新たに寮を建てるとなると、建設費、維持費、人件費。

その他諸々、いろいろと費用がかかるだろう。

ミカは寮母室に行ってみたが、トリレンスはいなかった。

食堂から話し声が聞こえるので覗いてみると、トリレンスが厨房のおばちゃんと談笑していた。

「あの～……」

「あらミカ君。どうしたの」

ミカが声をかけると、トリレンスが入口までやって来た。

「いただいた制服とかのサイズが大きいようなんですが」

ミカがそう言うと、トリレンスは苦笑する。

「あー、先に言っておけばよかったわねえ。ミカ君に渡したのが一番小さいサイズなのよ。悪いんだけど我慢してもらえる？」

どうやら、これが最小サイズのようだ。

（はい、俺チビが確定しました！）

心の中で泣いた。

（くっそぉー、今に見てろよ！）

自らの、今後の成長に期待するミカなのだった。

第35話　閑話　レーヴタイン侯爵家の令嬢

【ルバルワルス・レーヴタイン視点】

レーヴタイン侯爵領、領都サーベンジール。

そのサーベンジールの街で最も北に位置する広大な敷地に、レーヴタイン侯爵家の屋敷がある。

その屋敷の主がたった今、王都から帰って来た。

レーヴタイン侯爵家の現当主、ルバルワルス・レーヴタインは年に二回ほど王都に赴く。

隣国であるグローノワ帝国と国境を接する領地は数あれど、山脈に阻まれることのない領地はレーヴタイン侯爵領だけ。

グローノワ帝国に対する防衛の要であるレーヴタイン侯爵は、国王陛下に直接状況の説明に行っていたのだ。

もっとも、エックトレーム王国国王ケルニールス・エクトラムゼからの信頼が厚いルバルワルスは、直接の報告は数年に一度、国境の状況を見てで良いと言われている。

毎月使者を送って状況の報告は行っているし、王国軍も国境防衛のためにサーベンジール付近に駐屯している。

ルバルワルスがいくら領主軍として兵を集めたところで、謀反を疑ったりはしない、と。

ルバルワルスとしてもそれは理解しているが、信頼の上に胡坐をかけば、ほんの些細な行き違いから綻びが生じることもある。

戦時ならばともかく、平時である今は、陛下への忠誠を見える形で内外に示しておく必要があると考えていた。

馬車が屋敷の正面玄関に着くと、ルバルワルスの向かいに座っていた護衛の騎士が扉を開けて先に降りる。

馬車から玄関までは、多くの使用人が列になって道を作っていた。

列の一番前にいた騎士が、敬礼でルバルワルスを出迎える。

レーヴタイン侯爵領軍で騎士団長を務めるマグヌスは敬礼を解き、列から一歩前に出た。

「お帰りなさいませ、閣下。退屈な王都からのご帰還を、心よりお待ちしておりました」

ルバルワルスが馬車から降りたのを確認して声をかける。

「半年ぶりの王都は如何でしたか？」

「退屈だと知っているのなら、聞くな」

ルバルワルスが答えると、マグヌスが無遠慮に笑う。

ルバルワルスとマグヌスは、話をしながら屋敷に入る。

その後ろを、数人の護衛騎士と執事、メイドたちが付き従う。

「それは失礼いたしました。ですが、つまらん社交も平穏なヘイルホードのためには必要です。……憂さ晴らしに、後でお手合わせをいたしますか？」

「それは明日でいい。鈍った身体を動かしたいところではあるが、先に退屈な用事を片付けなくてはならん」

執務室に着くと、扉の両側に立っていた騎士が敬礼する。

メイドが扉を開け、ルバルワルスとマグヌスが部屋に入る。

護衛の騎士は扉の中で両側に立ち、執事とメイドが一人ずつ執務室に入り扉を閉めた。

ルバルワルスは執務机に着くと、早速執事に声をかける。

「家のことで何か報告はあるか?」

「特に大きな問題はございませんでした。ただ……」

執事が珍しく言い淀む。

「ただ、どうした」

「クレイリアお嬢様のことで、ちょっと……」

クレイリアの名前を聞き、ルバルワルスは渋い顔を作る。

「…………学院のことか?」

執事は「はい」と頭を下げる。

「まだ言っているのか。もう四週間も前のことだぞ?」

クレイリアと魔法学院について話をしたのは王都に発つ前日。

あと数日もすれば土の月が終わり、水の月になれば魔法学院も始まる。

今更どうにもならないことだというのに。

ルバルワルスは溜息をつき、指だけでメイドに指示を出す。

メイドは黙ってキャビネットからグラスを取り出すと机に置いた。

そして指一本分の樹酒を注いで、また元の位置に戻る。

ルバルワルスは一気にグラスを呷ると、熱い息を吐く。

「クレイリアとは夕食の後で話をしよう。……それまで放っておけ」

執事は恭しく頭を下げる。

「他にないなら、お前たちは下がっていい」

ルバルワルスがそう言うと、執事とメイドは揃って頭を下げて退出する。

執事たちが退出したのを確認して、マグヌスが声をかける。

「確か、クレイリア様は魔力に恵まれたのでしたな。学院がどうかされたので？」

「レーヴタイン領の学院に行きたいと言い出しおった。まったく……」

ルバルワルスは背もたれに寄りかかった。

七歳で魔力量が一定に達していれば、魔法学院に入ることはレーヴタイン領の法律で定められている。

ただ、何事にも例外はあり、貴族の縁者はこの限りではない。

というのも、そもそもレーヴタイン領に魔法学院を設立した理由が、お金がなくて必要な教育や修行を行えない平民のためだからだ。

自分たちで必要な教育や修行を施せるのであれば、わざわざ魔法学院に預ける必要はない。

勝手な判断で学院を無視されても困るが、貴族の縁者の場合は入学について事前に確認している。

預けるなら預けるでそれなりの配慮はするし、預けないなら自宅で修行させるように指示する。

どちらにしても、十歳で王都の学院に行くことは決まっているのだから。

「必要な修行は家でできると言ってるのだが、まったく聞こうとせん」

「自分から学院に行きたいとは、素晴らしい心がけではありますな。私など、どうすれば騎士学院を免れるかをずっと考えておりました。……残念ながら叶いませんでしたが」

「ははは、私も似たようなものだ。どうすれば寮を抜け出せるか、そんなことばかり考えていたわ」

ルバルワルスとマグヌスは一頻り笑い合った。

「まあ、クレイリアのことはいい。それより…………お前たち、外に控えていろ」

ルバルワルスは、護衛の騎士にも室外での待機を命じる。

扉が閉まったことを確認してから、ルバルワルスは話を再開した。

「……王都で陛下と謁見した後、私室に呼ばれてな。軍務大臣と外務大臣もだ」

「それはそれは。もはや御前会議ではありませんか。で、その面子でのお話ということは……」

「もちろんグローノワのことだ。とりあえずお前には伝えておくが、まだ下には下ろすな。確認中の情報もあって、確度は高くない」

「あくまで、参考程度に留意しておきましょう」

マグヌスは姿勢を正し、ルバルワルスの話を傾聴するのだった。


領主軍の隊長たちや、官吏たちとの会議が終わり、久しぶりの家族との夕食も終えて、ルバルワルスは執務室に戻っていた。

ヘイルホード地方の各領主たちへの手紙を書いていると、ドアがノックされる。

ルバルワルスが「入れ」と声をかけると、数秒の間をおいてドアが開いた。

執務室に入って来たのはクレイリア・レーヴタイン。

ルバルワルスの娘であり、今年八歳になるハニーブロンドの長い髪が美しい少女だ。

やや紫がかった青い瞳、勝気な目元が年齢以上の凜々しさを感じさせる。

「お前たちはそこで待っていろ。クレイリアはソファーに」

クレイリア付きの護衛騎士と従者に室外での待機を命じ、クレイリアにソファーに座るよう促す。

ルバルワルスはペンを置き、クレイリアの向かいに座る。

クレイリアは呼び出された用件に見当がついているようで、緊張していた。

無理もない。

普段は執務室への入室を禁じているので、この部屋に入ること自体が初めてかもしれない。

いつもは重要な話をするとしても、私室で行っている。

それが執務室に呼び出されたのだから、どれほど重大な話になるかと、戦々恐々としているに違いない。

「なぜ夕食に来なかった」

ルバルワルスは、なるべく声が普段通りになるように気をつけながら、クレイリアに話しかけた。

クレイリアは俯き、膝の上の手をギュッと握る。

クレイリアはどうやら、四週間前からハンガー・ストライキもどきを行っているようだった。

なぜ「もどき」なのかと言うと、食堂での食事はしないが、クレイリア付きの従者にこっそり軽食やお菓子、紅茶を届けさせていたからだ。

それだけでは食事として十分ではないので、常に空腹に苛まれるだろうし、顔色も良くはない。

だが、本当にハンガー・ストライキを行っていれば四週間ももつわけがなく、執事たちも手をこまねいてはいない。

クレイリアの命がかかっているのであれば、強制的に何とかしただろう。

結局、執事たちも従者に軽食を届けさせていることを知っていたので、この可愛らしい抗議行動の様子を見ていただけなのだ。

日に日に、届けさせる軽食の内容を充実させながら。

「食事はダイニングルームで摂りなさい」

ルバルワルスが続けて言うと、クレイリアはさらに身体を固くして唇を引き結ぶ。

今、きっとクレイリアの心の中では、必死に勇気をかき集めているのだろう。

少し我が儘な所のあるクレイリアだが、ここまで頑なにルバルワルスに反抗したことはなかった。

「…………い……」

クレイリアの唇が僅かに震える。

何か言ったようだが、ルバルワルスには聞き取ることができなかった。

「言いたいことがあるなら相手の目を見て、はっきりと言いなさい。いつも言っているだろう」

ルバルワルスの言葉にクレイリアはますます俯くが、その小さな手を真っ白になるほど力を込めて握る。そうして勇気を振り絞ると、クレイリアは顔を上げ、ルバルワルスを真っ直ぐ見た。

「私も、学院に通わせてください」

ルバルワルスは射貫くようなクレイリアの紫の瞳を、我が娘ながら美しいと思った。

「だめだ。何度も言わせるな」

「そんな……っ！」

だが、無情にもルバルワルスはクレイリアの願いを却下する。

このやり取り自体、この一年間で何度も行われてきたのだ。

「どうしてですか、お父様！　どうして、そこまでっ……！」

「どうしてではない。理由は何度も伝えた。お前こそ、どうしてそこまで学院にこだわる。修行は家でできる。あんな学院以上のことをだ」

ルバルワルスは、うんざりするほど伝えてきたのだ。

サーベンジールの学院は平民のためにあること。

学院のように数人をまとめて教育するのではなく、家でなら一対一でしっかり学べること。

こうすることが、クレイリアの才能を伸ばすにも適していることを繰り返し伝えてきた。

そして、クレイリアには伝えていないが、ルバルワルスが絶対に首を縦に振らない決定的な理由がある。

サーベンジールにある学院には、ロクな教育を受けていない子供たちも多く集まる。

むしろ、そうした子供が大半だ。

クレイリアにどれだけ言われようが、そんな子供たちの中に愛する娘を放り込む気はルバルワルスにはなかった。

王都の魔法学院も似たようなものだが、国法で定められているので従うしかない。

ただ、あちらでは少なくとも二年間は教育を受けてきた子供たちがそれなりにいるのだ。

クラス分けでも、そうしたことは考慮されている。

サーベンジールの魔法学院よりも、多少はマシと言えた。

「早くから友誼を結ぶことで将来のレーヴタイン侯爵領、ヘイルホード地方の魔法士を一人でも多く得られ────」

「そんなのは王都に行ってからで良い。お前が二年間頑張れば、優秀な者が集まるクラスに入ることになる。友誼はそこで結べば良い。どんな輩かも分からん者を近くに置けば、お前の足枷にしかならん。今は家で自分を磨くことに専念しなさい」

王都の魔法学院は六年にも及ぶ。

そこで時間をかけて、ゆっくり為人を見定めてから信頼できる者を選び、友誼を結べばいい。

ですが……と、諦めきれないクレイリアは口を開くが、言葉が続かない。

クレイリアの言う理由は本当のことだが、それがすべてではない。

同じ年頃の子供が周りにいないので、そうした子供たちと接してみたいという好奇心があることをルバルワルスは知っていた。

「来週から指導を頼んだ教師が来る。しっかり準備しておくように」

下がりなさい、と言うとクレイリアは悔しそうに唇を噛んだ後、ソファーから立ち上がり部屋を出る。

「ボゲイザは残れ。ヴィローネはクレイリアを部屋に」

部屋の前で待っていた護衛騎士と従者に声をかけると、護衛騎士が一礼してクレイリアについて行き、従者が部屋に入る。

「軽食や菓子を執事に提案したのはボゲイザだと聞いた。よくやった」

ルバルワルスが労いの言葉をかけると、ボゲイザは恭しく頭を下げる。

クレイリアが食事を拒否した時、「みんなには内緒で」という態《てい》で軽食を届けることをボゲイザが提案してきた。

結果、問題が長引いたともいえるが、穏便に片がついたともいえる。

「まだ若すぎるかと思ったが、よくやっている。その調子でこれからも励め。また、何かあれば報告するように」

ルバルワルスが下がるように命じると、ボゲイザは一礼して退出して行く。

ボゲイザはまだ二十歳を過ぎたばかりで、従者としての経験もなかった。

ボゲイザの家は代々レーヴタイン家に仕える一族で、ボゲイザの父も数年前まで仕えていた。

だが、まだ四十歳を過ぎたばかりだというのに病気で急逝してしまったのだ。

ボゲイザの母が、代わりにどうか息子を仕えさせてくださいと言うので受け入れたが、最初は不安だった。

ところが、これが思った以上に優秀で、一度教わったことはすぐに憶える。

そこで、執事に監督させながらクレイリア付きの従者にしてみたのだ。

すぐにクレイリアの信頼を得たボゲイザは、クレイリアが同じ年頃の子供がいる魔法学院に行きたがっているという情報を持ってきた。

おかげでルバルワルスは、クレイリアの真意を違えることなく把握することができたのだ。

ルバルワルスは執務机に戻り、ペンを取る。

「……外で何が起こるか分からん。せめて、内は引き締めておかんとな」

そう呟き、ヘイルホード地方の領主たちへの手紙の続きを書き始めた。

◇　◇　◇

【ワグナーレ・シュベイスト視点】

サーベンジールの街の、やや北寄りに位置した中央広場。

その中央広場に面した場所に、光神教の大聖堂がある。

国内第三の街の大聖堂に相応しく、大きく、美しく、なにより荘厳なその姿に誰もが神々の存在を感じざるを得ない。

そんな大聖堂の礼拝室で午後の祈りを終えた大司教のワグナーレは、自らの執務室に戻るところだった。

「こちらにおいででしたか、猊下」

サーベンジールの大聖堂で首席司祭を務めるカラレバスが、いくつかの封書と書類を持って早足で追いかけてきた。

四十代半ばのこの司祭は、教区《ここ》の司祭たちの中ではもっとも司教の座に近いのだが、いかんせん気の小さいところがある。

それさえなければ中教区くらいなら安心して司教に推せるのだが、気の小さいところを加味すると、小教区の司教すら不安になる。

このまま司祭でいた方が、本人のためには一番のような気がする。

ワグナーレは立ち止まり、そんなことを考えながらカラレバスが追いつくのを待つ。

「何をそんなに慌てている、カラレバス。君はもう少し心に余裕を持つことを心がけなさい」

「ハァ……ハァ……し、失礼いたしました。こ、こちらを」

そう言ってカラレバスが一通の封書を差し出す。

教会は、教会間でのやり取り専用の郵便網を確立している。

一般には冒険者ギルドに依頼して手紙などを届けてもらうのだが、教会はその秘匿性を担保するため、独自の郵便網を作り上げていた。

差し出された封書も、そんな独自の郵便網で届けられた物だ。

「……ルーンサーム」

思わず口の端が歪む。

それは、ラタジース伯爵領の領都ルーンサームにある大聖堂からの封書だった。

「さて、今度は何と言い訳してきたか。どう思う、カラレバス？」

「わ、私には何とも……」

ワグナーレの問いかけに、カラレバスは困った顔をするだけで答えることができなかった。

「こちらとしてはどちらでも構わないのだが、振り回される今のような状態が一番困る。……狙ってやっているのだとしたら、なかなか見どころがあるが」

ワグナーレの鋭い視線が、虚空を睨む。

カラレバスは自分が睨まれたわけでもないのに、身が竦む思いがした。

ワグナーレはカラレバスは気が小さいので、このまま司祭クラスに留まった方が平穏でいられるだろうと考えていた。

そのワグナーレの見立ては正しく、実際カラレバス自身もあまり重い責任は負いたくないと思っている。

だが、その気の小さいカラレバスが、ワグナーレの下で修行することでもっともストレスを受けていることには、思い至らないのであった。


――事の発端は一年前、ルーンサームに新たな聖女が現れたことにある。

教会の認定する聖者・聖女は数人いるが、彼らはある日突然【祝福】を宿す。

一言で【祝福】と言っても様々なものがあり、代表的なものでいうと「傷がすぐに治る」といったようなものだ。

これは【神の奇跡】の【癒し】に近いが、【祝福】は神に祈る必要すらない。

本人に、常に【癒し】がかかっているようなものだ。

ただし、実際には【癒し】ほど劇的な効果ではない。

それでも普通ではあり得ないほど早く傷が癒えるし、【祝福】の効果はそれだけとは限らない。

他にもいくつかの効果を授けられている聖者・聖女がいる。

ちなみに、聖者は男性で聖女が女性。

性別の区別なく【祝福】を授けられた者を〝聖人〟ということもある。

教会の儀式にも〝祝福〟を授けるというものがあるが、これは本来の【祝福】を模倣したものだ。

遥か昔には高位の司教の中に、【祝福】に似た効果を授けることのできた者がいたらしいが、現在では行える者は一人もいない。

ただ形だけを真似た儀式となっている。

聖者・聖女の多くは修道士や助祭位だが、彼らは教会の規則に縛られない特殊な存在だ。

例えば教会の位階や序列などは「人の世で、人が定めた」ものであるが、聖者・聖女は「神が認め、神が定めた」存在だ。

彼らには、教皇であっても何かを命じることはできない。

ただ、聖者・聖女と言っても霞を食べて暮らしているわけではない。人の世で、人としての営みを普通に行う。

そのため教会は聖者・聖女を認定し、保護する。

聖者・聖女も教会に協力し、神の教えを広める手伝いをする。

そうした関係が築き上げられていた。


その新たな聖女が、サーベンジールの大聖堂を訪問したいと言い出した。

サーベンジールの大聖堂は国内第三の街にあるだけあって、荘厳で美しい。

これ以上のものは、王都や国内第二の街にある大聖堂くらいだ。

光神教の信者であれば、一度くらいは訪れておきたいと思うのは普通のこと。

王都や国内第二の街に行くにはかなりの日数がかかるが、ルーンサームからサーベンジールであれば三日ほどで着く。

新たに認定された聖女が、当時まだ九歳の子供だったこともあり、妥当な選択だと言えた。

その頃はワグナーレもまだ大司教として着任したばかりであったが、聖女の訪問を拒む理由はない。

聖女からの手紙を受け取った時、「仕事が一つ増えたな」くらいにしか思っていなかった。

ところが、この聖女の訪問に『待った』をかけた者がいる。

ルーンサームの司教だ。

司教は聖女がまだ幼いこと、また認定されて日が浅いことなどを理由に、訪問の中止を申し入れてきた。

正直、そんなのは理由にはなっておらず、ただのこじつけでしかない。

司教がいくら横槍を入れようと、聖女が「行く」と言えば止められる者は誰もいない。

教皇ですら、聖女の行動を止める権利はないのだから。

だが、この新たな聖女は子供ながら、なかなかに聡明だったようだ。

行きたいとは思いつつも、司教にも配慮した。

結果、サーベンジール行きは決定事項だが、時期は未定という状態で棚上げになった。

以後「訪問はいつだ、さっさと決めろ」と問い合わせるワグナーレと、「現在調整中」と躱すルーンサームの司教の、楽しくない文通が始まったのだった。


「夏か……」

ワグナーレはルーンサームからの封書に目を通し、呟く。

執務机の前では、カラレバスが不安そうな顔で、封書を読むワグナーレを待っていた。

「あちらは何と？」

「夏に聖女を寄越すと言ってきた」

「夏、ですか？　それはまた急な」

「早ければ三カ月後だが、遅ければ半年だ。火の月のいつ、とまでは書いていないのでな。そこまで急というわけではない」

「しかし、聖女様のご訪問ともなれば、領主様にも相談しないわけにはいきません」

カラレバスが渋い顔になる。

半年前に会って以来、すっかり領主が苦手になってしまったようだ。

「領主には私の方から説明に行く。官所にも担当の官吏を置いてもらわんと困るからな」

聖女の訪問だ。相当な人数が、近隣領からも押しかけると予想される。

教会内だけの調整で済む話ではない。

「……ですが、どうして急に聖女様の訪問を認めたのでしょうか？」

カラレバスが怪訝な顔をした。

訪問に『待った』をかけた理由も分からないが、いきなり認めた理由もよく分からない。

「新たな聖女だが、なかなかに芯の強いお嬢さんだそうだ」

「そうなのですか？」

ワグナーレは背もたれに寄りかかり、可笑しそうに笑った。

「元々『待った』をかけたこと自体、大した理由などないのだよ。あの司教は、聖女の影響力を利用しようとしていただけでな。まずはしっかりと手懐け、それから聖女を使って自分の地位を高めようとしただけだ」

その話を聞き、カラレバスがまた渋い顔をする。

権力欲の薄いカラレバスには、あまりに露骨な司教のやり方が受け入れ難いのだろう。

「ところがこのお嬢さん、手懐けるどころかまったく懐こうとしない。司教が与える飴も鞭もどこ吹く風。……元々聖者や聖女はどこか浮世離れしたところがあるらしいが、今度の聖女はとびっきりだという話だ」

「そ、そうなのですか？」

ワグナーレの話を聞いて、カラレバスの顔が青くなる。

そのとびっきりが、数か月後にサーベンジール《ここ》に来るのだ。

つい恐ろしい未来が浮かんでしまったのだろう。

「頭のいいお嬢さんでな。そんな司教の思惑も見透かしていたようだ。最初は司教にも配慮して訪問を延期したが、最近は『いつ行かせるんだ』と顔を合わせるたびに言っていたようだぞ。さぞ、うんざりしていただろうな…………お互いに」

「はぁ～……」

カラレバスが感心したように息を吐く。

「……猊下は、どうやってそのような情報を？」

「顔が広いだけだ。いろんな場所に赴任したのでな」

これは半分本当で、半分嘘だ。

確かにワグナーレは多くの場所に赴任したが、それだけで自然と情報が集まるわけではない。

情報網を作り上げたのだ、意図的に。


かつてワグナーレが尊敬し、慕っていた司祭が罠に嵌められた。

次の司教にと目されていたその司祭は、ライバルに嵌められ左遷させられてしまったのだ。

どれほど真面目に、真摯に教えを守っても、汚《けが》れた手に捕まり引きずり落とされることがある。

そのことを、ワグナーレに思い知らせた事件だった。
せめてもの救いは、その司祭が左遷先でそれなりに楽しくやっていることか。
だが、ワグナーレは許すことができなかった。
真剣に神々の教えと向き合う者が、心無い者に足を掬われる。
だから集めることにしたのだ。情報を。弱みを。
自らに忍び寄る、汚れた手を踏み潰し、粉砕するために――。

第36話　魔法学院幼年部の開始

土の月が終わり、水の月に替わった。

今日は水の1の月、1の週の月の日。

元の世界でいうところの新年度、最初の平日といったところか。

暦の上では、昨日から春ということになっている。

ミカが入寮してから数日が経ち、ついに待ちに待った魔法学院が始まる日である。

やはり平屋の建物が学院の校舎だったようで、今日は朝食を食べたらすぐに校舎に行くことになっていた。

長すぎるローブの袖とズボンの裾を折り返し、メサーライトに授業で必要になると教えてもらったペンとインク、紙の束を入れた雑嚢を手に部屋を出る。

ちなみに雑嚢も含めて、すべて街で買ってきた物だ。

同室のメサーライトがサーベンジールの街のことにも詳しく、教えてもらった店を回って必要な物を揃えておいた。

インクが意外に高くて一瓶で三千ラーツ（銀貨三枚）、紙はＡ４用紙五枚で二百ラーツ（大銅貨二枚）、小さめの雑嚢が千五百ラーツ（銀貨一枚と大銅貨五枚）。

合計で四千七百ラーツの出費。

ニネティアナが言っていた通り、新生活にはそれなりにお金がかかるようだ。

「お、準備できたみたいだね。それじゃ行こうか」

廊下に出ると、ミカの支度が終わるのを待っていたメサーライトと階段を下りた。

寮の玄関に着くと、寮母のトリレンスが「いってらっしゃい。頑張るんだよ」と声をかけてくる。

トリレンスに見送られ、メサーライトと並んで校舎に向かった。

とはいっても、魔法学院の校舎は目と鼻の先だ。

寮の玄関から校舎の入り口まで、ほんの五十メートルほどしかない。

今年、魔法学院に入学する子供は七人いて、みんな入寮してから何となくの顔合わせだけはした。

寮の廊下で顔を合わせたらちょっと挨拶する程度のことで、ちゃんとした自己紹介みたいなのはなかった。

ミカも、「そんなもんか」とそのままでいた。

どうせこれから学院が始まれば、嫌でも毎日顔を合わせるのだ。

ちなみに入学者の内訳は、男の子がミカを入れて四人。女の子が三人だった。

ミカたちの教室は校舎に入って右側、いくつか並んだ扉の二番目だった。

どうやら、その奥の部屋は二年生が使っているらしい。

教室には、女の子三人がすでに来ていた。

残りの男の子二人はまだのようだ。

制服に男女の違いはほとんどなく、違いといえばズボンかスカートか、くらいだった。

しばらくすると残りの二人も来て、それに続いて教師らしき男女もやって来た。

「私はダグニー、こちらがナポロ先生。これからの二年間、みなさんの指導をする先生です。何かあれば、私たちに相談してください」

教卓の前に立って、二人の教師が軽く挨拶をする。

ダグニーは五十代前半、焦げ茶色の髪をした神経質そうな女性。

ナポロは四十代半ば、青い髪をした優しそうな男性。

この二人がこれから二年間、ミカたちに【神の奇跡】を教える教師らしい。

ダグニーがナポロに目配せすると、ナポロが子供たちにブレスレットを渡していく。

「このブレスレットは魔法学院の学院生である証です。肌身離さず身に着けておくように。外すのは、魔法学院を修了した時だと思ってください」

そう言って、その場でブレスレットを着けさせる。

ブレスレットはプラチナのような美しい光沢があり、プレートに「レーヴタイン領　魔法学院」と書かれていた。

全員にブレスレットを着けさせると、教室を出て隣の部屋に移るように指示をされる。

次は学院生の自己紹介か？　と勝手にどきどきしていたが、そんなものはなかった。

その部屋は教室と同じぐらいの広さ。ただ、椅子の数は多いが、机は少ない。

部屋の後ろに前後で五個ずつ、横二列に椅子が並び、部屋の前の方に机が二つ、少し離して置かれていた。

ミカたちは後ろの席に座らされ、先生たちが手袋をして机の上に何かを準備し始めた。

机に準備されたのは、ミカにも何となく見覚えがある物だった。

薄汚れた緑色の鼎《かなえ》のような物の上に、メロン大の水晶が置かれた。

（魔力量の測定に使う水晶だっけ？）

よく考えるまでもなく、ミカは魔力量の測定で使う水晶が、どういう風に使われるのか分かっていない。

水晶に手を触れるのは知っているが、それでどうなるのかを見たことがないのだ。

（一年前は反応なし。半年前は目隠しされてたからな）

水晶を使って、どんな反応が出るのかちょっと楽しみになった。

「はい、それではポルナード君、前に来て」

最初の一人が名前を呼ばれて前に出る。

ポルナードと呼ばれた男の子は、何やらオドオドしている。

何となくの印象で、そのオドオドした姿がネズミなどの小動物を思わせる。

「みなさん魔力量の測定は一年振りですね。これから数か月に一度測定しますから、自分の魔力がどのように変化していくか憶えておくように」

ダグニーは子供たち全員に聞こえるように伝え、ポルナードに水晶の上に手を置くよう指示する。

ポルナードが自信なさげに恐るおそる水晶に手を置くと、水晶の色が赤く変わった。

赤くはなったが、トマトのような鮮やかな赤というよりは、もう少し黒ずんだ赤。

魔力の測定というのは、色で測るのだろうか？　若しくは、光量か？

ダグニーとナポロが揃って水晶を確認し、何やらメモを取っている。

ミカはそんな様子を黙って見ていると、次にメサーライトが呼ばれた。

メサーライトが水晶に触れると、再び赤く色が変わる。

ただし、今度は先程よりも明るい赤をしている。

次に、ムールトという身体の大きいガキ大将みたいな男の子が呼ばれた。

結果はポルナードと同じような黒ずんだ赤だった。

男子の最後にミカが呼ばれたが、ミカは少し不安を感じていた。

ミカは、自分がこの水晶を反応させたところを見たことがない。

一応半年前に測定され、その結果で学院に呼ばれたのだから規定量を超えているだろうと予想はできるのだが、それはあくまで予想だ。

これで水晶が反応しなかったらどんなことになるのか、考えたくもなかった。

（頼むぞ、おい）

緊張しいのミカは内心ハラハラドキドキしながらも、表情だけは興味なさげに素知らぬ顔を決め込んでいた。

ミカが左手を水晶に置くと、水晶は薄い黄色に変わった。

「まあ……」

「ほぅ……これは」

ダグニーとナポロが揃って声を上げた。

ミカもこれまでと色が違うことに驚くが、あくまで無表情を貫く。

（何で色が違うんだよ！　良いのか悪いのか判断つかないんだから、みんなと一緒にしてくれよ！）

ミカが手を引っ込めると、ダグニーがにっこりとミカに笑いかける。

「入学時でこれだけの魔力を持ってるなんて素晴らしいわ、ミカ君。なかなか多い魔力を持っているようですね」

ミカは返事の代わりに、軽く会釈して席に戻る。

「すごいじゃないか、ミカ」

メサーライトが小声で話しかけてくる。

「あくまで『今は』ってだけだろ？」

余裕ぶって答えるが、ミカは内心ガッツポーズを作り雄叫びを上げていた。

（よぉぉぉ――――――し！　何とかなったっ!!）

ミカにとって、魔力の規定量をクリアすることは悲願だった。

先に学院入学の方が決まってしまったが、元々はこれを目標に様々な試行錯誤を繰り返したのだ。

ゲロを吐き、ぶっ倒れ、火傷も負った。

今では魔法の習得も実現したが、やはり目標を達成したことは素直に喜びたい。

（……でも、なかなか多いってのもちょっと微妙だな。ここ半年は魔法を使いまくって、かなり魔力量が増えてるはずなんだが）

ミカは学院の入学が決定してから、村で伐採作業の手伝いをしていた。

切り株を取り除くために〝土壁《アースウォール》〟を使い、魔力が減れば〝吸収《アブソーブ》〟で回復。

そんなことを繰り返し、すでに〝土壁《アースウォール》〟すら一日に十回以上使える。〝吸収《アブソーブ》〟での回復なしで、だ。

そんなミカですら「なかなか多い」程度の評価ということは、もしかしたら半年前の測定では本当にギリギリだったのかもしれない。

（これ、魔力球だったら本当に一万個作っても合格ラインに達しなかった可能性が高いんじゃないか？　どんだけ要求レベル高いんだよ）

安堵と同時に冷や汗が出る。

もしも工場の火災がなく、ちまちま魔法を使っていただけなら、九歳の測定でも落とされていたかもしれない。

ミカがそんなことを考えているうちに、魔力量の測定は女の子に替わった。

チャールと呼ばれた長い髪の、前髪で鼻まで隠れている女の子は黒っぽい赤。

気の強そうな、ツェシーリアという子は明るい赤だった。

最後にリムリーシェが呼ばれ、俯き気味に前に出る。

ボサボサ頭は最初に見た時より少しマシにはなったが、前に出ることすら緊張するのか、心なしか青い顔をしている。

（……大丈夫か、この子？）

なんか、このまま倒れるんじゃないか、と見ている方がハラハラする。

リムリーシェはダグニーに促されて、水晶に手を置く。

「っ……!?」

「なっ！」

ダグニーとナポロが絶句していた。

驚きに目を見開き、その美しい澄んだ青に染まった水晶を見ていた。

しばらくしても、二人は水晶を凝視したまま動かない。

その様子に、部屋にいた子供たちが少し騒めき出す。

「青だ……」

「あの子、青いんだ」

「……青ってすごいの？」

状況がよく分からない子供たちは、何だろう？と小声で話を始める。

「……どうしたんだろうね？」

「さあ？」

メサーライトに聞かれるが、当然ミカにもよく分からない。

良くて絶句しているのか、悪くて絶句しているのか。

リムリーシェは、教師二人が固まってしまったために動けずにいた。

何も言われないので手を引っ込めることもできず、俯いていた姿勢がさらに縮こまる。

「リ、リムリーシェさん。ありがとう、もう大丈夫ですよ。あなたはとても多くの魔力に恵まれたのね。大変素晴らしいわ」

子供たちの騒めきに気づき、ダグニーがリムリーシェに声をかける。

リムリーシェは恥ずかしそうに顔を真っ赤にして席に戻って行った。

「今日測った結果を、みんなよく憶えておいてください。これはあくまで今のあなたたちの魔力量です。これからの二年間で、どんどん変わっていく子もいますからね。特に、ミカ君」

急にミカの名前が呼ばれ、どきりとする。

「今の時点でミカ君くらい魔力量の多い子は稀です。ですが、それに慢心せずに修行に励んでください。とても優れた魔法士になれる可能性がありますが、それもミカ君の頑張り次第ですからね」

ミカは黙って頷く。

「……それと、リムリーシェさん」

リムリーシェはダグニーに名前を呼ばれ、ピクリと身体を震わせる。

「あなたほど魔力に恵まれた子は初めて見ました。とても素晴らしい才能です。あなたは頑張れば、王国で随一の魔法士になれるかもしれませんよ。よく励んでくださいね。先生たちも、あなたへの支援を惜しみません」

リムリーシェはみんなに注目されたことが恥ずかしいのか、ますます赤くなる。

だが、ダグニーに褒められたことが嬉しかったのか、口元が少し綻んでいるようだった。


魔力量の測定は、赤から黄を経由して青になる。

七人の子供の結果から、そう見当をつけた。

赤よりも黄色の方が魔力量が多く、黄色よりも青の方が魔力量が多い。

ダグニーの話を総合すると、どうやらそういうことのようだ。

（つーか、そういう情報は先に教えろよな……）

学院が始まってすぐに測定をすることになったが、予め基礎知識を与えておいて欲しいと思う。

そして、一通り魔力量の測定が終わったら、今度は魔力を感じる力を試すことになった。

おそらく教会でラディにやってもらった〝あれ〟だ。

手を重ねて、魔力を送るやつ。

ナポロが測定の水晶を片付け、その間にダグニーが別の水晶を準備する。

（学院では、水晶を使って試すんだ？）

ラディは自分の魔力を送って試していたが、学院《ここ》ではそのための水晶があるようだ。

箱の上にビリヤードの球ほどの水晶を六個置き、その水晶の上にメロンくらいの水晶を置く。

「それではポルナード君、こっちに来て」

ダグニーに呼ばれたポルナードが前に出る。

「この水晶に手を置いて、魔力を感じたら反対の手を挙げてください」

そうして魔力を感じる力を試すことになったが、結果は芳しくなかった。

ポルナードも含め、ミカの前の三人は全滅。誰も手を挙げなかった。

（そんなに難しいのか……？）

ついにミカの番がやってきたが、ミカも不安になってきた。

ラディに似たようなことをしてもらってはいるが、ラディのテストが簡単だった可能性がある。

ラディがミカに送った魔力よりも遥かに少ない場合、どこまで感知することができるだろうか？

「…………〝制限解除《リミッターオフ》〟」

ミカは誰にも聞こえないように、小さく呟いた。

魔力を感じる力を測るのなら、自分の中の魔力は動きやすくしておいた方がいいだろう。

「はい、それでは水晶に手を置いてください」

ダグニーに言われ、ミカはメロン大の水晶に左手を置く。

ダグニーは水晶を置いた箱の中に手を入れた。おそらく中で、何か操作ができるのだろう。

「魔力を感じたら、水晶に置いた手と反対の手を挙げてください」

そうダグニーが言ったと同時に、ミカの耳に微かにキィ――……ンという澄んだ音が聞こえた。

左手からも弱い波紋のような魔力の揺らぎを感じ、ミカはすぐに右手を挙げる。

「？　どうしました？　何か質問？」

ダグニーがミカに聞く。

その間も、音も波紋も続いていた。

「いえ、魔力を感じたので」

「え？」

ダグニーがぽかんとした顔をする。

そんなダグニーを見て、今度はミカがぽかんとする。

（感知する力を試してるんだろ？　なんでそこで呆けるんだよ）

意味が分からない。自分で試しておいて、何を言っているのだろうか。

「ちょ、ちょっと待ってね。一度手を離してもらえる？」

言われた通り、水晶から手を離す。

それからダグニーは箱の中で何かをごそごそやり、再び手を置くように指示する。

「はい、それじゃ行きますよ」

そうダグニーは言うが、なかなか魔力を感じない。

十秒ほど待って、ようやく音と波紋を感じた。

ミカが手を挙げると、ダグニーはやっぱり驚いた顔をする。

そして、すぐに魔力を感じなくなった。

魔力を感じなくなったので、ミカは右手を下ろす。

するとダグニーはナポロの下に行って、何やら耳打ちする。

「…………い……う……」

「……ええ……」

「…………よ…………いい……」

何やら、教師二人でこそこそ話をしている。

（……おい、不安になるんだからそういうのを子供の前でやるんじゃないよ！　ほんとにお前ら教師か!?）

何というか、教師のレベルが低すぎる。

教育に対しての考え方が、根本的に違うのだろう。

果たして、この世界に教育学や教育論というものは存在するのだろうか？

文化水準の差が、こんな所にも表れるとは思いもしなかった。

教師二人の話が終わったのか、ダグニーと一緒にナポロもやって来た。

「何度も悪いねミカ君。今度は私が操作するから、もう一度いいかな？」

そう言って、今度はナポロが箱の中でごそごそやりだした。

「はい、いいよ。手を置いて」

ミカは素直に手を置く。

ナポロはそれ以上何も言わず、そのままたっぷり三十秒は待たされた。

そして、魔力を感じたので右手を挙げると、ナポロが「ふぅー……」と溜息をつく。

（……お前ら、ほんと、教師辞めろ）

ミカは、ちょっとキレかけていた。

いくら何でも、この二人の態度はちょっと酷すぎる。

ミカは自分の中で怒りが膨らんでいくのを感じて、落ち着け……落ち着け……と自分に言い聞かせる。

「ミカ君の魔力を感じる力は、ちょっとここでは測定できないね」

ナポロがそんなことを言った。

（あ!?）

何を言い出すのかと、ミカは冷めた目でナポロを見る。

（測定できないも何も、今やっただろうが）

何を言っているのだろうか。

せっかく鎮めた怒りが、再び膨らみそうになる。

「魔法具を起動しただけで、その魔力を感じてしまうなんて聞いたこともないよ。君は本当に感じる力が高いね」

　ナポロが苦笑する。

（……ん？　どゆこと？）

　ちょっと風向きが変わって来た。

「この魔法具を動かすのにも、魔力が使われているのだけどね。どうやら君は、その魔力すら感じ取ってしまうようなんだ。確かにこの魔法具は多めに魔力を必要とするけど、普通は感じられるようなものではないんだ」

　そう言って、ナポロはダグニーの方を見る。

「先生の言う通り、ミカ君については最小の魔力を感知することができたとして扱いましょう」

　ナポロの言葉に、ダグニーが頷く。

「はい、それではミカ君は戻っていいよ。お待たせ。次はチャールさんかな」

　ミカは首を捻り、頭の中に？マークを沢山浮かべながら席に戻った。

　子供たちの視線が、ミカに集中しているのを感じる。

「ミカ、魔力を感じたって本当？」

「ん？　ああ、感じたよ」

　メサーライトが小声で話しかけてくる。

「魔力ってどんな感じなんだい？」

「え？」

　メサーライトは魔力を感じたことがないのだろうか？

教会で試してもらった時には感じられなかったのか？

そこまで考えて、ようやくミカは気づいた。

（そうか。ここにいる子供は七歳の測定での確定組だから、教会の儀式をやってないんだ）

教会の求める〝癒し手候補〟は七歳の測定で漏れた子供だ。

魔法学院入りが確定していたここの子供たちは、そもそも条件から外れている。

ミカのように教会の儀式を受けながら、領地の魔法学院に来る方が特殊だった。

「ちょっと説明は難しいけど……、僕は楽しいと思うよ」

「……楽しい？」

よく分からないような顔をしたメサーライトに、ミカは笑ってみせる。

（あの高揚感は是非、前知識なしで味わってもらいたいね）

ネタバレ容認派のミカではあるが、だからといってそれを人に押し付けたりはしない。

メサーライトがどんな反応を示すか、ちょっと楽しみになってきたミカだった。


結局、ミカの他には誰も魔力を感知できた子はおらず、ミカ一人だけという結果に終わった。

ただ、これが普通らしく、初日から魔力を感知できる子というのは、いなくて当たり前なのだそうだ。

その後は教室に戻って今後の授業の簡単な説明を聞き、昼休みになった。

寮に戻って昼食を摂り、自室に戻ると運動着に着替える。

どうやら、魔法学院では午前が座学や魔法の訓練、午後は運動という流れらしい。

(毎日体育があるのかよ……)

学生の頃、別に体育が嫌いだったわけではないが、さすがに毎日はちょっとつらい。

だが、学院《ここ》の教育計画《カリキュラム》ではそう定められているらしい。

諦めてミカは運動着に着替える。

「上はどうする？」

メサーライトに長袖長ズボンをどうするか聞く。

春になったばかりだが、最近は結構暖かい。

「着てくよ。暑ければ脱げばいいんだし」

ミカもそうすることにした。

水袋も持ってくるように指示されているので肩に提げ、部屋を出る。

寮を出ると、みんな長袖長ズボンを着ていた。

グラウンドには一周八百メートルはありそうな大きなトラックがあり、午後はそこに集合となった。

少し離れた所に学院の二年生も集合している。

どうやら、午後に運動するのは二年生になっても変わらないらしい。

そして、そこから何をしたかというと…………歩いた。

少し速めにだが、ただ歩いただけだった。

とにかくグラウンドのトラックをぐるぐるぐるぐる、ひたすら歩く。

二年生はどこかに行ってしまい何をしているのか分からないが、ミカたちは延々と歩かされた。

列を乱すなとかの煩いことは言われないが、とにかく歩く。

喉が渇けば持ってきた水袋でいつでも水分補給をしてもいいのだが、止まることだけは許されなかった。

一定のペースで三時間。先頭にナポロ、最後尾にダグニーがついてノンストップで歩かされる。

暑ければ脱げばいいや、と長袖長ズボンを着てきたことを心底後悔した。

脱ごうとすると最後尾を歩くダグニーから注意を受け、脱ぐことが許されなかったのだ。

だらだらと流れ落ちる汗を拭いながら、ミカはこの世界に来たばかりのことを思い出した。

どっちに進めば良いのか分からず、ひたすら歩き続けた死の行進《デスマーチ》。

三時間後、ナポロの「ここまで！」という声と同時に全員がその場にぶっ倒れた。

「夕食は疲れて食欲がなくても、無理矢理にでも食べなさい。明日が余計につらくなる。以上だ、解散」

死屍累々のような七人の子供たちを残し、ダグニーとナポロは無情にも校舎に戻って行く。

介抱したり、励ましたりもしない。

（………なるほど、……だから軍所属なのか……）

兵の仕事は歩くこと。

歩けない兵は役に立たない。

そんな言葉があるくらい、兵士というのは長距離を歩く。

魔法学院に入ると領主軍の準軍属になる意味を、何となく理解した気がする。

ミカは大の字になったまま、そんなことを考えていた。


校舎に戻りながら、ナポロはグラウンドをちらりと振り返った。

「今年は、泣き出してしまう子がいなくて良かったですね」

前を歩くダグニーに話しかけるが、ダグニーは何も言わない。

毎年、初日は途中で歩くのをやめてしまう子供がいたりする。

歩き慣れていない子供にとっては、普段歩くよりも速いペースで「とにかく歩け」と言われるのも、かなりの苦痛だ。

そうすると、家に帰りたい、と泣いて訴える子供も中にはいた。

そうした子供を、時に励まし、時に厳しく指導し、一人前の魔法士としての土台を作り上げるのが教師の役目だった。

「今年は、魔力の豊富な子が二人もいますし。リムリーシェさんは言うまでもなく、初日からミカ君くらい魔力を持っている子も初めてですよ。特にミカ君は、魔力を感じる力も飛び抜けていますからね。ああした子は伸びますよ。実に楽しみだ」

そう、笑って話すナポロに、ダグニーはそっと溜息をつく。

「その二人を、伸ばすも潰すも私たち次第ですよ」

「ええ、もちろん分かっています」

ダグニーの苦言に、ナポロは明るい声で返す。

校舎に着くとダグニーは、グラウンドを見て、それからナポロを見る。

「とはいえ、相手は子供です。ほどほどになさい」

「ええ、ほどほどに」

ナポロはニコリと笑顔を作ると、ダグニーに続き校舎に入っていった。

第37話　猿山のボス猿

魔法学院二日目。

昨日は疲れた身体に鞭を打って、みんなで励まし合いながら何とか寮に帰った。

覚悟も心の準備もなく、いきなりあんな行進をやらされれば精も根も尽き果てるというものだ。

さすがに「まだ身体が出来ていない子供に何てことするんだ」と思わなくもないが、全員が脱落することなく歩き切ったことを考えれば、限界を見極めた上でのことなのだろう。

ガキ大将のムールトだけは他の子供たちよりも身体が大きいこともあり、体力があるようだ。

少し休んだだけで、一人でさっさと帰ってしまった。

残りの子供たちはすぐには動けず、しばらく休んでから何とか寮に帰ることができた。

そして二日目の午前の魔力訓練も終わり、これから午後の運動の時間。

「また、あれかな……」

「そうなんじゃないかな。はぁ～……」

ミカがメサーライトに声をかけると、ため息交じりに返事が返ってきた。

足腰だけでなく、背中の方にかけてまで筋肉痛がひどい。

じきに慣れるとは思うが、それまでを想像すると憂鬱になってしまう。

「さすがに上は着ていかないだろう？」

「さすがに、ね」

今日もそこそこ暖かい。

もしも昨日と同じ行進だった場合、着ていったら酷いことになりそうだ。

寮を出てグラウンドに向かうと、ミカの目の前には信じられない光景が広がっていた。

「…………なん、だとっ……⁉」

ミカは目を見開き、我が目を疑った。

ミカの前には、すでに運動着に着替えグラウンドに向かう女の子たちの後ろ姿。

その後ろ姿に、ミカは見覚えがあった。

数十年前、久橋律がまだ子供だった頃。学校の運動着といえばこれだった。

男子の短パン、女子の――――。

（……ブルマー、だと⁉）

この世界に、なぜこんな物があるのか。

あまりにも謎だった。

（……時空が、歪んでいるのか⁉）

厨二病の発作が起きた。

その〝場違いな存在《オーパーツ》〟と〝既視感《デジャヴュ》〟に、ミカは眩暈を覚える。

「どうしたんだい、ミカ？」

「…………いや、何でもない」

ミカの、ただならぬ様子に気づいたメサーライトが声をかけてくる。

痛む頭を押さえ、ミカはとりあえずグラウンドに向かう。

（〝異世界《どこ》〟行っても為政者は変態ばっかりか！　何考えてんだ馬鹿野郎がっ!!）

どんな経緯で開発され、採用されたのかは知らないが、関係者全員に正座させて小一時間問い詰めたい気分だった。

いったいどんな意図があって、子供にこんな格好をさせているのか、と。

「みんなも今日は上を着ないで来たんだ」

「また昨日みたいなのじゃ大変だからね。でも、これは足が出過ぎてちょっと困るよ」

メサーライトが気の強そうな女の子に話しかける。

確か、ツェシーリアと言ったか。

ツェシーリアは足の付け根までしかないブルマーを、少し気にしているようだった。

リムリーシェとチャールは少し離れた所で、手で足を隠すようにしている。

そんな一コマがありながらも、午後の運動の時間が始まる。

そして、やることは昨日と同じ。ひたすら歩くことだった。

ナポロが授業の始めに宣言したのだが、しばらくはこの「歩く」というのが続くらしい。

とにかく歩くことに慣れないことには話にならず、他ができないのだという。

慣れてくれれば次の授業内容に進むが、今はとにかく歩くことに慣れるようにと言われた。

（歩くのに慣れたら、今度は走れって言われる未来しか思い浮かばないんだけど……）

嫌な予感を抱きつつ、ミカは歩き始めるのだった。

◇　◇　◇

魔法学院に入学して、初めての土の日。

今日は午前の魔力訓練のみで、午後は休みだ。

「あ――、午後の運動がないだけでこんなに嬉しいなんて！」

「あはは、ミカは大袈裟だよ」

「でも、気持ちは分かるよー。あたしも週末が待ち遠しかったもの」

午前の魔力訓練も終わり、ミカが身体を伸ばしながら言うと、メサーライトとツェシーリアが話に乗ってくる。

一週間の学院生活を通じ、よく話をするようになったのは、このツェシーリアだ。

ツェシーリアは姉御肌というか、サバサバした性格で話しやすい。

ツェシーリアを通じて他の女の子とも多少は話をするが、恥ずかしいのかあまり話が続かない。

ドンッ！

ミカたちが話をしていると、教室の後ろで大きな物音がした。

何事かと振り返ると、そこには仁王立ちのムールトと尻もちをついたポルナード。

「……俺の言うことが聞けねえのか？　あ?」

ムールトがポルナードを見下ろし、睨みつけていた。

何やら、喧嘩が始まったようだ。

……いや、喧嘩ではないだろう。ムールトが一方的にポルナードを痛めつけているだけだ。

（こうなるような気はしてたけどね……）

学院が始まって以来、女の子とはツェシーリアを介して一応の会話ができていたが、男の子の方はまったくできなかった。

その原因がムールトだ。

ミカが挨拶をしても、「フン」と鼻であしらう。

寮で同室のポルナードにも何か吹き込んでいるのか、オドオドしながらムールトに従っていた。

ミカも気にはかけていたのだが、二人が寮の同室ではどうしても限界がある。

勝手に邪推して「二人の部屋を分けた方がいい」などと言うわけにもいかず、心配していたのだ。

教室にはまだみんな残っていたが、全員がびっくりして固まっている。

ミカは溜息をついて、ポルナードの傍に行く。

「大丈夫?」

腕を引っ張り、ポルナードを起こす。

ミカよりは大きいが、ポルナードも小柄なので何とか起こすことができた。

（喧嘩ならともかく、こうなった以上は見過ごすことはできないな）

所詮は子供がふざけ合っているだけと何も手を打たず、最悪の結果を招いたニュースを何度も見てきた。テレビで見ていただけのミカでさえ、そのあまりに無責任な教師や学校の言い分に怒りを覚えたものだ。

ポルナードを起こしたところで、不意にミカの肩が摑まれ引っ張られる。

ゴッ！

そして顔面に強い衝撃を受けた。

「「キャア――――――ッ！」」

一瞬何が起きたのか分からなかったが、すぐに気づく。

（このクソガキ！　俺まで殴りやがったな……！）

足がおぼつかずバランスを崩しかけるが、踏ん張って倒れることだけは免れる。

ミカの身長はこの教室で一番小さい。女の子を含めてもだ。

一方、ムールトは教室では一番身体が大きく、ミカとはほぼ頭一個分違う。

体格《フィジカル》の差は圧倒的だった。

「何勝手なことしてんだ、てめえ。引っ込んでろ」

ミカは膝に手をついたまま頭を一つ振り、意識をはっきりさせる。

下唇がズキリと痛み、手の甲で拭うと血が付いていた。

頭が沸騰するどころか、心が氷点下まで冷え込むのが自分でも分かった。

「…………〝制限解除《リミッターオフ》〟」

痛む唇に手を添え、小さく呟く。

ミカが睨みながら近づくと、ムールトが左手で胸倉を掴んだ。

ミカは胸倉を掴んだその手を両手で掴み、全身を捻るようにして内側に捻りこむ。

抵抗されるとはまったく考えていなかったのか、ムールトの手はあっさりミカの胸倉を放した。

ミカは体重も使ってムールトを引き込むと、ガラ空きの脇腹に掌底を打ち込む。

小さく「〝突風《ブラスト》〟」と呟き、これまで使ったことのない威力の〝突風《ブラスト》〟を、打撃《インパクト》の瞬間に一瞬だけ叩き込む。

斜め下からの、突き上げるような一撃。

その〝突風《ブラスト》〟の作用は、ミカにも及ぶ。

斜め下に押し付けるような衝撃を、ミカは足を踏ん張って耐える。

一方のムールトは、斜め上に押し上げるような衝撃に身体が宙に浮き、そのまま三メートルほど吹き飛んだ。

「「「キャァ――――ッ！」」」

再び教室に悲鳴が上がり、ムールトはそのまま廊下まで転がる。

廊下の壁に勢いよくぶつかり、ムールトの身体はようやく止まった。

「…………グッ……て、てめえ……っ！」

ムールトは、床に手をついて何とか起き上がろうとしている。

「おい！　何をやってるんだっ！」

そこにナポロがやってきて、倒れたムールトを起こしながらミカを見る。

明らかに殴られた痕のあるミカを見て、ナポロは溜息をついた。

「ムールト君とミカ君、二人とも来なさい。ムールト君、立てるかい？」

ムールトは悔しそうにミカを睨みながら、ナポロの手を借りずに何とか立ち上がる。

そこにダグニーも合流して、教員室で事情聴取されることになった。


たっぷり二時間説教を食らい、少しげんなりしつつ教室に戻る。

教室は校舎に入って右側にあるが、教員室は左側の奥の方にあった。

ミカとムールトは説教を受けている間、ずっと黙っていた。

喧嘩の原因をダグニーにしつこく聞かれたが、ミカとムールトのはただの喧嘩だ。

言うほどのものではない。

そして、ミカはムールトとポルナードのことも言うつもりはなかった。

言っても無駄だからだ。

もしここでミカがポルナードのことを話し、寮の部屋を分けたところでまったく解決にならない。

ムールトが隠れてポルナードを呼び出したりすれば、ミカではフォローしきれない。

結局、ムールトをどうにかするしかないのだ。

ミカは教室で自分の雑嚢を手に取り、どうしたものかと考えていた。

「……てめえ、後で憶えてろよ」

ミカが振り返ると、ムールトがすごい形相でミカを睨み、凄んでいた。

相当頭にきているようだった。

そんなムールトを見て、ミカはにっこりと笑顔を作る。

「お礼は気にしなくていいよ」

笑うと下唇がズキリと痛むが、ミカは努めて明るく言った。

一瞬、何を言ってるのか理解できないムールトは呆気に取られた顔をするが、すぐにまたミカを睨む。

「てめえ……、ふざけてんのか!?　何わけ分かんねえこと言ってんだ？　ぶっ殺すぞ！」

「……分からない？」

ミカの目が、スッと冷える。

その表情の変化にムールトは一瞬怯むが、またすぐに睨んでくる。

「僕たちは、ここに何しに来た？」

「ぁあ？」

ミカの問いに、ムールトは怪訝そうな顔をする。

質問の意図が分からないのもそうだが、きっとこれまでムールトに睨まれて平然としている子供などいなかったのだろう。

まったく意に介さないミカの態度が、ムールトには少々不気味だったのだ。

「魔法学院に、何しに来たかってことだよ」

「ぁあん？　【神の奇跡】を憶えるために決まってんだろ」

ミカは、その答えに満足したように、またにっこりと微笑む。

「そう、僕たちはそのために来たんだ。……人を殺す術《すべ》を得るためにね」

「………は？　……お前、何言ってんだ？」

ミカの言葉、そして態度が、ムールトの想像し得る範囲を超えてしまったようだ。不気味な物を見るかのように、ムールトは思わず後退《あとずさ》る。

「国を守るため、領地を守るため、民を守るため。そんなお題目に大して意味はないよ。目的がどれほどご立派だろうが、僕たちに求められるのは、僕たちがこれから手に入れるものは……人を殺す術だ。暴力装置として、正常に機能するためのね」

エックトレーム王国に、レーヴタイン侯爵領に、手を出せば相応の報いがあるぞ、と相手に示すための分かりやすい脅威。

そして実際に争いが起これば、敵を蹂躙し、圧倒的な力で排除する暴力の権化。

それが〝魔法士〟という存在だと、ミカは考えていた。

ミカは左手を握り、ムールトに向けてゆっくり突き出す。

「ちょっと腕力が強い、喧嘩が強い。そんなものはここじゃまったくの無意味だ」

そう言ってミカは屈託のない笑顔を見せる。

「数カ月もしてみな？　クラスにいるみんな、女の子も含めて全員が、君を殺せる力を持ってるかもね」

魔法学院《こ》の教育計画《カリキユラム》は知らないが、そのうち【神の奇跡】とやらを教わることになるだろう。

そうなれば、身体的な能力の差などは些細なことになる。考慮するにも値しないほどに。

大砲の打ち合いに、火を点ける係の体格差など意味はない。

ムールトは一瞬顔をしかめ、何かを考えているようだった。

「………………【神の奇跡】を、授業以外で使うことは禁止されてるぞ」

「殴るのは禁止されていないとでも？　さっきまで、あれだけ説教されたのにもう忘れた？」

ムールトの反論に、つまらなそうに言い返す。

「今はまだ、殴って言うことを聞かせられるかもね。たとえ【神の奇跡】を使えるようになっても、それで誰かを傷つけようなんてみんな思わないだろう。今はね？」

ミカは手にしていた雑嚢を机に置く。

「ポルナードも、今は君のことを苦手に思っても、それで君にやり返そうなんて思わないんじゃないかな。僕や君と違ってね」

そう言って、冷たい目でムールトを射貫く。

左手をゆっくりと横に伸ばし、手のひらを上に向ける。

「でも、このまま続ければ苦手は嫌悪に変わって、嫌悪は憎悪に変わる。殴られた痛みが恨みになれば、憎悪はいつしか殺意に変わる」

音にならないくらい小さく「〝制限解除《リミッターオフ》〟、〝火球《ファイアボール》〟」と呟き、手のひらの上に〝火球《ファイアボール》〟を作り出す。

「なっ!?」

ムールトは驚愕に目を見開く。

ミカは、直径で一メートルはある巨大な〝火球《ファイアボール》〟を作り出した。

ただし、熱エネルギーの操作で火力は最低に抑えている。

それでも数百度はあるので、実はミカもちょっと熱い。

まあ、こんなのは実際の威力より見た目のハッタリがすべてだ。

教室や自分に被害が出ない範囲で、少し大きめに作ってやった。

「こんなのが、いつ飛んでくるか分からない学院生活を送りたい？」

そう言って〝火球《ファイアボール》〟をゆっくりとムールトの方に移動させる。

ムールトが数歩後退るのを見て、〝火球《ファイアボール》〟を消した。

「同室の相手が自分に殺意を持ってるなんて、僕なら怖くて逃げ出すね。君が呑気に寝てる時、飯食ってる時、湯場で頭洗ってる時、もしかしたら相手は君を狙ってるかもしれないよ？」

ミカは机に置いた雑嚢を持ち直し、肩にかける。

ムールトは、まだ驚きで固まっていた。

「別にみんな仲良くなんて言う気はないよ。ただ、気に入らない相手なら関わらないようにすればいい。わざわざ恨まれるようなことをすることはないよ」

ゆっくりと歩き、ムールトの横に並ぶ。

声を抑え、冷えた言葉を投げかける。

「殺すだの殺されるだの、そんなのは学院を修了してからで十分だろう？　慌てなくたって、僕たちはそういう世界で生きることになるんだ」

ムールトは苦し気に、呻くように息を漏らした。

「せめて学院にいる間くらいは、平和にいかないか？」

じゃ、と手を振りムールトの横を通り過ぎる。

そのまま動けないムールトを置き去りにして、ミカは教室から出た。

校舎を出て、寮に向かってててくてく歩く。

（……俺の方が恨まれちゃうかな？　まあ、そうなったらそうなった時だけど。圧倒的な力の差を見せても敵対するなら、もう心を折るしかないよね。…………て、俺も大概大人げないな）

八歳の子供相手にどうやってトラウマを植え付けるかを考えようとして、思いとどまるミカなのだった。


「ミカ！　大丈夫だった!?」

寮の部屋に戻ると、メサーライトが落ち着かない様子で部屋の中をウロウロしていた。

「めっちゃ怒られた」

「当たり前だよ！　いや、そっちもだけど、ムールト君の方は……」

メサーライトは、ミカがムールトに何かされるんじゃないかと心配しているようだった。

「ムールトとは教室で少し話してきたよ。これで分かってくれるといいんだけど」

ミカは切れた下唇を軽く舐める。

微かな血の味と、鋭い痛みを感じた。

くそっ、こんな目立つ所じゃ癒しの魔法が使えないじゃないか。

「そんなことより！　昼飯食い損ねた！」

ミカは両腕を上げて、がぁ――――っと吠える。

寮の昼食の時間は決まっていて、実は説教の最中ずっと気になっていたのだ。

終わる気配のない説教により、間に合わないと分かると、心の中でそっと泣いていたのだった。

今日はもう授業がないので外に食べに行くこともできるが、ミカはまだ自分で稼ぐ方法を見つけていない。

こんなことで無駄使いするのは気が引けた。

「そう言うと思ったよ」

メサーライトが、笑いながら机の上の包みをミカに渡す。

包みの中には、パンが二つ入っていた。寮の食堂のパンだ。

「取っておいてくれたの⁉」

「他のはちょっと持ってこられなくて、それだけなんだけどね」

「ありがとう、心の友よ！」

どこかのガキ大将のようなこと言い、ミカはパンにかぶりつく。

かなりパサパサのパンだが、この世界ではこれが標準的なパンではある。

水袋で口の中の水分を補充しながら、むしゃむしゃと食べる。

「……ミカは強いんだね。驚いたよ」

メサーライトがそんなこと言い出した。

ミカは口の中をパンに占領され、返事ができない。

「もしかして、喧嘩とか慣れてる？　あ、何か習ってるとか？」

ミカは急いで口の中のパンを飲み込む。

「んぐ…………そんなのやってないよ。喧嘩もしたことないし」

……たぶん。

ミカ少年の記憶を探っても、殴り合いの喧嘩のような記憶はなかった。

元の世界にいた時も、殴ったり殴られたりのような喧嘩はほとんどない。

…………子供の頃って、ちょっとしたことで喧嘩になるようなことも無きにしも非ず？

まあ、その程度の経験だ。

「それにしてはすごくなかった？　ムールト君が手を出したと思ったら、なんか吹っ飛んでてさ。あれ、身体浮いてたよね？」

「あ、あははは……」

〝突風《ブラスト》〟はやり過ぎだっただろうか？

ただ、圧倒的に体格《フィジカル》に差がある以上、ミカとしては手段を選んでいられなかった。

仲裁に入ったミカをいきなり殴りつけるとは思わなかったが、これは完全にミカの油断であり判断ミスだ。

ただ、その後の『胸倉を掴まれる』は想定していた状態の一つだった。

だから動けた。動画通りに。

（……まさか、動画サイトの武術とか護身術が役に立つ日が来るとは思わなかったよ）

あるゲームのキャラクターが使う武術があり、それは実在する武術だった。

そうした動画を何となく観ていると、『あなたにお勧め』と関連する動画がいろいろ出てくる。

格闘技の試合や鍛錬方法の説明だったりと、様々な動画が出てくるのだが、その中に護身術なども よくあった。

一般人でもトラブルに巻き込まれることはあり、そうした時にありがちなシチュエーションとして、「胸倉を摑まれる」「手首を摑まれる」などが、その対処法とともに紹介されるのだ。

(世の中おっかねえからなあ。こういうことは、普通にあり得るかもなー)

と、結構観ていたのだ。

酎ハイ片手に。柿の種を摘まみながら。


だが、こうして直接対峙してしまった以上は、ミカとしても後には引けない。

群れを形成する動物は数多くいるが、その群れの性質はボスに強く影響される。

もしもムールトが教室で君臨してしまったら、今後の二年間は非常に息苦しいものになるだろう。

犬や猿じゃないんだから、と思わなくもないが、所詮は人間も群れを成す動物。

ムールトの支配に異議があるなら、自分が支配するしかない。

少しでもみんなが自由でいられるように、ミカが君臨し続けるしかないのだ。

はぁー……、と思わず溜息が出る。

(猿山のボス猿かよ。たく、余計なことしやがって)

痛む下唇にそっと手を触れ、ミカは顔をしかめるのだった。

第38話 冒険者ギルド

サーベンジールに来て、初めての休日。

ミカは朝から街の大通りを歩いていた。

学院が始まるまでの数日間も少しは街に出て買い物をしていたが、その時は必要な物を買うだけだった。

今後のことも考えて、とりあえず中央広場から西側の大通りだけは把握しておこうと思ったのだ。

サーベンジールの街には、大通りと呼ばれる道が二本ある。

南北に貫くように敷かれた大通りと、東西に横断する大通りの二本だ。

その二本の大通りが交わる場所が中央広場で、街の中央よりはやや北に寄った位置にある。

東西に横断する大通り自体が、街のやや北寄りを通っているからだ。

街の広さは南北に五キロメートル、東西に四キロメートル。

つまり中央広場から西側の大通りだけでも二キロメートルくらいある。

また、魔法学院が北西の端に位置することもあり、まず大通りに着くだけでも二キロメートルくらい歩かなければならない。

「……さすがに遠すぎる。車じゃなくても、せめて自転車が欲しい」

寮から大通りまで二キロメートル、大通りの往復で四キロメートル、大通りから寮まで帰るのに二キロメートル。

単純計算でも八キロメートルの散歩である。

考えるだけでもうんざりするが、仕事を探すにも何をするにも、まずは自分の活動範囲を決めなくてはならない。

街全体を把握するのはいきなりは無理なので、とりあえず近場だけでもと考えてやってきたのだが……。

「これでも、まだ西側の大通りの半分くらいだろ？　もう帰りたくなってきたんだけど……」

ミカは制服のシャツの襟元を開き、ぱたぱたと扇ぐ。

さすがに長距離を歩くことが分かっているので、ローブはなしだ。

ミカは制服を外出着、運動着を部屋着としても使っていた。

大通りには人が溢れ、歩くだけでも苦労する。

とても街並みを見る余裕がない。

目的は歩くことではなく、街を把握することだというのに。

「ニネティアナは、月が替われば人の多さも落ち着くようなこと言ってたけど……。今のところは変わった感じはしないいな」

思わず溜息が出る。

ミカは身長のこともあり、大通り全体をざっと眺めるといったこともできない。

目の前にある店しか見えないのだ。

いい加減、人の多さにうんざりしながらとぼとぼ歩くと、目の前に見覚えのある看板があった。

横を向いたフルフェイスの兜に、地に突き刺した剣のような絵。

「あれ？　これって……」

その看板の建物はとても大きく、五階建ての立派な建物だった。

ミカが出入り口からひょいっと中を覗くと、一階と二階が吹き抜けになった広いフロア。

建物の中にはあまり人がいない。

四～五人の集団が五組ほどいるが、中が広いため閑散とした印象を受ける。

右の壁の掲示板にはべたべたと紙が張られ、それを眺めている四組の集団。

奥には長いカウンターがあり、一組はカウンターの女性と何か話をしている。

左側にはバーカウンターのような物も見える。

「……これが、冒険者ギルド？」

コトンテッセの冒険者ギルドは、外から見ただけで顔をしかめたくなるような場末感があったが、
サーベンジールのギルドはとても立派だった。

ゴミが散らかっていることもないし、内装自体の品も良い。

入りにくくなるような、心理的抵抗が働く要素がまったく見当たらない。

ミカは周りをきょろきょろと見る。こちらに注意を向けている人はいないようだ。

少しだけ考え、ミカはちょっと入ってみることにした。

中に入ってみると、板張りの床が綺麗に磨かれていることに気づく。

さすがに年季が入っているのか傷だらけだが、しっかり掃除もされているようでピカピカだ。

というか、これはちょっと不自然なほどにピカピカだった。

まるでワックスでも塗っているかのように。

奥のカウンターでは、お揃いの制服を着た女性が忙しそうに仕事をしている。

そのカウンターに、さきほど右の壁にある掲示板を見ていた集団の一組がやってきた。

カウンターにいた女性が一人、その集団の対応をしている。

そんな様子を少し眺め、ミカは右の壁に行ってみることにした。

「……ランクD、さばくかめ、いし……の採集、十個以上。報酬二万ラーツ。……ランクC、がらくさ？　の討伐、五体以上、報酬一体につき一万ラーツ、六体目から一体につき二千ラーツのボーナス……」

ミカは掲示板を眺め、とりあえず目についた内容を読んでみた。

掲示板に張られた手配書のような物は、クエスト依頼のようだ。

そうして一つずつ依頼の内容を読んでいると、横に誰かが来た。

ミカが振り向くと、ボリューミーでウエーブのかかった、豪奢な金髪のお姉さんが微笑んで立っていた。

気の強そうな吊り上がった眉と大きくぱっちりとした目で、髪を縦巻きロールにしたら高飛車なお嬢様役にぴったりな印象だ。

……いや、このままでもぴったりな気がしてきた。

そのお姉さんはカウンターにいる女性たちと同じ、お揃いの制服を着ている。

おそらくギルドの職員なのだろう。……ちょっとそうは見えないけど。

「どうしたのかな？　誰かと一緒に来たの？」

見た目の印象とは裏腹に、お姉さんは優しくミカに尋ねる。

どうやら、子供が迷い込んだのか、誰かの連れなのかを確認に来たらしい。

「ここ、冒険者ギルドですよね？」

「ええ、そうよ」

「冒険者登録をしたいんですが」

以前ニネティアナに教えてもらったことを思い出し、とりあえず言ってみる。

お姉さんはびっくりしたような顔をして、それから困った顔になる。

「えーと、あのね、冒険者って、とっても危ないお仕事なの。興味があるのかもしれないけど、もう少し大きくなって――――」

「特に年齢の制限があるとは聞いたことがないんですが。何歳ならいいんですか？」

「え？　ええ、確かに年齢の制限はないのだけど……。貴女みたいな可愛らしい女の子がするようなーーーー」

「女の子ではありませんし、話を聞いて冒険者の実情についても多少は知っているつもりです。大変さも、危険さも」

「え、えーと……」

お姉さんは本当に困ってしまったようで、片手を頬に添え次の言葉が出てこない。

この様子では、このまま門前払いされる可能性が高そうなので、吉と出るか凶と出るか分からないが、出せる手札をすべて出すことにする。

「僕は魔法学院の学院生です。親元を離れているので、自分で稼ぐ手段を考えているところです。できれば冒険者の仕事をやりたいのですが、僕にできる依頼はありませんか？」

ミカが左手のブレスレットを見せると、お姉さんは目を丸くして驚く。

もはや声も出ないといった感じだった。

ミカが「お姉さん？」と声をかけるまで、しばらく固まっていた。


ミカはカウンターの中に通され、椅子に座っていた。

目の前には、先程のお姉さんの上役という、口髭をきっちり整えた渋いおじさんが座っている。

本当はカウンター越しに話をしようとしたのだが、ミカの身長が低すぎて話がしにくかったのだ。

そのために、急遽椅子を用意しての特別処置だ。

「ふーむ……、まあ事情は分かった」

渋いおじさんに面談され、ミカはとりあえず聞かれたことに答えていった。

といっても、それほど込み入った話をしたわけではない。

学院に入るために村から出て来て、働こうにも時間が門限で制限されている。

実質、週末しか自由になる時間がないので、冒険者の依頼で何かやれることがないか。

そんなところだ。

「いい加減な仕事をしないのであれば、特にこちらからは何も言うことはないよ。ただ、簡単な依頼といっても危険はゼロではないし、運が悪ければ死ぬこともある。それを承知でみんな冒険者をやっているので、君が子供だからといって配慮されることもない」

渋いおじさんの説明に、ミカは黙って頷く。

「駆け出しの冒険者が重傷を負ったり、命を落としたりする理由の大半が、魔獣や魔物との不意の遭遇だ。……奴らが、子供だからと見逃してくれると思うかね？」

「いえ。むしろ張り切って襲ってくるでしょう。楽な獲物が見つかった、と」

「ははは、まあ張り切るかどうかは分からんが、魔獣や魔物からしたら大人も子供も関係ない。ただの餌だ。だから、覚悟も何もない子供が冒険者登録をしようとする時は、とりあえず説得して考え直すようにしているんだがね」

渋いおじさんが、先程のお姉さんに合図を送る。

「覚悟があるならやってみたまえ。ただし、命を落とす覚悟だけはしっかりな」

真剣な目でミカを見る。

「不思議なもので、なぜか命を落とす覚悟のない者から死んでいく。新米は特にな。……多分、自分が命を落とすと考えていないから、準備が甘いのだろう。君がそんなことにならないことを祈っているよ」

そう言って、渋いおじさんは立ち上がる。

金髪もっさりのお姉さんと二言三言話をすると、そのまま奥の部屋に行ってしまう。

ミカは、その背中に「ありがとうございました」と声をかけた。

「……本当にやるの？」

お姉さんが心配そうな顔で聞いてくる。

「はい、お願いします！」

ミカは晴れ晴れと、張り切って答えた。

（やった！　これで、ついに俺も冒険者だ！）

これまで、ただ夢想していただけの冒険者に自分がなれる。

期待と高揚感で、ミカは雄叫びを上げたいくらいの気分だった。


「はい、これが貴方のギルドカードよ」

お姉さんが、カウンター越しにカードを渡してくれた。

ミカはカードを手にし、思わずにやけそうになる。

カードは、ニネティアナのカードと同じで膨らんでいる部分があり、チェーンも付いていた。

手続き自体は、確かにニネティアナが言っていたとおり簡単なものだった。

用紙に名前や年齢、出身地と現在の連絡先などを書いて、水晶に手を置くように言われたので、手を置いたらそれで終わり。

後はカードができるのを待つだけだった。

「じゃあ、詳しい説明をしていくわね」

「はい、お願いします」

それから、クエストの受注や報酬の受け取りなどの説明が始まった。

冒険者はギルドに来て、掲示板の依頼書を確認。

そして、受注したい依頼書を受付に持って行く。基本的には早い者勝ちだ。

ただし、受注の早い者勝ちではなく、達成の早い者勝ちというクエストもある。

こういうクエストは依頼書を受付に持って行ってもいいが、すぐに受付の人が掲示板に張り直す。

なので、そういう達成の早い者勝ちのクエストの場合は、受付に声をかけるだけでいいそうだ。

なぜ受付に声をかけるかというと、現在いくつのパーティーがそのクエストに挑んでいるのかをギルドが把握するためだ。

依頼を受けたいけど、すでに挑んでいるパーティーが多いようなら諦めて次を探す。

冒険者がそういった判断をするためにも、ギルドではクエストを受注する場合は、受付に声をかけるように求めている。

声をかければ、すでにいくつのパーティーが受注しています、と教えてもくれるそうだ。

また、必ずしも受付に声をかけなければクエストを受注できないかというと、そうでもない。

例えば、偶発的に遭遇《エンカウント》した魔獣を倒したとして、その魔獣に討伐依頼が出ていたとする。

しかも、すでに別のパーティーが受注していた。

この場合の扱いはどうなるか?

別に難しいことは何もなく、単純に倒した冒険者が達成したことになる。

こうした偶発的なバッティングは普通に起こるし、それはみんな分かっている。

わざと横取りするのはマナー違反だし、あまり露骨にやるとギルドとしての懲罰の対象になる。

なので、普通は受付に受注を報告するし、偶発的なバッティングなどは運がなかったと諦める。

そういうことになっているようだ。

もちろん、ミカがそんな競争率の高いクエストを受注できるわけがない。

今のミカが受けられる現実的なクエストは、所謂〝定額クエスト〟と言われるものだ。

これは、常に一定の需要が見込める、採集系のクエストをそう呼ぶらしい。

一定量の指定された草や鉱石などを持ち込むと、定額でギルドが買い取ってくれる。

状態の悪い物は買取を拒否されたりもするらしいが、採集できる場所もある程度決まっており、いくらになるのか予想も立てやすい。

特にサーベンジールのすぐ北にある湖周辺での採集は比較的安全なため、最初はそういうのをやった方がいい、とギルドのお姉さんもお勧めだ。

というか、「お願いだから、最初は無理しないでこういうのからやっていこう？　ね？　ね？」と懇願された。

まあ、どうせFランクで受注できるクエストなど大してないので、ミカとしてもこれには特に異論はなかった。

こうした定額クエストでもちゃんとランク昇格の判断材料になるようで、最初はそれで十分だと思えた。

そして、次はクエストのキャンセルだ。

一度受注したが、自分には困難で達成できない。

そうしたクエストは、受付に言ってキャンセルすることができる。

ただ、その場合はきついお叱りを受ける。また、場合によってはお叱りだけでは済まないこともある。

早い者勝ちで受注しておいて「やっぱりできません」では、その冒険者だけでなくギルドの信用もガタ落ちになる。

そのため、ギルドでは報酬を持ち出しで上乗せしてでも、腕のいい冒険者にクエストを振り直して迅速に達成してもらう。

そして、キャンセルした冒険者には罰金や降格なども含めて、重い罰《ペナルティ》が科せられる。

その冒険者が受注しなければ、他の冒険者がとっくに達成していたかもしれないからだ。

また、その冒険者が依頼を達成できずに抱えていた期間に、事態が悪化していることもある。

そのため、キャンセルというのは非常に重くギルドに受け止められる。

ただ、キャンセルのすべてをダメと言っているわけでもない。

パーティーメンバーの死傷により、これまでなら問題なかったレベルのクエストに失敗することもある。

そもそもクエストに設定されたランクでは困難な場合もある。これは依頼者、若しくはギルドの確認ミスということになる。

そうした事情なども鑑みて、処分や対応をギルドは決めているのだという。

そして、ギルドカードの説明になった。

「このカードは本人専用で、個人の魔力を登録しているの。他の人が使おうとしても使えないから、落としたり失くしたりしても大丈夫よ。有料だけど再発行もできるから、どこかに落としたからって、危険な場所に取りに戻る必要もないわ」

なるほど。

とんでもなく危険なダンジョンの攻略に挑んで、街に戻ったらカードがない。

そんな事態になっても、絶望しないで済むらしい。

「クエスト報酬をカードにプールしておけば、大きな街のお店なら大抵は支払いに対応してるわね。ただ、小さい町とかだと対応していない所もあるから、多少の現金は持っていた方がいいわ」

これが、ニネティアナの言っていた「路頭に迷う」という機能だろう。

「パーティーを組んだら、お金はなるべく分散させた方がいいんですよね」

「そう。聞いたことがあるのね？　この前もそれで大騒ぎしてた人がいるから、本当に気をつけてね。冒険者なら、常にいろんなことに備えておかないと」

お姉さんが、真面目な顔をして注意してくる。

まあ、ソロでやってる分にはあまり関係のない話だ。

「いくらまでプールできるんですか？」

「貴方のカードなら、百万ラーツまでプールできるわよ」

百万ラーツということは、大金貨一枚分だ。

どんなに頑張っても、入りきらないという事態はそうそう起こらないだろう。

「僕のカードはってことは、他にもカードに種類があるんですか？」

「ランクが上がって、Cランクになるとカードの更新をするのよ。いろいろ機能が強化されるんだけど、プールできる報酬の金額も増えるわ。ただし、更新の時に保証金として三十万ラーツが必要になるけど」

「さん、じゅ……!?　え、保証金で……？」

驚くミカを、お姉さんは優しい目で見ていた。

まだ君には関係ない話だけどね、とその目が語っている。

「……ちなみに、いくらプールできるようになるんですか？」

「ふふふ、いくらかしらね？」

なぜか内緒にされた。

ミカをからかえて、お姉さんはちょっと楽しそうだ。

お姉さんはもっさり金髪をかき上げながら説明を続ける。

「銀行とギルドカードを連携させることもできるのだけど、そうなるとプールできる金額は契約次第よ。パーティー全員が一生遊んで暮らせるような金額だって入れられるわ」

なんか、想像もつかない話になってきた。

「銀行と連携もできるんですね」

「できるにはできるけど、貴方にはまだ早いかなあ。なにせ、保証金に最低でも百万ラーツが必要だから」

もはや、途方もなさ過ぎて、わけが分からなくなってきた。

ミカに関係のない話は横に置いて、とりあえず必要な確認をしていこう。

「プールしたお金は、引き出すことはできるんですか？」

「ええ、貴方のカードならすべての冒険者ギルドで引き出すことが可能よ。もしも銀行と連携させれば、ギルドだけじゃなくて、銀行でも引き出せるようになるわ」

どこのギルドでも引き出せるなら、それなりに安心して入れておける。

「それじゃあ、次は魔獣や魔物の魔力についてね」

「魔獣や魔物の魔力？」

魔獣や魔物が高い魔力を持っていることは、ニネティアナに聞いたことがある。

だが、お姉さんの話はまったく違う内容だった。

「魔獣なんかを倒すと、カードのここに魔力が貯められていくの」

そう言って、カードの膨らんでいる箇所を指さす。

魔石が入っていると言っていた場所だ。

「その魔力は、ギルドでカードを出した時に回収させてもらうの」

「回収……？」

なんか、よく分からない話が出てきた。

ミカは何度も聞き直したりして、何とか理解するように努める。

つまりは、こういうことらしい。

冒険者が魔獣を倒すと、その魔獣の持っている魔力がカードに貯められていく。

これは、止《とど》めを刺した者が総取りになる。

例えば、十体の魔獣がいる。

十人がかりで魔獣を攻撃し、すべての魔獣の止《とど》めをミカが広範囲の魔法で刺したとしよう。

そうすると、すべての魔獣の魔力はミカの総取りだ。

逆に、ミカが開幕で魔法をぶっ放して全体にダメージを与え、十人が一体ずつ止めを刺したとする。

この場合は十人に一体ずつの魔力が貯められることになる。

あくまで、止めを刺した者のカードに貯えられるという仕組みらしい。

なぜそんなことができるのかは謎だが、そういうものだと受け入れる。

そして、その魔力はギルドが有料で回収する。

こう聞くとこちらがお金を払うような感じだが、実際はギルドが買い取るということだ。

小型の魔獣では五～六体倒しても銅貨一枚程度らしいが、大型の魔獣なら一体で金貨一枚以上の魔力を回収した例もあるらしい。

討伐の報酬にプラスして、金貨一枚で魔力を買い取ってもらえた、という話になる。

案外馬鹿にできない収入だ。

「魔獣や魔物も一体一体魔力に個体差があるのだけど、種族とかを特定できるパターンがあるの」

お姉さんがまた、よく分からない話を始めた。

ミカが、よく分かりませんとポカンとした表情をすると、お姉さんが苦笑する。

きっと、お姉さんにはミカの頭の上に浮かぶ「?」のマークが見えていることだろう。

「例えば貴方がクエストで森に行って、何体かの魔獣に遭遇、倒したとするわね?」

ミカは頷く。

「ギルドでカードを出せば、倒した魔獣の種類、頭数が回収した魔力で分かるの」

「おお？」

「魔獣討伐の証明にもなるから、カードは失くさないようにしてね。再発行はできても、貯めた魔力まで分かるわけじゃないから」

「分かりました」

ミカは素直に頷いた。

「ただ、分かるのはこれまでに倒した実績のある魔獣や魔物だけだから、新種なんかの場合は『不明』ってことになるの」

「新種？」

「これまで倒されたどの魔獣の魔力とも特徴が一致しなければ、新種ってことで聴取させてもらうことがあるわ。どんな魔獣だったか。特徴や、分かれば弱点なんかも貴重な情報よね」

「なるほど」

「もし、そういうことがあった場合、できるだけ協力してもらえると助かるわ。その情報が誰かの命を救うことになるかもしれないからね」

確かに、新種でまったく情報がないよりは、多少でも手がかりがあった方が助かるだろう。

まあ、たまたま遭遇して、たまたま勝てたってだけじゃ、情報の信頼性は乏しいかもしれないが。

それでも、少しでも多くの情報を積み重ねることが大事ってことなのだろう。

「あと、魔力を貯められるのは魔獣だけだから、討伐対象が野生の動物とかだと証拠は自分で持ち帰る必要があるわ。そういうのは依頼書にちゃんと書いてあるから、しっかり読むようにね。魔獣が対象だとしても、依頼主が魔獣の身体を持ち帰ることを条件にしていることもあるし」

「どちらにしろ、しっかり依頼内容を確認する必要があるということですね」

「そう。依頼書に特に記載がなければ、魔獣や獣とかの身体は討伐した冒険者の物だから、ギルドに持ち込んで買い取ってもらう人もいるわ」

お姉さんはカウンターの下から一枚の紙を取り出して、ミカに渡す。

「一応、説明はこんなところだけど、後は定額クエストのリストを渡しておくわね」

リストを見ると、採集する植物や鉱石の絵が描かれている。

名前と特徴、買い取りに必要な数量や重量、買い取り金額、採集できる場所まで書かれている。

「冒険者登録した人、みんなに渡すことになってるの。参考にしてね。……それと最後に！」

お姉さんがカウンターから身を乗り出して、ずいっとミカの顔を見る。

「絶対に無理しちゃだめよ！　絶対によ！」

真剣な顔で、ミカに念を押す。

ミカは姿勢を正し、こくんと頷いた。


ギルドのお姉さんに近くの武器屋や防具屋、道具屋などの場所を教わった。

ニネティアナがギルド近くの店なら、そう悪くない選択だと言っていたので、とりあえず参考に見学してみることにしたのだ。

今日の当初の予定からは大幅に狂うが、武器屋などの場所の把握も、一応は大通りを散歩する目的の一つではあった。

すぐ近くにある武器屋に、まずは入ってみる。

狭い店内に、所狭しと置かれた武器の数々。

見ているだけで、その無骨さと物量に圧倒される気分だ。

ミカは所謂コンバットナイフのような物を探してみたが、一番安い物でも三万ラーツ、大銀貨三枚だった。

とても手が出ない。

(……ナイフ一本買えないとは)

ミカはがっくりと項垂れる。

ナイフを使いこなせるわけではないが、サバイバルではナイフ一本あるかないかで難度は桁違いに変わる。

念のために、ナイフの一本くらいは持っていけるなら持っていきたい、と考えていたのだ。

(手当が月に五千ラーツ。何もしなければナイフ一本手に入れるのに半年もかかる)

やはり、最初は少し無理してでも定額クエストを頑張って、稼ぐ必要がありそうだ。

ミカは一通りぐるっと店内を見て回り、あまりの高額さに溜息しか出なかった。

カウンターの奥に飾ってあった長剣と大剣は、百万ラーツと二百万ラーツ。

大金貨が必要な武器など、いったいどんな人が買っているのだろうか?

次に隣の防具屋に入ってみるが、こちらもバカ高い。

カウンターの奥に飾ってあった二つのフルプレートアーマーの値段が、百万ラーツと五百万ラーツ。

ニネティアナが使っていたような革の胸当てと手甲でさえ、五万ラーツと三万ラーツ。

今のミカが最低揃えたいと思っていた装備、ナイフ、胸当て、手甲だけでも合計で十一万ラーツかかる。

次に道具屋に行くと、回復薬《ポーション》が置いてあった。

魔獣襲撃の時、キフロドが自警団員に渡していたのと同じ物だ。

値段は三千ラーツ、銀貨三枚。

買おうと思えば買える値段だが、結構高い。

手持ちに余裕があるなら欲しいところだが、金欠の今はそれすら惜しい。

一応、ミカにも癒しの魔法があるので、必ずしも必要というわけではない。

とりあえず、道具屋も冷やかすだけで外に出た。

ちなみに、鑑定屋がこの道具屋の隣にある。

買取はギルドだけでなく、こういう所でも行っているらしい。

冒険者が日替わり定食を食べ、乗り合い馬車のボロ小屋で休む理由が、よく分かった一日だった。

第39話　初めてのクエスト

冒険者登録をした一週間後、ミカは採集系クエストの中でも、定額クエストと呼ばれるものに出掛けた。

この一週間で、ギルドのお姉さんから貰った定額クエストのリストから、今日採りに行く候補をいくつか絞り込んだ。

ミカは、サーベンジールの周辺であれば、リストにある草や鉱石の採集のすべてを試してみようと思っていた。

移動距離、採集の容易さ、買取金額、安全性など、これらを総合的に考えて、ミカにとって一番稼ぎやすい物を、実際に採集して決めようと思ったからだ。

今日の獲物はサーベンジールの北にある湖と、その西にある森で採集できる物、三種類に絞り込んだ。

サーベンジールの街のすぐ北には、大きな湖がある。

街を囲む街壁が北側にもあるが、この街壁は湖に接する形で作られている。

もしもサーベンジールの街に大軍が攻め込む場合、北側は諦めて他の三方向から攻めることになるだろう。

そうしたことも考えて領主の館が街の最北に建てられたのだと、採集場所の検討をしている時に気づいた。

朝早くに寮を出て、ミカは西門に向かっていた。

「……採集場所に行くのが面倒すぎるな」

街の外に出るには、街壁に設けられた三カ所の門のいずれかを使わなくてはならない。

ミカが初めてサーベンジールの街に入ったのが南門。

そして、東西を横断する大通りにあるのが西門と東門だ。

街の外に出るには、もっとも近くても寮から二キロメートル離れた大通りに出なくてはならない。

西門に着くとすでに門は開いていて、人や馬車の出入りが多少あった。

ミカは今日も学院の制服を着ている。もちろんローブなしだ。

荷物は肩に雑嚢をかけているだけ。この雑嚢は学院用に新しく買った物ではなく、家から着替えを持ってくるのに使ったやつだ。

今朝は朝食を一番に食べに行き、昼食用にパンを二つくすねて雑嚢に入れてきた。

くすねると言うと聞こえが悪いが、実際は山と積まれたパンを貰ってきただけだ。

寮の食事は、トレイに給仕のおばちゃんが副菜を山のようによそい、パンは好きなだけ取ることができるスタイルだ。

学院の方針として、食事は食べたいだけ食べろ、ということらしい。

魔法士を軍人として考えているなら、それも頷ける。

成長期の子供に毎日運動を強いて、栄養を十分に摂らせないのでは効果が薄い。

メサーライトが最初に量が多すぎると嘆いていたが、「食べることも仕事のうち」という考えなら、多少強引でも食べさせようとするのは理解できる。

ミカが門に入ると兵士が一人近づいて来る。

「おはよう、お嬢ちゃん。誰かと一緒じゃないのかい？　お父さんかお母さんは？」

またこのパターンか……。

ミカはこっそり溜息をついて、左手のブレスレットとギルドカードを見せる。

「魔法学院の学院生で、冒険者として採集に街を出るだけです。それと、お嬢ちゃんじゃありません」

兵士は驚いた顔をしてミカのブレスレットを凝視し、ギルドカードを手に取る。

「……これは驚いた。それはすまなかったね。採集は北の湖？」

ミカが頷くと、兵士はギルドカードを返す。

「そうか、気をつけて行ってくるんだよ。湖はまだいいが、森には入らないようにな。小型とはいえ魔獣が出るからね。……本当は湖も絶対安全ってわけじゃないんだが、あそこなら湖に入れば魔獣は追って来ないから。何かあれば湖の中に逃げなさい。それでもだめなら、運が悪かったと諦めるしかないんだけど」

兵士は心配そうにミカにアドバイスをくれる。

湖の中は絶対ではないが、比較的安全。いい情報を貰った。

「ありがとうございます。行ってきます」

ミカは兵士にお礼を行って街の外に出た。

門からは北西に向かって街道が延びていて、この街道の先に王都があるらしい。

もっとも、乗り合い馬車だと一週間以上かかるらしいが。

ミカは街道から外れて、街壁沿いに北に進む。

実は、今日の目的地である採集場所は、寮からの直線距離なら一キロメートルくらいだ。

だが、街を出るための門が限られているため、まずは寮から二キロメートル南下。

西門をくぐったら二キロメートル北上するという、とんでもない大回りを強いられているのだ。

心理的に、「採集場所に行くのが面倒」だと感じるのには、こうした理由もある。

街を囲う街壁沿いには、バラック街という難民たちが勝手に集まり、掘っ立て小屋のような物を建てた区域がいくつかある。

西門から北に向かう方向にはないが、南には行かない方がいいというアドバイスを、ギルドで受けている。

かなり治安が悪いらしく、街壁の外を見回る警備兵も、そこにはあまり立ち入らないらしい。


ミカは少し急いできたが、それでも湖岸に着くまでには、寮を出てから一時間以上もかかった。

朝早くに出て来たので時間の余裕はあるが、さすがにちょっと疲れた。

湖に着いたところで、少し休憩を取る。

湖はとても大きく、対岸が霞んで見えるようだった。

水は澄んでいて、飲み水にも利用できそうなくらいだ。

「すごい景色だなー。これは、夏には湖水浴ができるんじゃないか？」

海の家ならぬ、湖の家でも開業しようか？

そんなことを考えたら、焼きそばやラーメンが食べたくなった。

「あー、思い出すんじゃなかったぁー。あんなのもう絶対に食べられないのに……」

強いソースの匂いと味。

醤油のいい匂いが鼻の奥に蘇る。

「くぅ……っ、これがホームシックってやつか」

猛烈に日本の味が恋しくなった。

しばらく一人で悶え、思わず「はあ……」と溜息をつく。

「……諦めて、前を向くしかないんだけどな」

ミカはその場で、ググゥ……ッと身体を伸ばした。

気持ちを切り替えて、今日の目的を思い出す。

「まずは、モモリマ石だっけ」

湖岸によく落ちているというモモリマ石。

要は毬藻《マリモ》である。

実際に元の世界の毬藻と同じ物かは知らないが、ギルドで説明を受けた時、定額クエストの実物をいろいろ見せてもらった。

これを十個以上持ち込むと、一個あたり五十ラーツで買い取ってもらえる。

ただし、あまり小さいと買い取ってもらえず、大きければ少し高く買い取ってもらえるらしい。

なるべく大きい方が効率が良くなるというわけだ。

一時間ほどかけて、大き目のモモリマ石を二十三個見つけた。

「とりあえず、こんなもんでいっか」

寮母のトリレンスから貰ってきた、布製のボロ袋にモモリマ石を入れ、それから雑嚢に仕舞う。

数種類の採集をするつもりだったので、小分けするためにいらない袋があれば欲しいと言って貰ってきたのだ。

これで、おそらく一時間で千ラーツほど。

時給換算で千数百円以上と言える。

だが、ここまでの移動時間やその労力を考えると、決して割がいいとはいえなかった。

「ま、最初はこんなもんか」

何度も試さないと、効率の良い方法などはなかなか思いつかないだろう。

今日の目的は、とにかく試すこと。

とりあえずモモリマ石の採集を切り上げて、次の採集に向かうことにした。

モモリマ石を雑嚢に入れると、ずしりとした重さが肩にかかる。

精々二キログラム程度の重さのはずだが、ミカの身体にはこれがじわじわ効いてくる。

気合を入れ、湖岸を歩く。

三十分もしないうちに、湖岸に岩がゴロゴロしている場所に着いた。

次の採集場所がここだ。

湖の中にも岩が沢山転がっていて、ここに生える水草がギルドで買い取ってもらえる。

ラズラサ草と呼ばれる水草で、一キログラムで三百ラーツだ。

「うげ……」

岩と岩の間に、びっしりと生えている。

試しに掴んで引っ張ってみると、ごっそり繋がっている分が採れる。

ちょっと試しただけで数キログラム分はありそうだ。

「これ、水気が取れたら何グラムになるのかね？」

今は水をたっぷり含んでいるから重量があるが、段々と乾いていくはずだ。

「まあ、これが一キログラム以下になることはさすがにないか」

最低買取量さえ超えてくれれば、とりあえずはいいだろう。

貰ってきた布製のボロ袋にラズラサ草を入れる。

水に濡れて、びしゃびしゃの状態の水草を雑嚢の中に入れる気になれず、そのまま手で持っていくことにした。

「お、重い……」

多分、四～五キログラムある布袋を持って歩くのは、かなりつらかった。

ミカはモモリマ石を拾ったあたりに戻ってきて、それから森の近くに行く。

「ちょっと早いけど、昼にするかな」

ラズラサ草を手に持ってこれ以上歩く気になれず、一旦休憩することにした。

時間はまだ十一時にもなっていないと思うが、結構疲労感がある。

思った以上に、採集系クエストと言えども大変だった。

ミカは木陰に入り、そこで昼休憩にすることにした。


ミカは昼食用に持ってきたパンを食べると、森に入った。

森に入り百メートルくらいの所に、次の採集場所がある。

次に採集するのは枯実草《かれみそう》。

この草は小さな花を咲かせ実を生《な》らせるが、蕾が開いて実が生るまでたったの一晩らしい。

しかも、朝にはその実も乾いているため、いきなり枯れた実が生ったように見えたのだとか。

この実が百グラム、七百ラーツで買い取ってもらえる。

「これなら、百グラムくらいは簡単に集まりそうだな」

見るとあちこちにこの草があり、実も一本の草に一個というわけではない。

まとまって生えているのも多く、集めるのは簡単そうだ。

ミカは雑嚢からまだ使っていないボロ袋を取り出すと、荷物を置いて採集を始めた。

夢中になって集めると、一時間以上が経っているような気がした。

袋の中には数百グラムの枯実草が入っていて、とりあえずの採集なら十分な量といえる。

「これは結構効率が良さそうだな。今後の定額クエストの第一候補かも」

ミカは雑嚢に袋を入れ、身体を大きく伸ばす。

それほど無理な体勢だったわけではないが、やはり採集のためには身体を屈めたりすることも多い。少し強張った身体を伸ばしてやった。

身体を伸ばしたり捻ったりしていると、三十メートルほど先の茂みから、兎が飛び出してきた。

随分とでっぷりとした、薄茶色の大きな兎だ。

ミカに背を向け、小動物らしい小刻みの動きでしきりに周りを気にしている。

「あははは、でっか。フレミッシュジャイアントって言うんだっけ？」

やたらと大きい兎が、元の世界にもいた。

確かそんな種類の兎だった記憶があるが、あの兎が同じ種かどうかは分からない。

ただ、兎の後ろ姿の独特なフォルムに、つい頬が緩む。

ミカのそんな声が聞こえたのか、兎が機敏な動きで振り返る。

その瞬間、ミカは総毛立った。

兎のその顔、その目は、明らかに肉食獣のようであり、三つの目が爛々と赤く輝いている。

あの、アグ・ベアと同じように。

兎は、すごい勢いでミカに向かって走ってきた。

呆気に取られていたミカだったが、咄嗟に左手を前に突き出す。

「ス……、〝石弾《ストーンバレット》〟！」

ミカは〝石弾〟を兎に撃ち込もうとするが、魔力の動きが鈍い。

〝石弾〟が発現しなかった。

「えっ、なんで⁉　あっ、そ、そうだ、り、〝制限解除《リミッターオフ》〟！」

焦って何をすればいいのか、うまく思い浮かばない。

「〝石弾〟！」

十メートルほどに迫った兎に〝石弾〟を撃ち込むが、速度が大して出ない。

あっさりと躱されてしまう。

「〝石弾〟！〝石弾〟！〝石弾〟！〝石弾〟！〝石弾〟！！！」

滅茶苦茶に〝石弾〟を作って撃ち出すが、速度もなく威力がまったくない。

ミカは恐怖と焦りで、〝石弾〟をうまく撃ち出すことができなかった。

もはや兎はミカの〝石弾〟を躱そうともせず、そのまま突っ込んで来る。

ミカまであと二メートルの所で、兎が大きく跳躍する。

ミカの顔面に向かって飛び掛かって来たのだ。

「うわぁあ―――っ!?」

咄嗟に腕で顔を庇うが、兎はその大きな口を開きミカの右腕に噛みつく。

まるでトラバサミのような歯が、ミカの前腕部に食い込み、突き刺さる。

「あああぁぁああああああああぁっっっ！！！」

あまりの激痛に叫び声を上げる。

兎はその大きな身体を、ミカの腕にぶら下がりながら激しく動かす。

その重量を最大限に活かし、ミカの腕を食い千切ろうと。

重量と激しい動きにより、ミカの腕に突き刺さった鋭い歯がより深く肉を抉る。

ミカは重さに耐えきれず、思わず膝をついた。

「うあぁぁぁああああぁっ！」

もはや激痛と恐怖で何も考えられない。声を上げて泣き叫ぶ。

ミカはただ痛みに耐えるだけで、その小さな捕食者にほとんど何の抵抗もできなかった。

ミカの腕から流れる血で、兎の顔が赤く染まる。

ミカは目をギュッと閉じ、痛みに耐えながら必死に兎の巨体を押し返そうとした。

しかし、兎は激しく動き、抵抗する。

腕に突き刺さった歯は、胴体を押すことで余計に食い込む。

ミカが痛みに耐え、必死に兎の身体を押し返した時、不意にボンッと鈍い音がした。

その瞬間、兎の抵抗がなくなった。


しばらく兎の抵抗がなくなったことに気づかなかったミカだが、様子が変わったことに気づいて恐るおそる目を開けた。

すると、兎の身体の下半分が吹き飛んでいた。

ヒッと息を呑み、右腕に嚙みついたままの兎を見る。

目を見開き、赤いことは変わらないが、爛々とした輝きはなくなっていた。

どうやら、兎は死んでいるようだった。

何が起きたのか分からない。

だが、腕に嚙みついたままの兎がまた動き出すような気がして、ミカは痛みに耐えながら必死にその口をこじ開けた。

恐怖で強張る身体を無理矢理に動かして、兎の死骸から離れる。

右腕からはだらだらと血が流れ、痛みに気を失いそうだった。

ミカはハッ、ハッ、ハッと荒い呼吸を繰り返すだけで、何も考えられない。

兎の死骸から離れたのも、ただ恐ろしかった、それだけだ。

大きな木の根元に座り込み、その幹に寄りかかる。

しばらくは何も考えられなかったミカだが、少し落ち着いてくると悔しさがじわじわと込み上げてくる。

「……ぅ……う……」

身体の震えが止まらない。

「……ぅぅ……うっ……、ぅぁぁあああぁぁぁぁあああっっっ！！！」

吠えた。

ただ、吠えた。

「うあああああああああああぁぁああああああああぁぁぁぁああああああ――――っっっ！！！」

悔しくて、情けなくて、惨めで不甲斐なくて、怒りとまだ心の奥底に残る恐怖に、すべての感情が綯い交ぜになり、ただただ空に向かって吠えた。

そうして吠え続けることで、ほんの少しだけ頭の片隅で考えられるようになってきた。

ズキズキと、焼けるように痛む右腕を思い出す。

「…………治さ、ないと……」

今も血を流し続ける右腕に、泣きたい気持ちを抑え込んで立ち向かう。

ミカは木に手をついて立ち上がると、痛みに耐えながら右腕に力を入れ、拳を前に突き出す。

そうしてから〝水飛沫《ウォータースプラッシュ》〟で右腕を洗い流した。

「ぐぐぅぅうっ……！」

歯を喰いしばり、激痛に耐える。

一通り洗い流したところで、すぐにまた傷口から血が流れ出すが、とりあえず気休めでも洗い流しておきたかった。

「毒を持ってる種だったら、……終わりだな」

西門に着くまで二キロメートルある。

今は、あのクソ兎が毒を持っていないことを願うだけだ。

ミカは癒しの魔法を試す。

とにかく、傷口を塞がないことにはどうにもならない。

血の匂いに再び魔獣が寄って来る可能性があるので、すぐにここから離れたいが、傷を治さない限り意味はないだろう。

今は、とにかく傷口を塞ぐことが先決だ。

ミカはしゃがみ込んで目を瞑り、じっと右腕の治癒に集中する。

今魔獣に襲われたら、今度こそやられてしまうかもしれない。

焦る気持ちを抑え、癒しの魔法に集中して右腕の治癒に専念する。

そうして十分ほど経つと、腕の痛みがなくなった。

もう一度〝水飛沫《ウォータースプラッシュ》〟で右腕を洗い直すと、傷口はまったく見えなくなっていた。
捻ったり力を入れても痛みはない。
表面だけではなく、内部も修復されたようだ。
「……ここから、離れないと」
だが、どこに向かうのが最善だろうか。
そんなことを考えた時、自分の格好に気づいた。
シャツが血だらけで真っ赤になっていた。
濃紺のズボンはまだ誤魔化せるが、白いシャツはどうにもならない。
「湖か……」
ミカは森を出て、湖に行くことにした。
湖の中は、比較的安全だと言われたことを思い出したのだ。
ただ洗い流すだけならここでもいいだろうが、血の匂いで魔獣が来ては堪らない。
ミカは少し離れた所に置いていた荷物を拾い、湖に向かった。

荷物を湖岸に置き、ミカは靴を脱いで湖に入る。
湖の水は冷たく、足を入れた瞬間に心臓が縮まる思いがした。
だが、構わずざぶざぶと湖の中に進み、腰の辺りまで入った所でシャツを脱いだ。

右半分が血で汚れてひどいことになっている。

おそらく、このシャツの血のすべてがミカのものだろう。

クソ兎の血も口をこじ開ける時に付いたが、それはほとんどがズボンの方に付いたはずだ。

ミカはシャツを湖に浸け、血で汚れた部分を手のひらで水面から少しだけ持ち上げるようにして、弱く〝水飛沫《ウォータースプラッシュ》〟を出す。

熱エネルギーの操作で温かくしたお湯を出し、もう片方の手でゴシゴシと擦る。

血が乾く前だったこともあり、ある程度までは簡単に落とすことができた。

ただ、元通りの白さにするのは難しそうだ。

「……漂白剤なんかないよな」

確か、酸素系の漂白剤に過酸化水素があったはずだ。

水が作れるのだから過酸化水素も作れそうだが、多分劇薬の類だと思う。

こんな湖で使えば生き物に悪影響があるだろうし、素手で触れていい物でもないだろう。

諦めて、お湯と手揉みで残りの血が付いた部分も汚れを落としていく。

そうしてゴシゴシ擦っているうちに手が止まり、息が詰まる。

「うぅ……うっく……っ」

堪えきれず、嗚咽が漏れる。

悔しくて、涙がぼたぼたと湖面に零れ落ちた。


何も、できなかった。

いくら魔法が使えようと、何の役にも立たなかった。

こうして何でもない時は何気なく使える魔法も、実戦では何一つ思った通りにできなかった。

命を落とす覚悟のない者から、死んでいくと言われた。

だが、ミカには命を落とす覚悟どころか、戦う覚悟すらなかった。

高くて買えないからと、戦う準備すらしなかった。

準備の足りない者から死んでいく、と教えてもらっていたのに。

戦う準備も、魔法の準備さえもせず、魔獣の領域《テリトリー》に踏み入ったのだ。


ミカは、湖にバシャッとしゃがみ込んだ。

頭の天辺まですっぽり湖の水に浸す。

冷たい湖の水で頭を冷やす――――心を冷やす。

嘆いていても仕方ない。

ザバッと一気に水面から出た。

髪をおざなりにかき上げ、顔を拭う。

「それでも、生き残った……っ」

覚悟がなかったのなら、覚悟すればいい。

準備が足りなかったのなら、できる限りの準備をすればいい。

〝ない〟からできないでは、何も進まない。

できることを、やれ！

偶然でもまぐれでも、生き残ることができた。
なら、次がある。
今回はたまたま、魔力の暴発で助かったのだと思う。
はっきりとは憶えていないが、あの苦痛の中でミカは、ただただ脅威の排除を願った。
それが、おそらく魔力の暴発に繋がったのだ。
意図したものではないが、それでもミカにはこの〝力〟がある。
思ったような戦い方ができるように、これから積み重ねていけばいい。
失敗も、成功も――――。
すべてを糧にし、貪欲に喰らっていけばいい！
「…………負けて、たまるか……っ」
ミカは水面に浮かぶシャツに手を伸ばし、染みついた血を黙々と落としていく。
そんな、苦い糧となった初めてのクエストだった。

第40話 自分なりの戦い方

苦い経験となった初クエストから一週間。

ミカは再び湖に来ていた。

ただ、今日は枯実草の採集だけで、モモリマ石やラズラサ草は採集しない。

これら三種の採集に限れば、枯実草がもっとも効率良く稼ぐことができる。

なので、今日は枯実草だけを採集するつもりだ。

前回、何とか街まで戻れたミカは、冒険者ギルドに寄って採集した物を買い取ってもらった。

収入
モモリマ石	二十三個	一三五〇ラーツ
ラズラサ草	三キログラム	九〇〇ラーツ
枯実草	四三〇グラム	三〇〇〇ラーツ

合計で五二五〇ラーツ。一日かけてこれしか稼ぐことができなかった。

しかも、収支はこれだけではない。

支出
　毒消し　　　　一個　　　　三〇〇〇ラーツ
ミカは念のため、毒消しを道具屋で買って使用していた。

これにより、最終的な収支は二二五〇ラーツとなった。

命を危険に晒し、あれだけ痛い思いをして、絶望に打ちのめされながら稼いだお金が、たったこれだけである。

ギルドには登録の時に対応してくれた金髪もっさりお姉さんがいて、ミカの落ち込んだ様子を心配してくれた。

ミカがギルドカードを出すと、あの時の兎が〝ソウ・ラービ〟という魔獣だと、カードに貯えられた魔力から判明した。

ミカが何とか倒せたことを話すと、驚き、褒めてくれたが、森に入ったことは叱られた。

まだ貴方には早過ぎるわ、と。

一応、お姉さんに聞いてこのソウ・ラービが毒を持っていないことは確認できたが、どんな病原菌を持っているか分からない。

ギルドを出たミカは、その足で道具屋に行って毒消しを買った。

どうやら、この毒消しはあまり毒の種類に関係なく効くらしい。

おいおい本当かよ、と思ってしまうが、そういう物だという。

こうして、ミカの初めてのクエストは一応の黒字で終わった。

苦労に見合った報酬かは別として。

そしてその後の一週間を、ミカは後悔と自分への怒り、再戦のための準備に費やした。

学院の校舎には図書室があり、そこの文献に魔獣について載っている物があった。

サーベンジール周辺にいる魔獣、特に森にいる魔獣についての情報収集はそこでできた。

自分の戦い方の何が問題だったのか。

どうすれば自分の思い描く通りに戦えるのか。

逸る気持ちとあの時の恐怖、気を失いかねないほどの痛みを思い出し、居ても立ってもいられないような一週間を過ごした。


湖の美しい眺めを見て気持ちを落ち着かせようと思ったが、その目論見は完全に外れてしまった。

湖岸に立つと、あの時の悔しさがより一層湧き立ってくる。

鼻をつく血の匂い、湖の冷たさ、涙。

すべてが鮮明に思い出された。

諦めて、ミカは森に向かった。

森に近づくと、恐怖に足が竦む思いがする。

ミカを殺そうと襲い掛かって来た、あのソウ・ラービの恐ろしい顔が脳裏に浮かぶ。

ミカは大きく深呼吸をすると、「〝石弾《ストーンバレット》〟」と呟き〝石弾〟を作り出す。

三十個の〝石弾〟。

それを自分の頭上に待機させる。

魔法の制限は、街を出てそうそうに解除しておいた。

街を一歩出れば、そこはもう人間だけの領域《テリトリー》ではない。

たとえ森でなくても、魔獣が出る可能性を排除するべきではない。

そのことに、この一週間でようやく気づいたのだ。

ミカは周囲を警戒しながら、慎重に森を進む。

目的地は枯実草の採集場所。

前回来た時と同じ場所に着いたが、ソウ・ラービの死骸がない。

おそらく、血の匂いに気づいた他の魔獣がやって来て食べたのだろう。

残骸すら残っていないことに少し驚くが、すぐに頭の中から追い出す。

雑嚢からボロ布の袋を出して、枯実草の採集を開始する。

頭上に〝石弾〟を待機させたまま、周囲を警戒しながらの採集。

前回ほどのペースでは採集できないが、それでも黙々と作業をしていくと、それなりに集めることができた。

二時間ほど集めると、前回と同じぐらいの量になった。

これで凡《おおよ》そ三千ラーツほど。

週に一回しか来られないのだから、これだけでは少々不満が残る。

ミカは少し休憩をしてから、また採集することにした。

そうしてまた二時間ほど採集をすると、少し空腹を覚えた。

プチ、プチと枯実草を集めながら、そろそろ昼休憩にしようかと考えていると、微かにガサッと音がした。

ミカが採集している場所よりも斜め前方。

ミカは布袋をその場に置いて慎重に立ち上がり、ゆっくりと後ろに下がる。

音のした方向に意識を向けつつ、周囲も警戒する。

茂みから七～八メートルほど離れると、頭上に待機させていた〝石弾〟の一つを茂みに撃ち込む。

すぐにガサガサガサッと何かが動く音がして、また静かになった。

（……いる）

ミカは音のした方に注意しつつ、他の方向も警戒を解かなかった。

魔獣は一匹とは限らない。

息の詰まるような時間が、ゆっくりと流れる。

音がしないと、ミカにはどこに魔獣が潜んでいるか探ることができない。

ニネティアナのような気配を探る達人の真似は、一朝一夕でできるようになるものではない。

むしろ、あんな芸当は一生無理なのではないだろうか。

ミカは一個ずつ、怪しいと思われる場所のいくつかに〝石弾〟を撃ち込む。

だが、今度は反応が返ってくることはなかった。

ミカはじっと動かず、警戒を続けた。

五分、十分と息苦しい時間が流れる。

魔獣がどこに行ったのか、ミカにはまったく分からなかった。

すでにどこかに行ってしまったのだろうか。

もしかしたら、ただの鼠か何かだったのかもしれない。

緊張の糸が今にも切れそうなほど、張り詰めた空気。

ミカは適当に〝石弾〟を茂みに撃ち込んだ。

すると、十個目を撃ち込んだ時にガサガサッと音がした。

先程の場所からは十メートル以上も離れている。

ミカの横に回り込もうとしていたらしい。

思わず口の端が上がる。

（……まだいてくれたか）

ミカは少し嬉しくなった。

前回は不意の遭遇だったたが、ソウ・ラービは一気に襲い掛かって来た。

ミカの〝石弾《ストーンバレット》〟も最初は避けていたが、そのうち当たることを警戒することもなくなった。

その魔獣が、今はミカを警戒して身を潜めている。

ほんの少しだけ、魔獣に認められた気がして、つい嬉しくなってしまったのだ。

今のミカは、警戒に値する、と。

だが、いつまでもこのままではミカの方が根負けするだろう。

集中力は、森に入ってからずっと高めたままだ。

魔法の維持、周囲の警戒と、すでに四時間以上も緊張を強いられている。

このままではミカの方がもたない。

(ちょっと強引だけど、決めさせてもらうよ)

ミカは「〝石弾《ストーンバレット》〟」と呟き、頭上の〝石弾〟を補充する。

そして、再び一個ずつ茂みに撃ち込み、反応の返ってくる場所を探す。

五個目を撃ち込んだところで反応が返ってきた。

「〝風刃《エアカッター》〟!」

ミカは無数の〝風刃〟を茂みの地面すれすれに放つ。

次々と茂みが刈られ、突然の状況変化に堪らず魔獣が飛び出す。

魔獣は前回と同じ、ソウ・ラービだった。

ミカは一個ずつ〝石弾〟をソウ・ラービに撃ち込む。

ソウ・ラービは素早い動きで〝石弾〟を躱しながら、ジグザグに向かってくる。

ミカとソウ・ラービの距離が三メートルほどになった時、ミカは頭上の〝石弾〟の半分を少し広い範囲で撃ち出した。

どう躱そうと、その場所にも〝石弾〟が撃ち込まれるように。

ビィイッ!

ミカの狙い通り、二個の〝石弾〟がソウ・ラービの後ろ脚と胴体に当たった。

ソウ・ラービが初めて鳴き声を上げる。

それでもソウ・ラービは何とか体勢を立て直そうと機敏に動く。

「〝火球《ファイアボール》〟！」

ミカは五個の〝火球〟をソウ・ラービに放った。

いくら魔獣がタフでも、後ろ脚を一本失えば思うようには動けない。

ソウ・ラービは〝火球〟を躱そうとするが、バランスを崩して跳躍に失敗したようだ。

すべての〝火球〟がソウ・ラービに命中し、激しく燃え上がった。

ビィイイイイイッッ！！！

ソウ・ラービが断末魔の叫びを上げて、やがて動かなくなった。

ミカは動かなくなったソウ・ラービに〝石弾〟を数個撃ち込み、絶命したことを確認する。

「〝水球《ウォーターボール》〟」

水の塊を数個出し、燃えるソウ・ラービの死骸にかける。

念のために〝水飛沫《ウォータースプラッシュ》〟も周囲にかけた。

警戒を維持しつつ、ミカは荷物を回収すると、森を出たのだった。


森から離れ、湖岸に戻って来た。

そこで初めてミカは大きく息を吐き出し、緊張を解いた。

荷物を置き、〝水球《ウォーターボール》〟を作ると乱暴に顔を洗う。

「はあ――……、疲れたぁー……」

思わず呟きが零れる。

今日森に来たのは枯実草の採集のためだが、一番の目的は魔獣との戦闘だ。

この一週間、ミカの中で悔しさや自分への怒りがずっと渦巻き、心の中を支配していた。

日に日にその思いは強まり、何かにぶつけてしまいたくなるほどだった。

「……………ようやく、勝てた……！」

ミカは両手を強く握り締めて呟き、勝利を実感する。

身体が打ち震えるほどに。

ミカはずっと、どう戦うべきなのかを考え続けた。

自分の強み、自分の弱み。

ぐるぐるぐるぐる頭の中で考え続け、とりあえず自分なりの戦い方を思い描くことができた。

といっても、まだ机上の空論のようなもの。

実戦によって、少しずつ改良する必要があるだろう。

だが、自分がどう戦うべきかさえ分かっていないようでは、戦いようがない。

そんなことすら、死ぬような思いをしなければ気づかなかったのだ。


ミカの強みは何といっても、この魔法だろう。

そして豊富な魔力量。

〝火球《ファイアボール》〟や〝石弾《ストーンバレット》〟、〝氷槍《アイスジャベリン》〟なら数百個を作れる。

しかも、〝吸収《アブソーブ》〟での回復を考慮すれば、ほぼ数の上限はない。

圧倒的な物量が可能なのだから、それを使わない手はないだろう。

ただし、同時に数百個の〝火球〟や〝石弾〟を操れるわけではない。

魔力量は問題ないかもしれないが、ミカの習熟度が〝数量の限界《ボトルネック》〟になる。

そのため、数多くの〝石弾〟を操る練習を兼ねて、森に入る前から三十個ほどの〝石弾〟を出しておいたのだ。

こうすることで必要な時にいちいち作り出す手間が減らせるし、集中力が落ちれば〝石弾〟が落ちてくる。

警戒しながら魔法を維持をする訓練にもなる、今のミカには最適な方法だと言えた。

そしてミカの弱みだが、経験のなさは言うまでもない。

それ以外にも装備の貧弱さが挙げられる。

ミカは結局、防具を買えていないのだ。

理由は単純。お金がないから。

ないものはどうしようもない。

なので、そこは諦めるしかなかった。

装備が揃ってから活動開始では、いつになるか分からない。

お金を貯めて、最優先で防具を揃えようと思っているが、それまでは仕方ない。

危険を承知で挑むしかない。

今日戦ってみて分かった、ミカの弱みがもう一つ。

敵の位置がさっぱり分からないことだ。

適当に〝石弾〟を撃ち込んで位置を探ったが、この方法では埒が明かない。

今日は、危うく横に回り込まれるところだった。

一応周囲も警戒していたが、それでも横から襲い掛かられる状況はできるだけ避けたい。

アグ・ベアや前回のソウ・ラービは突撃して来たが、今回のように潜まれるのは非常に困る。

この対策も考える必要がありそうだ。


ミカは大きく伸びをし、湖で冷やされた空気を胸一杯に吸い込む。

それから雑嚢の中のパンを取り出し、齧りながら西門に向かって歩き出した。


ギルドに着くと、そこそこ冒険者がいた。

今は昼の二時頃だろうか。

十組以上の冒険者のパーティーと、一人二人の冒険者がちらほら見える。

何人いるのか数える気にならないくらいの冒険者が、ギルドの吹き抜けになったフロアにいた。

それでもあまり混んでいるような印象を受けないことで、改めてギルドの広さを実感した。

ミカが中に入って行くと、何人かの冒険者が「なんで子供が？」というような顔をする。

先週は周りを気にする余裕などなくて気づかなかったが、多分同じような感じだったのだろう。

「あら、いらっしゃい。今日も行ってきたの？」

カウンターの近くを通った時、いつもの金髪もっさりお姉さんが声をかけてきた。

相変わらずどこぞの高飛車お嬢様のような雰囲気を醸し出し、豪奢すぎてとてもギルドの職員に見えない。

「こんにちは。引き取り窓口に行ってきます」

ミカは挨拶を返して、そのまま引き取り専用の窓口に向かう。

ギルドでは、建物の中に採集物や依頼の品を渡す専用の窓口がある。

ただし、魔獣や魔物の身体、獣などの大きかったり周りを汚しそうな物は、街壁の門を入ってすぐの所に専用の窓口がある。

そんな物を持って混み合った大通りを歩こうものなら、苦情が殺到するし、トラブルだらけになるからだ。

それなら街壁の外で引き取れば？と思うが、そうもいかない事情があるらしい。

なので、なるべく迷惑にならないように、街に入ってすぐの場所で引き取れるようにしているのだという。

ミカは、今日採集してきた枯実草を引き取り窓口に出し、カードを提示する。

係のおじさんがミカのカードを金属の棒で軽く触れると、その場で量る。

今日の採集は八百五十グラム、五千九百五十ラーツほどだった。

引き渡しの書類にサインして、フロアで呼ばれるのを待つ。

すぐに金髪もっさりお姉さんがミカの名前を呼んだ。

「はい、ミカ君。お待たせ。報酬は現金にする？　カードにプールする？」

「カードでお願いします」

ミカはカードをお姉さんに渡す。

お姉さんが今回の入金金額と、カードの残額を教えてくれる。

この残額はミカが聞いたから教えてくれただけで、聞かなければ特に言われることではない。

こんな人の大勢いる所で「残額は百万ラーツです」とか、誰も言われたくないだろう。

ミカはまだこのカードに慣れていないので、一応確認のために聞いているだけだ。

慣れてくれれば、ミカもわざわざ聞くようなことはしない。

「また、ソウ・ラービの討伐記録があるわね。……森に行ったの？　枯実草の採集だから、森なのは当たり前か……」

じとー……とした目でミカを見る。

どうやら、お姉さんはミカの実績の記録を見ているようだ。

ミカの乾いた笑いが漏れる。

「もう、本当に危ないのよ？」

お姉さんが頬を膨らませる。

まるで弟を叱る姉のようだ。少しだけ、ロレッタとの会話を思い出し懐かしい気持ちになった。

「はい、気をつけます」

「……やっぱり分かってないわね」

ミカは微笑みながら返事をするが、森に行くのをやめる気がないことが分かったようで、お姉さんは溜息をつく。

「今日はスムーズに戦えたのね？　そういう顔してる」

ミカを見て、そんなことを言う。

ミカが首を傾げると、心配そうな表情で言葉を続ける。

「先週のミカ君は、本当にぼろぼろだったもの。服がヨレヨレなのはいいとしても、すごく落ち込んだ顔してたから」

どうやら、見抜かれていたらしい。

厳しい現実に打ちのめされ、手も足も出なかった自分の不甲斐なさに、地の底に潜ってしまいそうなくらい落ち込んでいた。

「すみません。ご心配をおかけしました」

ミカが素直な気持ちを伝えるが、お姉さんは処置なしといった感じに肩を竦める。

「……まったくもう。可愛い顔して、とんだやんちゃさんだったわね。本当に、お願いだからあんまり無茶なことはしないでね？　ね？」

「はい。それでは失礼します」

ミカはお姉さんに軽く会釈して、ギルドを出た。


「なになに、ユンレッサ。あの子が例のお気に入りの子？」

カウンター越しにギルドから出て行くミカを見送っていたユンレッサに、隣の同僚が話しかけてくる。

「なによ、お気に入りって」

ユンレッサはカウンターの上の書類を整えながら答える。

例の、とは何のことだろう？

「みんな言ってるわよ。最近ユンレッサが小さい男の子にご執心って。もしかして、そっちに目覚めちゃったんじゃないかってさ」

同僚が可笑しそうに話す。

目覚めたとは何だ、目覚めたとは。いったい、何に目覚めたというのか。

そっちとは、どっちだ？

「そういうのじゃないわよ、ばか。あんな小さい子が危ないことしてるから、ちょっと心配なだけ」

「あー。まあ、そういうのは分からなくもないかなあ」

同僚は難しい顔をする。

「でも、あんまりいいことじゃないよ。そういうの」

「うん……。分かってはいるんだけどね」

ユンレッサは頷く。

何をどうしたって、冒険者というのは危険な仕事だ。

毎年何人もの冒険者が命を落とし、怪我などで引退を余儀なくされる。

それでも、そうした仕事にしか進めない者は常にいて、自分はその危険な仕事を斡旋する側の人間なのだ。

心配など、ただの言い訳か感傷だろう。

「先週が初めてのクエストで、本当にひどい状態で帰って来てね。それでつい、気になっちゃったのよ」

「あははは、それで今週はずっと、ちょっと上の空だったたんだ？」

「別に、上の空だったつもりはないですけど？」

上の空だっただろうか？

確かに、仕事中にもちょっと思い出してしまったりしていたが。

「……でも、すごいね」

「ん？　なにが？」

ユンレッサの呟きに、同僚が聞き返してくる。

それには気づかず、ユンレッサは物思いに耽る。

先週ミカがギルドに姿を見せた時、ユンレッサは心臓が締め付けられるような思いだった。

ヨレヨレで、くすんだような沁みのついたシャツやズボンはまだいい。

ミカ自身が、あまりにもボロボロだったのだ。

初めて会った時の、子供らしい潑溂とした感じは鳴りを潜め、まるで自分以外のパーティーメンバーが全滅した冒険者のような雰囲気を纏っていた。

苦し気に顔を歪め、それでも目だけは光を失っていなかった。

ギラギラとした鋭い眼光。

とても子供が持つような目ではなかった。

前の週に自分が冒険者登録をした子と同じとは、とても信じられなかった。

だが、今日のミカは先週とはまったく違った。

初めて会った時とも違う。

今日を含めても、まだたった三回しか顔を会わせていないが、大きな成長と可能性を強く感じた。

あんなにも小さな子供なのに、しみじみ「冒険者なんだなあ」と思ってしまった。

「……やっぱり上の空じゃん」

「え？　あ、何？」

考え込むユンレッサを、同僚が目を細めて、じー……と見ていた。

「さすがにこれは、春が来た、と喜んでいいものやら。ちょっと悩んでしまいますよ、私は」

「だから、何の話よ！」

「そこ、騒いでないで仕事して！」

ユンレッサが同僚に言い返すと、後ろの主任のお局様からお叱りが飛んできた。

同僚と二人で思わず身を竦めると、カウンターに一組の冒険者たちがやって来た。

「はい、いらっしゃいませ。どういったご用件でしょうか」

ユンレッサは、気持ちを切り替えて仕事に戻る。

小さな冒険者の、今後の活躍と無事をこっそりと祈って。

第41話　理想と現実

今日は水の1の月、5の週の陽の日。水の1の月の、最後の週だ。

ミカがレーヴタイン侯爵領の魔法学院に来て、四週間が経過した。

ミカは朝早くに寮を出ると、定額クエストの枯実草の採集に向かった。

ミカがお金を稼げるのは、週に一度。陽の日しかない。

平日は午後の運動でヘトヘトだし、まとまった時間が取れない。

土の日は、午後に採集に出掛けることも可能かもしれないが、強行軍になる。

何でもかんでもあれもこれもと無理をすれば、必ずどこかに支障が出てしまう。

少しずつ、ペースを考えながら、必要なことに取り組もうと考えていた。

ミカは大通りに到着すると、雑嚢を背負い直し、そのまま西門に向かう。

「おはようございます」

「ん？　ああ、おはよう。今日も行くのかい？」

西門では、見知った兵士に挨拶する。

すでに顔を憶えてくれている兵士がいて、そういう人はスムーズに門を通してくれる。

「気をつけて行っておいで」

「はい、行ってきます」

笑顔で見送る兵士に手を振り、いつも通りに西門を出ると、そこから今度は湖に向かった。

もちろん、〝制限解除《リミッターオフ》〟、〝吸収《アブソーブ》〟も忘れずに行う。

毎度のことながら、寮から街壁沿いに南下し、西門を潜ったら今度は街壁沿いに北上する。

この道程が非常に面倒臭い。

「もうちょっと、門の数を増やしてくれないかなあ」

魔法学院の近くに門があれば、こんなに遠回りをする必要もないのだが。

「これ、登ったら怒られるかな？」

そう呟きながら、右手にそびえる街壁を見上げる。

さすがに面倒臭いからといって壁を壊したら、怒られるでは済まないだろう。

ならば、乗り越えることだけでも、許してもらえないだろうか。

(聞くまでもなく、ダメだろうけどね。……聞くだけで要注意人物にされそうだ)

リッシュ村では要注意人物から要監視対象にレベルアップを果たしたが、サーベンジール《ここ》でも同じ扱いになりかねない。

うん、大人しくしておこう。

そうして、てくてくと歩いて湖へ。

これだけでも、結構いい運動になる。

さすがに学院でも毎日歩いているので、それなりに慣れてはきているが。

しかし、逆を言えば疲労が抜けることがない、とも言える。

すっかり、筋肉痛とはお友達になってしまった。


森に到着すると、〝石弾《ストーンバレット》〟を三十個ほど作り、頭上に待機させる。

そうして、枯実草の採集を開始した。

周囲を警戒しながら数時間、黙々と実をかき集める。

「あんまり採り過ぎると、無くなっちゃうかな？」

しばらく放っておけば増えるだろうが、同じ場所で採集し続けると、増えるまでに時間がかかるだろう。

この森で、ミカが入ったことのある範囲は狭い。

少しずつ探索し、採集できる場所を複数把握した方が、長期的には効率がいいだろう。

「根こそぎ取り尽くすようなことをすれば、結局は苦労するのは自分だしね」

森の中には、枯実草が群生している場所など、他にいくらでもあると思う。

各ポイントを、ローテーションして採集できるようになるのが理想だ。

「少し、周辺を探してみるかな」

森の外縁部に近い範囲で、枯実草の群生している場所を探してみよう。

ミカは枯実草を入れた布袋を雑嚢の中に仕舞い、代わりにパンを取り出す。

寮の朝食で用意されていた分から、昼食にと失敬してきたやつだ。

昼食には少しばかり早いが、探索しながら食事を済ませることにした。

枯実草の生えている場所を見つけたら、すぐに採集に取り掛かれるように。

そうして、パンを齧りながら森の中をてくてくと歩く。

コツン。

「あ痛《いて》っ」

しばらく歩いていると、頭に石が落ちてきた。

ミカの作った〝石弾《ストーンバレット》〟だった。

パンを食べながら枯実草の探索をし、周囲も警戒していると、〝石弾〟の操作に向ける意識が薄くなっていた。

集中力の低下によって、ミカの制御から離れた〝石弾〟が落ちてきてしまったようだ。

痛みに意識が向くことで、さらに〝石弾〟がボトボト……と落ちる。

「あら……。〝石弾〟」

ミカはもう一度〝石弾〟を作り直した。

「ふぅーっ。意外と……ていうか、当たり前だけど。なかなか大変だな」

魔力を操作しつつ、周囲の警戒も怠るわけにはいかない。

というよりも、この二つは意識などせずとも、自然と行えるようにならないといけないと思う。

何かに集中すると、魔力の操作も警戒も忘れるようでは、一人前の冒険者とは言えないだろう。

「いきなり『誰だ！』とか言って、誰も気づかない気配に気づくキャラとか、格好いいもんな」

こういうキャラは脇役に多いが、手練れという設定が相場だ。

是非、一度はやってみたいシチュエーションである。

そんなことを考えていると、作ったばかりの〝石弾〟がまたボトボト……と落ちた。

「………道のりは遠いなあ」

地面に落ちた〝石弾〟を見つめ、そんなことを呟きながら、ミカは再び〝石弾〟を作るのだった。


三十分ほど森の中を歩き、枯実草の群生地を見つけた。

先程まで採集していた場所よりも、多くの枯実草が生えている。

「いいねえ。こっちは、あまり採りにくる人がいないのかな？」

定額クエストのリストに載っていた採集場所とは違うため、あまり人が来ないのかもしれない。

ミカは逸る心を抑え、慎重に採集を始めた。


採集を開始して三時間ほどが経過した。

その間に、かなりの量が採集できた。

午前の分と合わせると、たぶん一キログラムはあると思う。

これだけ採っても、この周辺にはまだまだ枯実草の実が生っていた。

「これだけあれば、次もここで採っても大丈夫かな」

こうした場所をもっと見つけて、週ごとにローテーションできるのが理想だ。

ミカはパンパンになった布袋を雑嚢に仕舞い、背負い直す。

「時間もいいし、今日はここまでだな」

サーベンジールの街に戻り、冒険者ギルドで枯実草の引き取りを頼む。

カウンターが多少混雑していたとしても、夕方には終わるだろう。

寮に戻る頃には、湯場の準備も整っている時間だ。

汗を流し、夕食を食べ、くつろぎながら今日の稼ぎをゆっくりと噛みしめる。

正直、一日稼いでも一万ラーツもいかないのは、少々思うところが無くもない。

それでも、リッシュ村にいた頃は稼ごうと思っても、銅貨一枚さえ稼ぐことができなかったのだ。

それを思えば、少しずつでも目標に進めている現状は、非常に有難い。

これからもっと経験を積み、知識を得れば、さらに稼ぐ方法を見つけられるかもしれない。

今後の生活に、一筋の光明を見つけたような気持ちになり、ミカの心は晴れやかだった。


……ウァアー……ッ……！


………………！

森の外に向かおうとしたところで、ミカは立ち止まる。

今、何か聞こえてきたような……？

振り返り、森の奥をじっと見つめ、耳を澄ます。

だが、見える範囲に異変はない。

……ー……ッ……ッ……！

やはり、何か聞こえる。

ミカは森の奥に駆け出した。

（たぶん、こっちの方だ）

ミカには、聞こえてきたのが、おそらく悲鳴だろうと見当がついた。

何かあったのだ。この、魔獣の領域《テリトリー》で。

自ら危険に近づいていく。そのことを躊躇う気持ちが、正直に言えばある。

だが、気づかない振り、知らない振りはしたくなかった。

それは、ミカの考える冒険者の姿ではない。

ヒヨッコだろうと駆け出しだろうと、自らを冒険者だと言うなら、立ち向かうべきだ。

どう考えても敵わない魔獣や魔物が相手なら、逃げるのもやむを得ないだろう。

しかし、それを確認することもなく逃げ出すのは、冒険者の行動ではないはずだ。


ミカが森の奥に入っていくと、その声は徐々に近くなり、はっきりと聞こえるようになってきた。

「ぐぅぅ、あああっ……！　に……逃げろ……タフィトッ……！」

「放せっ！　放せよぉ！」

声は、男と子供。

呻くような男の声と、泣き喚くような子供の声だった。

ミカは目の前の草叢を掻き分け、飛び込む。

見つけた！

ソウ・ラービが二体、男の右腕と右足に噛みついていた。

男の子が、そのソウ・ラービを何とか引き剝がそうとしている。

ミカは頭上に待機させていた〝石弾〟を、二発ずつ撃ち込む。

「たあっ！！」

ビイィィイイ……ッ！

腕に噛みついていたソウ・ラービに、二発が命中する。

だが、足に噛みついていたソウ・ラービには当たらなかった。

先に命中したソウ・ラービに気づき、咄嗟に回避行動を取ったためだ。

ミカは、三発を動けなくなったソウ・ラービの止《とど》めに使い、残りを回避したソウ・ラービに振り分けた。

一度は回避したソウ・ラービも、さすがにこれだけの数の〝石弾〟は躱しきれず、傷を増やしていく。

「〝風刃《エアカッター》〟！」

そうして〝石弾〟を降り注がせながら、〝風刃〟を交ぜる。

ビイイイィィイイ、ビギャ……！

動きの鈍くなったソウ・ラービは、〝風刃〟に胴体の半分を切られ、断末魔の声を上げた。

そこに、残った〝石弾〟をすべて撃ち込み、ソウ・ラービは絶命した。

ガサガサガッ……！

何とか倒せた、とミカが息をついた、その時。

斜め後ろから、草が鳴る音が聞こえた。

ミカが振り向いた時には、一匹のソウ・ラービが草叢から飛び出してきていた。

ソウ・ラービの大きく鋭い歯が、ミカの顔を目掛けて迫る。

「うわあっ……！」

ミカは身体を捻りながら、思わず手が出てしまう。

ブギャッ!?

狙ったわけではないが、ミカのパンチはアッパーのようにソウ・ラービの柔らかい腹を殴った。

思わず出たパンチが、アッパーのような軌道で良かった。

もしストレートだったら、ソウ・ラービの大きな口に自分から手を突っ込むことになりかねない。

ミカのパンチを喰らったソウ・ラービだが、それくらいでやられるわけがなかった。

体勢を崩しながらも、ソウ・ラービは着地する。

ミカも無理に躱したため、地面に膝をついた状態だった。

「〝石弾〟ッ！」

だが、ミカは即座に〝石弾〟を作り出すと、何十個と降り注がせる。

ドガガガガッ……！

ビギャギャギャ……ギャ……！

注がれた〝石弾〟がソウ・ラービに命中すると、姿が見えないほどに〝石弾〟が積み重なった。

「ふぅ……危《あ》っぶね。」

ミカはホッと息を吐き出し、周囲を見回す。

不意打ちにより、まだミカの心臓はドキドキしていた。

おそらく、今の個体は血の匂いに寄って来てしまったのだろう。

ミカは急いで、倒れた男の下に駆け寄った。

「父ちゃんっ、父ちゃんっ！　父ちゃんっ……！」

男の子が、倒れた男に縋りついている。

この様子なら、魔法は見られていないか？

男は足と腕から血を流し、苦し気に呻いている。

「大丈夫ですか!?」

咄嗟に聞いてしまうが、言ったことをすぐに後悔した。

聞くまでもない。大丈夫なわけがなかった。

「…………。回復薬《ポーション》は持っていますか？」

男が回復薬《ポーション》を持っていれば、ある程度は傷を治すことができるはず。

そう思って聞いてみたが、男は首を振る。

「……何とか、サーベンジールまで戻りましょう」

この怪我で西門まで歩けるか微妙だが、だからと言ってここに留まるわけにもいかない。

血の匂いに、再びソウ・ラービがやって来るのは目に見えているからだ。

男の子は、ミカよりも幾分年上のようだ。

おそらく、十二～十三歳くらいだろう。

ミカは男の子を励まし、何とか男を支えさせることにした。

ミカも支えてやりたいところだが、身長差が絶望的過ぎた。

仕方なく、ミカは周囲の警戒に専念することにする。

「そ……それを……」

男が、傍に落ちている雑嚢を指さす。

ミカの持っている雑嚢とは違う。

どうやら、この男は何かの採集のために森までやってきたようだ。

（……危険な森での採集に、子供を連れてくるなんて）

そう思うが、事情はそれぞれだ。

それに、男の子がいることで、男の身体を支えさせることができた。

そういう意味では、男の子を連れてきた判断は間違いではなかったと言える。

もっとも、男の子を庇うために怪我をした可能性もあるので、微妙なところではあるが。

ミカは、男の雑嚢を肩にかけた。

あまりの軽さに、空っぽなのかと考えるが、確かに何かが入っている感じがする。

悪いと思ったが、中身を確認させてもらう。

雑嚢には、小さな蜂の巣のような物が入っていた。

（………………定額クエストに、蜂の巣ってなかった気がするけど）

若干訝しむが、詮索しても仕方ない。ミカは森の外を指さした。

「まずは森の外に出ましょう。森を出ないことには、どうにもなりません。……頑張ってください」

ミカがそう言うと、男が苦し気に頷いた。

ソウ・ラービに遭遇することなく、森の外に出る。

だが、森に近すぎると血の匂いに寄ってくるだろうと考え、距離を取った。

「クッ……、……ッ……！」

「……ぐすっ……、父ちゃん……」

男は、苦し気に顔を歪めながらも、何とか自分の足で歩いた。

男の子は涙を零しながらも、懸命に男を支える。

（もっとも危険な森は抜けた。でも、ここだって油断できるわけじゃない）

魔獣との遭遇率は下がるだろうが、ゼロではない。

何より、危険は魔獣だけではない。

（ニネティアナは、リッシュ村からサーベンジールに来るまでだって、ずっと警戒していた）

弱った相手を狙うような下衆《げす》が、いないとは限らないのだ。

ミカは周囲を警戒しながら、空を見上げる。

（…………思ったよりも時間がかかったな。今、何時くらいだ？）

まだ、西の空が赤みを帯びるような時間ではない。

しかし、このペースではまずいかもしれない。

（門限って、破ったらどうなるんだろう……）

魔法学院に通い始めて、まだ一カ月も経っていない。

あまりに早い規則違反に、背中を嫌な汗が伝う。

（いきなり喧嘩騒ぎを起こしたし、完全に問題児だね）

そんなつもりはないのに、なぜか問題が起きてしまう。

（なぜだ……俺は面白おかしく生きたいだけなのに）

きっと、そういう星の下に生まれたのだろう。

ミカは、自らの悲しい運命を、呪わずにはいられなかった。

……だって、これは俺のせいじゃないよねえ？


陽が傾き、西の空が赤く染まっていく。

焦る心に、ミカはつい顔をしかめてしまう。

「……ハァ……ハァ……！」

「…………ッ……」

男は青褪めた顔に大量の汗を流しながら、それでも泣き言を言わずに歩いた。

男の子はすでに涙が涸れたのか、黙って男を支え続けている。

サーベンジールの西門まで、あと五百メートルといったところか。

ミカは、迷っていた。

ここからミカだけが走って西門まで行き、兵士に助けを求める。

その時、門の兵士は助けてくれるだろうか。

仮に、門の目の前で倒れた人がいれば、介抱してくれると思う。

だが、あまりに離れていては、手を貸してくれないかもしれない。

門に回復薬《ポーション》が常備されているなら、それを取りに行くというのも思い浮かぶ。

しかし、実際の怪我人が確認できないのでは、事情を説明しても信じてもらえるだろうか。

何より、ミカが離れている間に何かあれば、そこで終わりだ。

森からそれなりに近い場所では、初めから離れられないと考えていた。

森から離れ、門までもう少しという微妙な地点に到達したからこそ、迷いが生じていた。

一歩、一歩。時間をかけながら、何とか進む。

ようやく門まで三百メートルほどの距離になったところで、ミカは決めた。

「これから、西門の兵士に助けを求めてみます。何とか、二人も頑張って西門に向かってください」

男も、男の子も、返事がない。

おそらく、極度の疲労や精神的な負担で、まともに考えることができないのだろう。

もはや、二人の限界はとっくに超えていた。

何とかして門の兵士を説得し、助けてもらわなくては。

ミカは男の雑嚢を肩から下ろすと、男の子の首にかける。

男の子も大量の汗を流し、半ば放心しているような状態だった。

やはり、これ以上はもう無理だろう。

ミカは駆け出し、西門へ急いだ。たった三百メートルの距離が、ひどく遠く感じる。

そうして西門に着くが、夕方のため混雑していた。

とくに、サーベンジールに入る人が、列を作っている。

「すみません、通してください！　すみません！」

混雑する人を掻き分け、検問まで進んだ。

タイミング良く手の空いた兵士を捕まえ、事情を説明する。

だが、兵士は困った顔をして、難色を示した。

「こっちも、勝手に門《ここ》を離れるわけにはいかないんだよ。……すまないね」

「そんな……っ！」

せっかく、もうあと少しという所まで来たというのに。

しかし、これは予想された対応ではある。

兵士たちも仕事があり、勝手に門を離れるな、と厳命されているのだろう。

「構わん。行ってやりなさい」

そこに、金属製の鎧を着た、騎士がやってきた。

「よろしいのですか？」

「こんな子供が、見捨てずに助けたのだろう？　それを我々が見捨てるのは、な」

そう言って騎士は、もう一人兵士を呼び、二人に救助を命じた。

「負傷しているらしい。回復薬《ポーション》を忘れるなよ」

「は！」

回復薬《ポーション》などが入った救急セットを手に、二人の兵士が駆けて行く。

ミカは安堵の息をつき、騎士にお礼を言った。

「あ……ありがとうございました」

「君こそ、よく知らせてくれた」

騎士が微笑みながら頷くが、ミカはそれを見て、ぎょっと目を見開く。

そんなミカの様子に、騎士が訝し気な顔になる。

「どうかしたのかね？」

「あ、え……いや、その……」

厳密には、ミカは騎士の顔を見て驚いたのではない。

騎士の向こうに、大きな時計がかけられているのが見えたのだ。

もうすぐ、十八時になる時計を。

（やばいいいいぃいいいいっっっ！！！）

今からダッシュすれば、ぎりぎり間に合うか!?

ミカは、バッと勢いよく頭を下げた。

「本当にありがとうございました！　それではこれで！」

「あ、おい！　君！」

門を抜け、サーベンジールの街に駆け出したミカに、騎士が声をかける。

「…………まだ、荷物の検査が済んでいないのだが」

ミカの姿が見えなくなり、騎士は呆気に取られたように呟く。

とはいえ、あんな子供がご禁制の物を持ち込んだりはしていないだろう。

何より、人助けのできる子だ。

助けられた人たちに聞けば、身元も分かるかもしれない。

「こちら、お願いします！」

近くで荷物を検《あらた》めていた兵士に呼ばれ、騎士は頭を掻きながら向かうのだった。


(まずいまずいまずいっ……急げえぇぇぇぇえええっ！)

ミカは全速力で、街を駆ける。

西門から魔法学院までの、二キロメートルの全力疾走。

魔法学院の門が見えてきた頃には、ミカの心臓と肺は破裂寸前だった。

(くっそぉーっ、何で門限なんかあるんだよお！)

ルールが必要なことは、分かる。

そして、危険な状態の人を見かければ、助けるのは冒険者ならば当然だ。

しかし、現実のミカは門限にビクビクしている。

この、理想の冒険者の姿と、現実の自分の差《ギャップ》に、嘆かずにはいられない。

「ゼェハァッ、ゼェハァッ、ゼェハァッ……！」

寮の玄関に飛び込み、膝から崩れ落ちる。

もはや、立つこともできない。

そんなミカを、たまたま通りかかった寮のおばちゃんが、目を丸くして見ていた。

そうして、ちらりと時計を見上げる。

僅かに、しかし明らかに十八時を過ぎていた。

「……ゼェッ……ゼェッ……！」

四つん這いになり、必死に荒い呼吸を繰り返すミカを見る。

おばちゃんは頰に手を当て、悩まし気に眉を寄せた。

しばし考え、そのまま食堂に向かって歩き出す。

「ミカ君、お夕飯の時間よ。早くいらっしゃい」

そう、軽く声をかけて。

あとがき

初めましての方、初めまして。お久しぶりの方、お久しぶりです。リウト銃士です。

沢山の方に支えられ、二巻をお送りいたします。本当にありがとうございました。

お手に取ってくださった方に、少しでも楽しんでいただけたら幸いです。


それでは一巻に引き続き、本作の誕生秘話後編です。


ゲームに漫画、映画に小説と、沢山の宝物に囲まれるリウト少年。

そんなリウト少年もいつしか大人となり、人並みに仕事に就いたりします。

活字中毒は進行し、仕事が休みの日には近所の本屋数軒をハシゴするほどになっておりました。

しかし、ちょっぴりブラックな仕事に就いたりするうちに、忙しさのあまり、段々と趣味からは離れていきました。時間のかかるゲームや小説からは、縁遠くなってしまったのです。

数回の転勤を経験すると、宝物だったゲームや漫画、小説は処分されることになりました。

更に歳月は流れ、社畜界のスーパーエリートとなったリウトに、転機が訪れます。

ふとしたことから、時間ができたのです。

ですが、趣味らしい趣味が無くなっていたリウトは、ほけ～……と無為に過ごします。

そんな時、「小説家になろう」というサイトに出会いました。

存在自体は知っていましたが、実際に見たことはありません。

スーパーエリート社畜には、小説を読むような時間はなかったからです。

軽い気持ちで「時間はあるし、何か読んでみるか」と思ったが最後、どっぷりとハマりました。

物語に胸を熱くする喜びを、再び思い出したのです。

寝る間も惜しんで読むうちに、「自分も書いてみたい」という思いが強まります。

それは、忙しい日々に忘れてしまっていた、少年の頃の夢でした。

時間はありますが、気をつけなくてはいけないのは、リウトが【三日坊主《デバフ》】持ちであること。

一度筆を止めれば、きっとそのまま投げ出してしまうでしょう。

「毎日更新を課すことで、【三日坊主《こいつ》】の発動を封じる！」

長い年月を付き合ってきたスキル。その扱いにも慣れたものです。

【三日坊主《デバフ》】を、社畜の特殊能力【連続勤務】で抑え込む。

退役した社畜であれど、そこは元スーパーエリート。特殊能力は健在です。

一年三六五日。休むことなく書き続け、最後まで書き上げることを誓います。

こうしてリウトは、物語に心躍らせた少年時代のように、妄想……構想を練り始めるのでした。

二巻続けてお送りした誕生秘話はいかがだったでしょうか。

それでは、またお会いしましょう。

EARTH STAR NOVEL

神様なんか信じてないけど、【神の奇跡】はぶん回す ②
～自分勝手に魔法を増やして、異世界で無双する～

発行 ―――――――― 2024年6月14日　初版第1刷発行

著者 ―――――――― リウト銃士

イラストレーター ―――― 桜河ゆう

装丁デザイン ――――― 村田慧太朗（VOLARE inc.）

発行者 ――――――― 幕内和博

編集 ―――――――― 島玲緒

発行所 ――――――― 株式会社アース・スター エンターテイメント
〒141-0021　東京都品川区上大崎3-1-1
目黒セントラルスクエア　7F
TEL：03-5561-7630
FAX：03-5561-7632

印刷・製本 ―――――― 図書印刷株式会社

ISBN 978-4-8030-1962-9